『ショップ』スキルさえあれば、
ダンジョン化した世界でも楽勝だ
3
～迫害された少年の最強ざまぁライフ～
十本スイ
Illustration
夜ノみつき

ソル
日呂の使い魔。
マッシュポテトが大好物。
情報収集から戦闘まで、
なんでもこなす
癒しの存在。
「ソルはソニックオウルのソルなのです！」

「ソル殿ですな。
ともに殿をお守り致しましょうぞ！」
シキ
日呂が新たに購入した使い魔。
忠誠心が高く、お堅い性格。
分身や変化といった術を使う、
シノビ系使い魔。

俺は《変身薬》を服用し、こんな姿になってみた。
「名前は虎《とら》門《かど》シイナ……どうだ……こほん。どうかしら、ソル？」

「カッコ良いです！
綺麗です！
ビューティフルなのですぅ！」
変身を遂げた今の俺の姿を見て、
ソルが目を奪われている。
それもそのはず。
俺は、初の女性バージョンの姿を取ったのだ。

「どうだ？

すべてを奪われた気分は？

クハハハハハ！」

流《る》堂《どう》刃《じん》一《いち》
非道のかぎりを尽くす暴徒集団のリーダー。良心の欠片もない男で、部下を駒扱いする。崩原に対し、尋常ではない執着心がある。

「……俺は今日、ケジメをつけにきたんだ」

崩《ほう》原《ばら》才《さい》斗《と》
社会から爪弾きにされた者たちの集団、『イノチシラズ』のリーダー。

面倒見がよく、熱い心を持った青年。

流堂との間には、壮絶な過去がある。

CONTENTS

"SHOPSKILL" sae areba

Dungeon ka sita

sekaidemo rakusyou da

ダッシュエックス文庫

『ショップ』スキルさえあれば、
ダンジョン化した世界でも楽勝だ3
～迫害された少年の最強ざまぁライフ～

十本スイ

》プロローグ《

“SHOPSKILL” sae areba Dungeon ka sita sekaidemo rakusyou da

「――あれからもう三ヵ月以上経つのかぁ」

俺は代わり映えのしない空を窓から眺めながら、溜息交じりに呟《つぶや》いた。

あれから――とは、この世界がガラリと変わってしまった日のことである。

それまで俺こと坊地日呂《ぼうちひろ》は、普通の高校二年生として学生生活を送っていた。もっとも学校一の問題児であったクズ――王坂藍人《おうさかあいと》に目を付けられ、イジメの対象にされて窮屈《きゅうくつ》過ぎる日々ではあったが。

しかしそんなある日、突如世界が変貌《へんぼう》を遂《と》げた。

世界中のあちこちの建物内に、漫画やアニメに出てくるようなモンスターが出現し始めたのだ。建物内自体にも、罠《わな》や様相が変化したりして、まるでダンジョンのようになった。

それまで当たり前に使用していた通信やインフラなどが凍結し、世界中が大混乱に陥《おちい》ってしまったのである。

そんな最中、俺には何故か、《ショップ》スキルという、金次第であらゆるものを購入することができる特別な能力が宿った。

しかも地球には存在し得ないファンタジーアイテムなども購入することが可能であり、俺はこの力を利用してこの三ヵ月を生き抜いてきたのである。

普通の人間では攻略が難しいダンジョン化した建物を攻略したり、食材や武器、薬など、今の世の中で金よりも重要視されるものを他人と売買し、対価として金品を受け取ってきた。

そしてその金で、自分の生存率を上げるような代物《しろもの》を購入し、また地球に売っていない食材などを購入して美食を楽しんだり、それなりに悠々自適《ゆうゆうじてき》な暮らしをしてきたのである。

俺は《ショップ》スキルを使用し、目の前に浮かび上がった〝ＳＨＯＰ〟の購入画面を見ながらほくそ笑む。

そこには残高も示されているのだが……。

――６億２５００万円――

恐らく普通に働いていたのでは、なかなか稼《かせ》ぐことのできないであろう金額が刻まれていた。

だが間違いなく、これが俺の全財産なのである。

これまで俺は、ファンタジーアイテムである《変身薬》で、自身の姿を変え、食料品を扱う海馬光一《かいばこういち》、薬を扱う鳥本健太郎《とりもとけんたろう》、武器を扱う円条《えんじょう》ユーリとして商売を行ってきた。

そうして世に生きる者たちが欲するものを売りまくり、金を稼いできたというわけだ。とりわけ武器の売買は儲《もう》かるので、もっと幅広く宣伝してもいいかもしれない。

円条の噂《うわさ》を広げていけば、こっちに接触してくる連中も増えてくるだろう。

また円条を通して、海馬や鳥本の情報も伝えれば、さらに俺の市場は活性化し、どんどん利益が膨《ふく》らんでいくはず。ただそれに伴《ともな》いリスクも当然上がるが、その都度《つど》、これまで通り注意を払っていけば問題ないだろう。

「だがソルが常に傍にいるとも限らないしな……」

俺はベッドの上をチラリと見る。そこには俺の顔ほどの大きさで、洟提灯《はなぢょうちん》を膨らませて寝ているフクロウがいた。この子がソルである。

ソニックオウルという〝SHOP〟で購入した『使い魔』だ。俺に絶対服従で、とても愛らしく、俺の家族ともいうべき存在。

現在この子には、その隠密《おんみつ》能力を活《い》かし、情報収集をしてもらっている。しかし当然その間、俺は一人になり、何か危険があっても守ってはもらえない。

俺の専属護衛役として〝SHOP〟でまた『使い魔』でも購入する……か？

そうすることで、ある程度の安全は保たれるかもしれない。

しかしそれ相応の強さが欲しいし、できればソル以上の戦闘能力……いや、護衛力が望まれる。そうなればやはり高値になってくるだろうから、購入には慎重にならざるを得ないだろう。

「――――！　ご主人、来客なのです」

そんなソルが、突然むくっと起き上がったと思ったら、そう注意を促してきた。

さすがは頼りになる。寝ていても周囲への警戒を怠《おこた》らない。

俺が扉の方をジッと見つめていると、ノックされ、続けて入室の許可を出すと、そこから珍しい人物が姿を見せた。

「これは、お久しぶりですね――明人《あきひと》さん」

現れたのは細面《ほそおもて》の男性。名前は福沢《ふくざわ》明人である。

俺は現在、鳥本健太郎の身形《みなり》で、医者をやっている明人さんの父親――福沢丈一郎《じょういちろう》が住む屋敷に身を寄せているのだ。以前、丈一郎さんの娘である環奈《かんな》が患《わずら》っていた病を治療し、その流れでしばらく厄介《やっかい》になっていた。

明人さんは、この屋敷に住んでおらず、すでに家庭を持って別宅で暮らしているので、こちらで会うのは初めてだったのである。

「お久しぶりです、鳥本さん。今少しお時間をもらっても構いませんか？」

「ええ、問題ありませんよ。何か急用でもありましたか？」

「実は――」

彼が言うには、小学生の頃から親しくしている男友達がいるのだが、その男友達の奥さんが最近モンスターに襲われたのだという。

命には別状はなかったものの、どうやらモンスターが吐いた酸が顔にかかったらしく、焼け爛《ただ》れて見るも無残な姿になってしまったらしい。

「なるほど。つまりそれを俺に治してもらいたい、と？」

「……やはり難しいですか？」

「以前にも申し上げましたが、薬も無料で提供できるわけではありません。製薬するにもかなりのコストがかかっていますので」

もちろん製薬なんて技術は持ち合わせていない。ただ購入するだけなのだが、当然俺に《ショップ》スキルがあることは誰にも言っていないのだ。

「ええ、理解しております。先方も、もし治してくれれば言い値で支払うと言っています」

……それはいい。ならこの商談も、本人に会って話を聞く価値はありそうだ。

「分かりました。一度お会いしてから決めさせてもらっても構いませんか？」

「おお！　そうですか！　是非《ぜひ》お願いします！　あれだけ酷《ひど》い状態だと、形成外科でも限界があって……」

まあどんなに酷い爛れ具合でも、環奈の下半身麻痺《まひ》を一瞬で治療した《エリクシル・ミニ》を使えば問題はない。死んでさえいなければ再生させることなんて容易だからだ。

「もし良かったら、これから……でもいいですか？」

時間は昼過ぎだ。仕事の予定も入っていないので、俺は了承すると、明人さんの車で、彼の友人が住む自宅へと向かうことになった。

第一章 ≫ 新しい使い魔

♡

“SHOPSKILL” sae areba Dungeon ka sita sekaidemo rakusyou da

明人《あきひと》さんの友人宅はそれほど遠くなく、これまた立派な一軒家に住んでいるらしい。さすがに医者一家である福沢《ふくざわ》家には劣るようだが。

車の中で、話を聞いたところによると、どうやらその友人は作家らしく、かなり名の通った売れっ子なのだという。

聞いてみればビックリ。俺でも知っているような人物だったのだ。

「やぁ、よく来てくれたね、明人。……って、もしかしてそちらの人が？」

出迎えてくれたのは、秋人さんと似た感じの優しそうな男性だった。見た目じゃ、とても売れっ子作家だとは分からない。

結構固い文章を書いたりするので、俺のイメージ的に、いつも着物を纏《まと》い髭《ひげ》を生やした文豪っぽい感じだと思っていた。

しかし蓋《ふた》を開けて見れば、どこにでもいるサラリーマンのような風貌《ふうぼう》だ。

「ああそうだ。例の『再生師』の鳥本健太郎《とりもとけんたろう》さんだ」

俺は軽く会釈《えしゃく》する。

「！　お会いできて光栄です。あっと、いきなり失礼でしたね、すみません。初めまして、僕は北郷信弥《ほんごうしんや》っていいます」

「こちらこそ初めまして。鳥本健太郎です」

「この度《たび》は、わざわざ足を運んでくださり、心から感謝します。どうぞご案内しますので」

リビングに通されると、そこには二人の子供に、ミイラみたいに顔に包帯をグルグルと巻かれた女性がソファに腰かけていた。

なるほど。この人が……。

「紹介しますね。凛《りん》、仁《ひとし》、こっち来なさい」

「「はーい！」」

まずは子供たちから自己紹介を受けた。

凛ちゃんと仁くんで、双子の兄妹らしい。五歳のやんちゃ盛りだという。

そして――。

「このような姿ですみません。私は家内の小百合《さゆり》と申します」

凛とした佇《たたず》まい。おっとりとした感じで、包容力を感じさせる女性だ。

俺はテーブルに座らせてもらい、茶菓子を勧められた。

子供たちは元気にキャッキャと、二人で絵本を読んで遊んでいる。

そして対面に座っている信弥さん夫婦が、そわそわしながら俺に視線を向けていた。

「そ、それで明人、本当にその……鳥本さんなら、小百合の……妻の顔を治せるのかい？」

その言葉を受け、明人さんが俺の顔を覗《のぞ》き込む。どうやら俺に説明してほしいようだ。

「ええ、見たところ何も問題ありません。やろうと思えば、今すぐにでも元の綺麗《きれい》な顔に戻すこともできます」

「!? そ、それは本当ですか！　だったら是非！　是非お願いします！　どうか妻を……小百合を助けてやってください！　お願いします！」

いきなり席を立ったかと思ったら、急に俺の前で土下座《どげざ》をしてきた。

「北郷さん、子供たちの前で、そういうことをしちゃいけませんよ」

ほら、子供たちも何事かと思って、こっちを見てるじゃないか。

「で、でもっ！」

「いいですから、まずは立ってください。話ができませんから」

信弥さんは「分かりました」と言って渋々立ち上がって、また席に戻った。

「ふう。いいですか、確かに俺は奥さんの傷を治す薬を持っています。ですが明人さんにも言いましたが、その薬だってタダで作れるわけじゃありません。相応の手間と資金を費《つい》やして、ようやく薬として生まれてくるのです」

「明人から聞いて知っています。お金ならあります！　こう見えても僕は、作家としてそれなりに多くの本を出版させて頂いていた身ですから！」

「僕も何冊か拝読させて頂いています。まさかあなたが、かのミステリー作家——堂本弥彦《どうもとやひこ》さんだったとは」

彼の書いた小説は、軒並《のきな》みドラマ化や映画化までされているベストセラー作家である。いつも最後に読者を裏切るような展開が心地好いということで、まだ若手ながらも大注目されている人物なのだ。彼ならば確かに稼《かせ》ぎは良いだろう。

「ご存じだったとはありがたいです。なら話が早いです！　お金ならいくらでもご用意できます！　ですからどうか！　どうか妻をっ！」

必死に懇願《こんがん》してくる夫を見て、

「私からも、治して頂けるなら、是非ともお願い致します」

夫婦で頭を下げてきた。もしこの人たちが、俺にメリットのない人たちならば、問答無用で断ったことだろう。

たとえ子供たちに頼まれたとしても、まったく知らない他人に身を切るようなことは俺はしない。外道《げどう》や人でなしと言われてもだ。

ただ彼らには経済力がある。これは利用しなければ損だ。

「分かりました。ですが俺の薬は１億以上はします。それでも構いませんか？」

一瞬奥さんの方はギョッとして絶句したが、信弥さんの方は最初から覚悟していたのか、

「問題ありません！　必ずお支払い致します！」

さすがは売れっ子作家、いや、超売れっ子作家。1億くらいポポンって出せるわけだ。

「ではさっそく……どうぞ、コレがお目当ての代物《しろもの》です」

「おお、これが噂《うわさ》の……！」

そう口にしたのは北郷夫婦じゃなく、明人さんだ。彼も実際に見たのは初めてだったから。

俺はオーロラに輝く液体が入ったガラス瓶《びん》を奥さんの前に置く。

「こ、これをどうすればよろしいんでしょうか？」

「一応飲み薬ですから。そのまま一飲みして頂ければいいですよ」

「そ、そうですか……あなた」

不安そうに信弥さんを見つめる奥さん。

「……鳥本さんは、あの環奈《かんな》ちゃんの足を治した人だ。信じるんだよ、小百合！」

信弥さんが奥さんの手をギュッと握りしめる。どうやら彼も環奈のことを知っているらしい。

そして奥さんも覚悟を決めたのか、ガラス瓶を手に取る。そのままゴクッと一気に呷《あお》った。

すると環奈の時と同じように、奥さんの身体《からだ》が発光し始める。当然それを見ていた俺以外の者たちは唖然《あぜん》としていた。子供たちでさえポカンとして固まっている。

次第に奥さんを包んでいた発光現象が収まっていく。

コト……と、ゆっくりとガラス瓶を置く奥さん。

静寂が場を包み、誰もが息を呑《の》んでいる状態だ。

そんな中、口火を切ったのは信弥さんである。

「ど、どうだ？　小百合？」

「…………っ!?　い、痛みが……消えました……!?」

「……は？　い、痛みが消えた？　痛みが消えたのかっ!?　ちょ、とりあえず洗面台に行こう！」

さすがにここでは包帯を取れないのか、奥さんを連れて部屋を出ていってしまった。しばらくすると――。

「うおぉぉぉぉぉぉぉぉぉっ!?」

突如、信弥さんの叫び声が家中に響き渡る。

子供たちもそちらへと行き、全員が声を上げて喜んでいた。

しばらくすると、勢いよくリビングへと入ってきた信弥さんが、俺の両手を握って頭を下げてきた。

「ありがとうございます、ありがとうございます、ありがとうございますっ！」

彼の様子を見れば、どうやら問題なく事が終わったのは分かる。

あとから奥さんも静かに入ってきた。その両目から大量の涙が流れていることに気づく。

へぇ、すげえ美人だな。

奥さんは女優と言われてもおかしくないような美貌《びぼう》の持ち主だった。じゃあなおさら、爛《ただ》れた顔は醜《みにく》くて辛《つら》かっただろう。しかしあの薬で上手《うま》くいって良かった。

実はアレは環奈に施《ほどこ》した《エリクシル・ミニ》じゃない。《オーロラポーション》という、傷全般に効果のある上位のポーションである。

値段も1500万円の《エリクシル・ミニ》と比べても、100万円と激安だ。

傷具合から見ても、これで十分事足りると考えたのである。俺はこれで大金をゲットできると思うと、ついつい込み上げてくる笑いを必死にこらえた。

それからは福沢家と一緒だ。全員から感謝され、北郷家に幸せムードが広がっていく。

子供たちも、もらい泣きをしたのか、奥さんに抱き着いて一緒に泣いている。

そうしてひとしきり喜んだあと、俺は信弥さんだけを呼び出し、どこか二人きりになれる場所を望んだ。

彼から書斎へ案内され、以前丈一郎《じょういちろう》さんに提示したように、彼には預金通帳の提示を頼んだ。

何の疑いもなく気分良く通帳を持ってきてくれて、どこか拍子抜けした気分だが、通帳から1億5000万円が消えると、さすがにどうやったのか尋ねてきた。

これも丈一郎さんの時と同様に、鳥本家の秘伝だと言いくるめて無理矢理納得してもらうことになったのである。

それにしても最近は立て続けに最高の取引ができている。これは良い流れだ。あ、いや、待てよ。こんな時こそ浮かれずに注意する必要があるよな。

勝って兜《かぶと》の緒を締めよではないが、上手くいっているからこそ気を引き締めなければならない。

そのあと、お礼ということでご馳走《ちそう》を振る舞わせてほしいと言ってきたが、俺は私用があると、すぐにその場から明人さんに福沢家まで送ってもらった。明日も大事な商談があるので、気を緩《ゆる》めてはいられないのだ。

しかし次の日、再び明人さんが福沢家へと訪ねてきた。何故かその顔色は真っ青で、たまたま休みを取って家に滞在していた丈一郎さんが理由を尋ねたのである。

理由を聞いて、俺は思わず言葉を失ってしまった。

何故なら――――北郷家が襲撃を受けて全員殺されたという話だったから。


明人さん曰《いわ》く、昨日俺たちが北郷家を後にしてすぐに、暴徒に襲われたのだという。

最近、食料をたんまり持っているであろうと予想される金持ちが、暴徒に狙われる事件が多発している。まさか北郷家が、その被害に……。

今日、明人さんが再度北郷家へ行ったら、家の中で変わり果てた姿になった信弥さんと子供たちを見つけたという。

食料や衣類などは根こそぎ奪われていて、奥さんの姿もなかったらしい。

情報では、暴徒たちは女性を攫《さら》うらしいので、美しいルックスをしていたせいか、きっと慰み者にするために連れ去っていったのだろうということ。もしかしたらもう殺されている可能性もあるが。

北郷家が住む一帯は、そのほとんどが襲撃を受け惨憺《さんたん》たる状況になっているとのこと。

ただ信弥さんの奥さんにとっては皮肉なことだ。彼女の顔が爛れたままだったら、攫われても苦痛を味わうことはなかったかもしれないのに。

その事実を知り、信弥さんの親友である明人さんは、すべてを説明したあとに心労からか倒れてしまった。

福沢家のリビングでは、話を聞いた俺、丈一郎さん、彼の奥さんである美奈子《みなこ》さんが、一様に重い空気の中、誰も言葉を発さない。

すると丈一郎さんが、深い溜息を吐いたあと口を開く。

「明人から聞いたよ。君のお蔭《かげ》で、信弥くんの奥さんが治り、また一つ幸せが戻ったのだと。本当に君は凄《すご》いと。しかしまさかこんなことになるとは……っ！」

そう言いながら悲しみとともに、怒りに打ち震えている。丈一郎さんはとても優しくて穏やかな人だ。だが暴徒たちのしたことは、完全に彼の怒りに触れてしまっている。

ただタイミングも悪かった。もし俺たちが北郷家へ向かった時刻がもう少し遅ければ、もし俺があの後に商売成功で浮かれたまま食事をご馳走になっていたら……。

そうすればあるいは北郷家は助かっていたかもしれない。

信弥さんたちにとって運が悪かった。そうとしか言いようがないだろう。

やはり良いことばかりが続くわけじゃない。

この世が理不尽で、人間どもがクズなのは理解している。俺もそういった連中に、平穏な学生生活を奪われてきたから。だから俺はもう奪われる存在になるつもりはない。これからは利用し、奪う存在になっていく。

王坂《おうさか》のような連中に、いいように扱われるのも、利用されるのもゴメンだ。

まさかこんなことになろうとは、ただただ冥福《めいふく》を祈るしかない。

それから目覚めた明人さんが、信弥さんの奥さんは無事かもしれないので、どうにか助けたいと口にするが、さすがに丈一郎さんがどうにかできる問題じゃない。俺も、そこまで手を尽くす義理もなかった。

こんな世の中だ。不幸な人をいちいち善意で救うなんてことは俺はしない。キリがないからだ。それに今日は大事な商談が幾つもあるので、そちらに時間を割《さ》くわけにはいかないのだ。

お得意様巡りをして地道に稼ぐ時間が、俺にとっては何よりも重要だから。

同情はするものの、俺は明人さんに捕まる前に屋敷を出た。

「にしても最近よく暴徒の話を聞くなぁ」

建物が突如ダンジョン化すれば、その只中《ただなか》にある人間たちに抗《あらが》う術《すべ》はない。モンスターは生物的に人間より勝っているのだ。たった一撃で殺されてしまうことだってある。

だから人々は防衛力を高めるために、学校や公民館などの施設へと集《つど》い、いつモンスターが現れても対応できるようにしているのだ。

しかし中には自宅の方が安全だと言って、自宅から離れない家族だって存在している。暴徒はそういった家庭を襲撃するのだ。故に徐々に自宅を離れ、大勢が住むコミュニティに参加する者たちが増えているらしい。

「警察も自衛隊も当てにならないしな」

少し前までは、救助ヘリやパトカーなどがひっきりなしに街を駆け回っていたが、最近ではその数は著《いちじる》しく減退している。

あちこちでダンジョン化現象が起き、中には警察署そのものがダンジョン化したという話も聞く。

国にとって重要な施設や要人などを守るために優先して人を割き、一般市民にまで気を遣えなくなっているのかもしれない。

実際、警察を頼った人からの話じゃ、避難所などを伝えられただけで追い出されてしまったという。現在、国民の心は完全に法の番犬たちから離れてしまっている。

「だが暴徒どもは確かにウザいな」

奴らが暴れ回るせいで、俺の商売にも悪い影響が出かねない。できれば駆逐《くちく》したいが、キリがなさそうなので面倒だ。

「鬱陶《うっとう》しい連中をボタン一つでこの世から消し去れるアイテムとかあれば良いのにな」

そんな物騒なことを考えながら、俺は福沢家から少し離れた場所にあるバス停のベンチに座って〝ＳＨＯＰ〟の画面を見やる。

「……ん？」

そこでいつも見ていた画面と違う点があることに気づく。画面の上部には、売られているものを検索できる機能が設置されているのだが、そのすぐ下に赤い文字で〝アップデート〟と刻まれていたのだ。

「アップデート？　こんなシステム、今までなかったよな？」

とりあえず指でその文字に触れてみた。

〝アップデート条件：ショップポイントを１００万一括《いっかつ》消費すること〟

そんな文字とともに、アップデートするかどうかも聞いてきている。

《ショップポイント》とは、〝ＳＨＯＰ〟で購入金額１００円ごとに1ポイント貯まっていくシステムのこと。このポイントで商品を購入することもできる特典である。

「アップデートか……ヘルプもあるし見てみるか」

ヘルプという文字を押すと、アップデートについての説明が浮かび上がる。

「……なるほど。アップデートすれば、まだ売ってねえファンタジーアイテムやファンタジー食材とかが追加されるみてえだな」

ということは、さらに便利なアイテムとかが増えるのか。これは優先的に行っていくべきだな。

これでさらなる戦力増強や、地球には存在しない未知で美味な食材がもっと手に入るだろう。

「えっと……今《ショップポイント》は……よし、112万あるな」

以前に億を超えるアイテムを購入をしたこともあるので、その残りがまだあった。

俺はさっそく100万ポイントを消費しアップデートをする。

画面に白いゲージが浮かび上がり、左端から徐々に緑色へと染まっていく。白い部分が緑に埋め尽くされたあと、アップデート完了となった。

ジャンルのカテゴリーに〝NEW〟というものが新しく記載されていたので、それを指で押して確認してみる。

「おお、おお、いろいろ新しく増えてんじゃんか！」

思わず興奮してしまう。美味《うま》そうな食材や興味が惹《ひ》かれるアイテムなどが豊富にアップデートされていた。

「へぇ、《バトルブック》の上位互換も増えてるし」

前に購入した《バトルブック（戦闘技術・基礎編）》。

この本に書かれた内容を読むだけで、知識が実戦経験となって記憶に根付くのだ。故に基礎的な戦闘技術も身体《からだ》が覚えているという状態になってくれる。

だから身体も動くし、初心者なのにナイフ捌《さば》きだって基本的なことは可能だ。

またこの《バトルブック》には、《応用編》や《達人編》などもある。当然上位にいくほど値段は跳ね上がるが。

そして今回、《超人編》という商品が追加されており、１億円という高値がついている。しかしその効能も凄《すさ》まじく、それこそ戦闘技術においては、達人をも超える力を得ることができるそうだ。

「できれば優先的に購入したいもんだな……」

他にも魅力的な商品が多く、さらっと流し見していると、ある商品に目が留まる。

「こいつは……《コピードール》。これも俺が重宝《ちょうほう》してる《スイッチドール》の上位版みたいなもんか？　値段も三倍の１５０万だし」

《スイッチドール》は、自身の人形を作り出し、任意のタイミングで人形と自分の居場所を入れ替えることができるのだ。緊急回避などにはもってこいの品である。

「《コピードール》……任意の対象物に変化させ、その人形の意思で行動させることができるのか。こいつは便利だな」

つまり俺を複数生み出し、あちこちで商売することが可能になるということだ。

しかしながら変化していられる時間は48時間であり、強い衝撃を受けると人形の姿に戻ってしまう。またいくら俺に成りすましても、スキルなどの特別な能力は使用不可能のようだ。

ただそれでも使い様は幾らでもある。

「そうだな……明日、さっそくこの《コピードール》を試してみるか」

俺はすぐさま《コピードール》を購入し、明日に控える商談に備えることにした。


——翌日。午後二時前。

久しぶりに自宅で寝泊まりした俺は、『死の武器商人』としての顔を持つ円条《えんじょう》ユーリに扮《ふん》し、さっそく昨日購入した《コピードール》を使って模倣《もほう》人形を生み出した。

見た目も声音《こわね》も何もかもが瓜二《うりふた》つであり、俺本人でも違いが見つからないほどの存在が目の前に現れ驚愕《きょうがく》する。

思考や性格などもオリジナルを反映しているようで、俺はこれならいけると踏み、《コピードール》に命じて商談場所へと向かわせた。場所は、埠頭《ふとう》にある第三倉庫で、ここではすでにもう何度も取引を行っている。

取引相手は、元傭兵《ようへい》の大鷹蓮司《おおたかれんじ》率《ひき》いるコミュニティ——『平和の使徒』だ。彼らとは少し前、『祝福の羽』という、子供を拉致《らち》しては洗脳して闇の世界に売り捌《さば》くことを旨《むね》とした組織を、共闘して打ち滅ぼした過去があった。

また大鷹は、他界した親父《おやじ》が可愛《かわい》がっていた後輩だったので、その繋《つな》がりから手を貸した経緯もあったのである。

現在俺は第三倉庫ではなく、その近くの第四倉庫に陣取り、目の前にあるモニターを見つめていた。

そのモニターには、第三倉庫の様子がありありと映し出されている。これは《カメラマーカー》というアイテムによるものだ。その効果は、シール状になっている《カメラマーカー》を貼り付けることで、その周囲二十メートル内をモニターすることが可能というもの。

俺は第三倉庫だけでなく、周辺に《カメラマーカー》を設置して、モニターを操作しながらいろいろな角度から周囲を確認していた。

そうして倉庫で円条扮する《コピードール》が待っていると、時間通りに大鷹さん率いる『平和の使徒』たちがぞろぞろとやってきた。

「お待ちしておりましたよ、大鷹さん」

《コピードール》が歓迎するような笑みを浮かべる。

「おう、今回も頼むぜ」

一際《ひときわ》大柄な男性――大鷹さんが《コピードール》に応えた。

「はい、すでにご用意させてもらっていますよ」

《コピードール》の傍には木箱が置かれており、その中には大量の弾薬が収納されていた。銃弾や手榴弾《しゅりゅうだん》など様々だ。

「相変わらず良い仕事っぷりだぜ。ほれ、確認してくれや」

大鷹さんが、その手に持っていたバッグを《コピードール》に渡す。中身を確かめると、そこには大量の札束が入っていた。

《コピードール》が「確かに」と言って小脇に抱える。

「ちゃんと確認しなくて良いのか？」

「ええ、大鷹さんを信用していますので」

と《コピードール》は言っているが、俺はモニター越しに《鑑定鏡》という単眼鏡《たんがんきょう》を覗《のぞ》き込んでいた。

これで見れば、対象物の鑑定をすることができる。モンスターを見ればそのステータスを、ダンジョンを見ればある程度の構造を、あのバッグを見れば中身が分かるのだ。

故に、こちらが事前に提示した金額と一致していることは確認できていた。

「そういやよぉ、ロージュの奴が会いたがってたぜ？」

大鷹さんが口にしたロージュという名前に、俺はモニターの前で苦笑した。

ロージュ・サーデンブルグ。彼女は、例の『祝福の羽』による被害者で、組織のトップである グスタフ・鷲山《わしやま》に〝子供兵器《都合の良い玩具》〟として扱われていた。

しかしグスタフによる度重《たびかさ》なるドーピング薬の副作用で、今にも死にかけていたところ、俺が見るに見かねて助けたのである。

それによって、ロージュの洗脳は解け、さらには自分の両親を殺したグスタフに復讐《ふくしゅう》することができ、その恩でロージュはその場にいた俺――円条ユーリを信頼するようになったのだ。

今は『平和の使徒』が運営している【孤児院・平和の泉】で、ボディーガードとして身を寄せている。

「そうですか。ではまた時間の都合がつけば会いに行くと伝えてくださいな」

「そんなこと言って全然来ねえじゃねえか」

だって時間は有限だしな。それにロージュと友達になったソルには遊びに行かせているから、それで我慢してほしい。

「まあまあ、暇ができたら行きますから。ところで一つお聞きしたいことがあるんですが」

「んだよ?」

「『平和の使徒』はダンジョン攻略だけじゃなく、暴徒の壊滅も行ってるんですよね?」

「まあメインはダンジョン攻略だけどな」

彼らはそうやって少しずつ、モンスターに奪われた建物を取り返している。

「昨日、ある高級住宅街が暴徒に襲撃を受けました。ご存じですか?」

「ああ、情報によるとそいつは『イノチシラズ』っていう連中の仕業《しわざ》だな」

「命知らず？　無謀《むぼう》な連中ってことですか？」

「は？　……ああ、カタカナで『イノチシラズ』らしいぞ。組織名ってことだな」

なるほど。しかし何でそんなアホな名前にしたのだろうか。

「ここんとこ勢力を伸ばし始めた連中だ。女や食料を他人から奪うのは他の暴徒集団も同じだけどな、そいつらは高級住宅街のみをターゲットにして、住宅に押し入り強奪を繰り返してるらしい。それに、だ。奴らのリーダーが、これまた問題のある奴らしくてな」

「ご存じなんですか？」

「崩原才斗《ほうばらさいと》。ガキん頃に殺人事件を起こして、三ヵ月くれえ前に少年刑務所から出てきた札付きの悪だ」

うわぁ……。

そんな奴が徒党を組んでるとなると、確かにヤバイ連中でしかないだろう。しかも三ヵ月ということは、ちょうど世界が変貌《へんぼう》した頃か。

「何でもガキん頃に一緒になって悪さしてた連中を集めてバカやってるらしい。俺らも何とか接触して駆逐《くちく》してやろうって思ってんだけどな」

だがメインはダンジョン攻略のため、手を回す余裕がなかったのだという。

「けど武器も手に入ったし、これからどんどん人手も集める予定だ。この街を守るためにも、俺らは戦うぜ。お前には今後ともよろしく頼むからな」

「ええ、こちらこそご贔屓《ひいき》にお願いします。では武運を」

大鷹さんたちが倉庫から出ていき、しばらくして俺は第三倉庫へと赴《おもむ》く。

そこで金を受け取り、《ボックス》へと収納して残高を増やしておく。同時に《コピードール》の背中にあるボタンのようなでっぱりを押す。

すると《コピードール》は、元の小さな人型の人形へと戻った。それを《ボックス》に片づけ、それから周囲の警戒を頼んでいるソルと連絡を取りつつ、福沢家へと戻ったのである。


比較的平和な時間が過ぎ、北郷家の事件から一週間が経っていた。

丈一郎さん曰《いわ》く、明人さんはいまだに落ち込んでいる様子だが、それでも患者が待っているので、仕事はきちんとこなしているとのこと。

前に『死んだ者を生き返らせることはできないか？』と尋ねてきた明人さんに対し、その場にいた丈一郎さんは滅多《めった》に見せない怒りを露わにして叱《しか》りつけていた。簡単にそんなことを言うなということらしい。

明人さんの気持ちも分からないではないが、残念ながら死者蘇生《そせい》できる代物《しろもの》は〝ＳＨＯＰ〟には存在しないのだ。

せめて死んで間もない状態だったら、《エリクシル》で何とかなったのだが。

ただ明人さんの気持ちも分かる。それだけ心を許した友人だったのだろう。大切な人を失うのは誰にとっても辛《つら》いことだ。

丈一郎さんも彼の想いが分かるからこその叱咤《しった》だったはず。

一緒に謝罪をしてきた丈一郎さんたちに「気にしないでください」と応じ、その場は穏便にすませたのである。

そして現在、俺は福沢家ではなく、自宅においてまた新たな事業を展開しようと画策していた。

それは――――ダンジョン攻略請負人だ。

文字通り、ダンジョンの攻略を旨《むね》とする仕事のこと。

実際に自宅がダンジョン化して、にっちもさっちもいかない人たちが大勢いる。

そんな人たちのために、攻略して自宅を取り戻す業務を行う。

以前、それで高額の時計を対価として頂いたことがある。今思えば、もう少し高価なものを要求すれば良かったと思う。これからは見合ったものを要求することで、他の事業よりも稼《かせ》げるはずだ。

ただこれも武器商人と同じでリスクが高い。無論モンスターと戦うのだから、油断すれば死んでしまう危険性だってある。

しかし、策を練《ね》ってある。

「よし、ソル。これからお前の仲間を手に入れようと思う」

「仲間……ですかぁ？」

「そうだ。護衛に特化した仲間を増やそうと思う」

「ぷぅ……ソルがいますよ？　もしかしてソルはもういらない子ですか？」

目を潤ませ不安気に尋ねてくるので、笑いながら彼女の頭を撫《な》でる。

「そんなわけないだろ。ただ戦力を増やして、より安全に仕事をするってだけだ。ソルは強いけど、その小さな身体《からだ》と高速飛行を合わせて、できればお前には戦闘よりも諜報《ちょうほう》や調査などを重視してもらいたい。そして俺の護衛に特化した別の『使い魔』を俺に付ける」

「おお、なるほどですぅ！　つまりテキザイテキショというわけなのですね！」

「そういうことだ。賢いじゃないか」

ツンツンと頰《ほお》を突いてやると、嬉しそうに「ぷぅ〜」と鳴き声を上げる。

「てことで、一応候補は幾つかいるんだが……」

〝ＳＨＯＰ〟を開きながら腕を組みつつ思案する。

かなり懐《ふところ》も温かいので、一気に高ランクのモンスターを購入できるようになった。しかしながら、普段連れていても不自然じゃないモンスターでなければならない。あるいは周囲に悟られないような力を持った奴。

これまでも候補はいたものの、いまいち決め手に欠けるモンスターしかいなかったのだが、この度《たび》、アップデートのお蔭《かげ》で追加されたモンスターの中に、俺の希望に合致した者たちが現れたのである。

その中で能力やら見た目やらを重視した結果、三つまでに絞《しぼ》ってみた。

「まず一体目は、Bランクのシールドブック。値段は5600万円。攻撃力はあまり期待できないが、その分、防御系の能力を有し、Aランクモンスターの攻撃も防ぐことが可能な守護型モンスターだ」

コイツがいれば、不意打ちの攻撃でも防いでくれるし、見た目は広辞苑《こうじえん》くらいの本なので、所持していてもまあ言い訳はつく。

ただ能力は良いんだが、外見が本というのが……。できればソルのような生物系の方が俺的にはありがたい。

「二体目は、これまたBランクのシノビキリ。値段は7500万円。コイツは攻撃も防御もバランスが良い。特に素早さに関しても一流らしい。しかも見た目がカッコ良いしな。カマキリと人間が合体したような……どっかのヒーローものに出てくる感じだ。両手についた鎌がまたイカしてる」

素早さに特化しつつ、攻防にも優れているモンスターだ。ただオスのみらしく、メスのソルと気が合ってくれるかどうか不安ではある。

ただシノビというだけあって、忍者のような能力を有しているのは便利だ。

「最後は、Ａランクの竜人《りゅうじん》・ドラグノース。値段は断トツの６億５０００万。Ｓランクにも匹敵《ひってき》するほどの潜在能力と攻撃力を持つ。まあ超再生能力も所持していて、死なない限りどんな傷を負っても治るのは魅力的だな」

盾としても十二分に役立ってくれるだろうし、攻撃に転じても無類の強さを発揮する。仲間にすればこれほど心強いことはないだろう。

しかし見た目が完全に竜と人とのハイブリッド。身長も三メートルを優に超えていることから、コイツを連れて街中に出るのは大騒ぎしてくださいと言っているようなもの。まあそれもファンタジーアイテムを使えば何とかできるだろうが……。いかんせん６億５０００万円という高値だ。所持金が一気に飛んじまう。

「う～ん、ソルはどいつが良いと思う？」

「ぷぅ……三者三様で難しいのですぅ」

だよな。できるなら全員を仲間に入れたいところだが、さすがに金が……。

金に見合っていて、かつ俺の好みに合うとなれば……。

「よし、コイツに決定だな」

俺はソイツをカートに入れて購入することにした。

「ソル、周囲の警戒を頼むな。誰かこの部屋に近づいてきたら教えてくれ」

「はいなのです！」

福沢家の一室なので、特に環奈の突然の乱入には気を配る必要がある。

俺は購入した『使い魔』をその場に取り出す。

さあ、出てこい――。

ソルの時と同じく、ボボンッと煙とともにソイツが姿を現す。

茶褐色《ちゃかっしょく》の鎧《よろい》を纏《まと》っているかのようなボディに黒い忍装束《いくさしょうぞく》を着込んでいる。

俺よりも少し小さい身形《みなり》で、二本足で立ちながらも、両腕には鋭い鎌が備わっていて、明らかに人ではないその風貌《ふうぼう》。ソイツは閉じていた目を見開き、俺を視界に捉えると、スッと片膝をついて頭《こうべ》を垂れた。

「この度は、某《それがし》をお選びくださり、まことに感謝致します――我が殿」

「え、あ、うん」

どうやら結構お堅い性格のようだ。ただその仕草から、忠心に溢《あふ》れたモンスターだということが分かり、俺としては安堵《あんど》している。

俺が購入したのはシノビキリである。やはり見た目がカッコ良いのと、忍者のスキルを持っているのが決め手になった。

「まずはお前の名を決めようと思う」

「おお、ありがたき幸せ」

「そうだなぁ…………シキってのはどうだ？」

ソルの時と同様、またモンスター名から安直に考えたが……。

「シキ……素晴らしい！　さすがは我が殿！　これからはシキと名乗り、殿を未来永劫《みらいえいごう》守護する所存でございます」

まるでどこぞの侍のよう……あ、いや忍者かな。

「さっそくだが仲間を紹介しようか。ソル」

「はいなのです！　ソルはソニックオウルのソルなのです！」

「ソル殿ですな。ともに殿をお守り致しましょうぞ！」

「はいなのですぅ！」

良かった。性格的に衝突することはなさそうだ。

「ところでシキ、忍者の術が使えるんだな？」

「はっ、某はシノビ故、数々の忍術を扱えます。よろしければ幾つかご覧にいれましょうか？」

「うん、やってみせてくれ」

「では——《分身の術》！」

するとシキの身体が三人、五人と分身し、俺では見分けがつかないほどのクオリティだった。

「おお、すげえな！　さすがは忍者だ！」

「お次はこれにございます！　——《壁縫《かべぬ》い》！」

分身全員が、壁や天井に張りついた!?　これもまた忍者っぽい！

「いいぞいいぞ。変化《へんげ》の術とかもできるんだよな？」

一応説明欄《らん》にはそう記載してあった。

「もちろんにございます！　――《変化の術》！」

白い煙がシキを包み込んだと思ったら、その中から出てきたのはすべてソルだった。

「ぷぅ～!?　ソルがいっぱいなのですぅぅぅ!?」

これは凄《すご》い。ていうかコイツだけですべてを賄《まかな》えるほどに万能だ。

しかしシキは言う。たとえ変化したとしても、その者の能力を使えるわけではないと。高速飛行もできないし、ソルのように火は噴けない。

シキが一体に戻り、元の姿に戻った。

「なるほど。いろいろ制限はあれど、それでも便利なのは確かだ。変化ができるなら、その大きな身体を小さくすることも可能だよな？」

「無論にございます」

「うん、それなら普段は、俺のポケットにでも入ってもらっていれば問題ないか」

「そのようなことをせずとも――《影落《かげお》ち》！」

シキが俺の影の中へ入り込み、その姿を消したのである。

そしてすぐに飛び出てきて、また俺と対面した。

「このように殿の影の中に潜《ひそ》み続けることも可能なので、某を率《ひき》いることは十分に可能かと」

うわぁ……コイツマジですげえわ。便利便利、チョー便利。やっぱ購入して正解だったぜ。

「よし、じゃあまずはコイツを食ってもらう」

俺はソルにも与えた《念話用きびだんご》をシキに食べさせた。これでいつでも頭の中で会話をすることができる。

「じゃあ普段から俺の影に潜っててもらうことにするか」

「承知！」

それだけを言うと、シキは速やかに影へと身を沈み込ませた。

「ぷぅ、ご主人、シキには《レベルアップリン》を与えないのです？」

ソルの疑問ももっともだ。与えればワンランク上がるんだから、普通は与えるべきだろう。

その方が確実に強くすることができる。

しかしこれには理由がある。実はソルに与えた《レベルアップリンⅠ》の効果が発揮されるのはCランクまでなのだ。

Bランク以上にランクアップさせるには、《レベルアップリンⅡ》を与えないとアップできない。ここらへんはよくできているというか、そう都合よくランクアップはできないようになっているようだ。

ちなみに《レベルアップリンⅡ》は1億円だから、買えないことはないのだが、今はまだ切《せつ》羽詰《ぱっ》まっているような状況でもないので、様子見をしているところ。

どうしても上げなければ勝てないモンスターと遭遇《そうぐう》しそうな時に、与えようと思っていた。

「なるほどなのです。世の中そう都合良くはないということなのですね！」

「ん、そういうこと。さて……これで護衛は完璧《かんぺき》として、あとはダンジョン攻略請負人としての姿だよな……」

俺は《変身薬》を服用し、こんな姿になってみた。

「ほわぁ～、ご主人……綺麗《きれい》なのですぅ」

変身を遂《と》げた今の俺の姿を見て、ソルが目を奪われている。

それもそのはず。

黒髪のショートボブで、切れ長の瞳に白い肌と薄い唇、八頭身のモデル体型、どこか危うく冷たい印象を与えるものの、凛《りん》とした佇《たたず》まいはとても美しい。

胸は戦闘の邪魔になるので、そこそこの膨《ふく》らみにしている。

そう、俺は初の女性バージョンの姿を取ったのだ。

「名前は虎門《とらかど》シイナ……どうだ……こほん。どうかしら、ソル？」

「カッコ良いです！　綺麗です！　ビューティフルなのですぅ！」

「ふふ、ありがとう。シキもどう？」

「はっ、どのようなお姿も立派でございますが、今のお姿もとても凛々《りり》しいかと存じますぞ」

どうやら二人とも、この女性の姿を気に入ってくれたようだ。

俺は室内にある姿見を確認し、我ながらなかなかに美しい仕上がりで満足した。

「けれどどうして女性のお姿なのですか、殿？」

「あらシキ、この姿の時はそうね……姫とでも呼びなさい」

「はっ、失礼致しました、姫！」

「そうね、確かに戦闘という面において、やはり男の方が強いという印象は拭《ぬぐ》えないわね」

普段なら女言葉を使うのは恥ずかしいが、こうして変身したあとだと、まるで演劇でもしているかのようで少し楽しい。

「でも強い弱いはこの際どうでもいいのよ。ダンジョン攻略請負人として必要なのは、その話題性」

「話題性……でございますか」

「そう。女性、しかも一見強そうに見えないのにもかかわらず、請け負った仕事は十全にこなす。そういう話題性が、人を呼ぶのよ」

そうすることで多くの仕事が舞い込んできて金になる。

「それに人間相手でも、相手が女だと知れば油断する連中も多いからね」

特に綺麗だと、下心さえ持つ男も出てくる。そういうところを弱点としてつくことだってできるという利点もあるのだ。

「まあでも、一番の理由は、そろそろ女性姿も作っておこうって思ったからかしらね」

単純にいえば興味本位である。

それに坊地日呂《ぼうちひろ》の時と、身長などはそう変わらないので、リーチなどで戸惑うこともないし、強さだって筋肉量が変わったりするわけじゃないので問題ない。

あくまでもこれは見た目だけの変化なのだから。

「さて……それじゃせっかくだからシキの歓迎会でもしましょうか」

俺は新しい家族を祝う場を整えることにした。


「姫、よろしければ某《それがし》も調理を手伝わせて頂いても構いませぬか？」

いまだ虎門のままな俺とソルが、シキのために料理をしようとしたら、シキがそんなことを言ってきた。

「……別に構わないけれど、あなたは主役なのだから何もしなくて良いのよ？」

「そのお気持ちだけで胸がいっぱいです。それに殿と肩を並べて何かを行うというまたとない機会。是非《ぜひ》とも許可願いたいのです」

そこまで言うならと、俺は《変身薬》を使って幼女化したソルと一緒に、シキを加えて料理をすることにした。

さっそく俺は〝ＳＨＯＰ〟で美味《うま》そうなファンタジー食材を吟味《ぎんみ》し始めた。

「やはりお肉は外せないわよね。けれど魚も美味《おい》しそうだし……よし！　この前アップデートされたあの魚にしてみましょうか！」

扱う食材を決定し、魚をいろいろ物色してみる。

「豚肉のような旨《うま》みがある《トンブリ》に、すべてが霜降《しもふ》りの《霜降りマグロ》。どれも美味しそうで悩むわね………決めたわ！」

俺は幾つかの食材を選択し、テーブルの前に出した。

俺が選んだメイン食材は――《孔雀鮭《くじやくざけ》》。

これは孔雀の羽のように美しい色をした幻の鮭である。

全長一メートル未満にもかかわらず、値段は驚きの――――１２０万円！

ちょっと奮発し過ぎた感は否《いな》めないが、歓迎会だし、たまには良いだろう。

さっそく調理に取りかかるが、当然他にもファンタジー食材はたくさん使う。

ソルの大好物であるマッシュポテトに使用する芋《いも》も、また格別に美味いらしい《王色芋《おうしよくいも》》という名前からして凄《すご》そうなやつを選んだ。

他にもサラダ用に《クイーンレタス》や《超熟コーン》などを使い、前に購入しようか迷った《不死鳥米《ふしちようまい》》で、はらこ飯でも作ろうと思っている。

「じゃあシキは、素材を切ってくれるかしら？」

俺はシキに切り方を伝授すると、彼は驚くべきパフォーマンスを見せつけてきた。

芋を空中に投げてほしいと言われたので、従って投げてみると、シキが目にも留まらないスピードで両腕を動かす。すると芋の皮が綺麗に切り取られ、かつ一口大にカットされて、次々とボウルの中へと落下していくではないか。

……漫画とかアニメで見るような技だが、マジでこの目で見ることになるなんてなぁ。

そもそもそんなことが物理的に可能だったことに驚きである。

「ぷぅぅ！　ソルも負けないのですぅ！」

対抗意識を燃やしたようで、ソルも張り切ってレタスを千切《せんぎ》りにして皿に盛りつけていく。

ソル、まだそのレタス……洗ってねえんだけど……。

だが必死にやってる健気《けなげ》な姿を見ると、つい愛らしくて止められない。あとでこっそりやり直しておこうと決めた。

「姫、次は何をすればよいでしょうか？」

「そうねぇ。ではソルの手伝いをお願いしようかしら」

「畏《かしこ》まりました。ソル殿、ともに頑張ろうぞ」

「ぷぅ！　い～っぱいおいしいの作るのですよぉ！」

そうして二人仲良くサラダ作りに励《はげ》む。その微笑《ほほえ》ましさを横目に、俺も調理を始めた。

それから順次、出来上がった料理を次々とテーブルの上に載せていく。

最後の仕上げを俺に任せたソルとシキは、目の前の料理を見つめながら、互いによだれを垂らしてはすするという行為を何度も繰り返している。

「よーし、坊地日呂、いいえ、虎門シイナ特製――《孔雀鮭三昧《ざんまい》》の完成よっ！」

「おお～！　どんどんパフパフ～なのですぅ～！」

「うむ、実にお見事な出来栄えですな！」

まずは何といっても、シンプルに《孔雀鮭の刺身》をいただくとする。

「この刺身はどんな味がするのかしら……あむ！　………ん～っ！　おいしいっ！　というかもう口の中から消えたわ！　溶けるのが早過ぎるわねっ！」

色鮮やかなサーモンの刺身。口に入れた瞬間に、口内いっぱいに蕩《とろ》けるようなサーモンの旨みが広がり、同時に舌に吸収されるかのように一瞬で消えた。

「これなら何切れでもイケそうよ！」

「ぷぅぷぅ～！　はぐはぐはぐはぐっ！　ぷぅ～～～！」

ソルも気に入ったようで、二十枚はあった刺身がもうなくなっていた。

またシキも、相当気に入った様子で、無言のまま次々と刺身を胃の中へと流し込んでいる。

「お次はこれね、《孔雀鮭のあら汁》。んぐんぐ………ふはぁぁぁ」

これは……あったまる。ストレスも一気に吹き飛ぶほどに穏やかな気持ちになるくらいだ。

それに刺身とはまた違った味わい深さがあって、噛《か》む度《たび》にほろほろと優しく身がほぐれ、その度に旨みが濃縮されていくような気がする。

「お次は塩焼きよ。単純な調理だけれど、それだけに美味しさが直に伝わってくるわ」

思いっきりかぶりついてみると、脳天に衝撃を受けたかのような感覚が走る。

「見事だわ……！　刺身もそうだったけれど、どうしてこんなに蕩けるように美味しいのかしら。この身自体がジューシーだから？　一口での満足感なんて、牛肉と比べても遜色《そんしょく》ないわ！」

決まり切った文句ではあるが、こんな鮭――今まで食ったことがない！

さすがは１２０万の価値。店で出したら、ものの数分で完売してしまうはず。

「……これ、次に訪問販売で売ってみましょうか。バカ売れ間違いなしね」

ただその分、値が張るので購入できる家庭は限られてくるだろうが。それでもこれだけの食材だ。喉《のど》から手が出るほど欲しいという奴だって出てくるかもしれない。

「まあ商売のことは今は良いわね。次はいよいよシメの《はらこ飯》よ。やはり日本人はお米よね、お米」

ちなみにソルは、待ち切れなかったようで、すでにほとんどの料理をたいらげて、最後に大好物のマッシュポテトを口にし恍惚《こうこつ》の表情を浮かべている。やっぱりどんな料理よりもマッシュポテトが一番のようだ。

土鍋《どなべ》で作った《はらこ飯》。蓋《ふた》を開けてみると、そこには琥珀《こはく》色に輝く宝石に彩られたご飯が姿を見せた。ふわっと、炊《た》き込まれた飯のニオイと《孔雀鮭》の香りに食指が動く。

もう我慢できねえっ！

すぐに茶碗によそって、一気に口へとかっ込む。

「――んっ、んっ、んっ、ああもう！　美味し過ぎるわよ、もうもうっ！」

思わずテーブルを叩いてしまうほど、この絶妙な味に感動する。

プチプチと口内で弾けるイクラは、食感もさることながら塩っけの他、微《かす》かな甘みを有し、白米と見事なコラボレーションを奏でている。

その中に待ってました、と言わんばかりに飛び込んでくるのが、鮭の身だ。

三つが相互に高め合い、最高級の味を演出している。こんなものを食ってしまったら、もう他のはらこ飯なんて食えない。

それにこの《不死鳥米》は、米としての美味さをぎゅ〜っと凝縮したような味で、胃の中に流し込んでもまだ、口の中に美味さの余韻《よいん》が残っている。いや、むしろ徐々に米の味を強く思い出させてくるのだ。まさに不死鳥のごとく、旨みの復活だ。

だからこそもっともっとと、脳がしきりに米を要求してくる。何の味付けもしていなくとも、この米なら永遠に食べていられそうだ。

「はぁ〜もう、サイッコウね、これは！」

瞬く間に三合も炊いた米は、綺麗に俺の胃袋へと収まった。

「……ふぅぅぅ〜、んぁ……幸せってこういうことをいうのでしょうねぇ」

ソルとシキも、大きくなった腹を天井に向けて横たわっている。その顔はとても満足気だ。

特製のサラダやマッシュポテトも良かった。

普通のレタスやコーンとはやはり歯応えや旨みが一味違っていたし、それだけでメインを張れるほどのクオリティだったと思う。

やはりファンタジー食材、侮《あなど》りがたし。再度認識させられた今日だった。

すると突然、シキが俺の前で跪《ひざまず》く。

「姫、某のためにこれほどの祝いの席を設けてくださり誠に感謝至極《しごく》にございます」

「ふふ、気にすることないわ。これからあなたには頑張ってもらうつもりだから。よろしく頼むわね、シキ」

「はっ、このシキ、身命《しんめい》を賭《と》して御身のお傍に」


――翌日。時刻は昼過ぎ。

自宅から外に出た俺は、すでに虎門の姿へと変化している。

しかも話題性を生む仕掛けとして、袴《はかま》姿を起用していた。

この袴は、当然〝ＳＨＯＰ〟で購入したファンタジーアイテムの一つ。

耐熱、耐寒に優れ、クッション性と防御性にも秀でた代物《しろもの》だ。生半可の攻撃では傷一つつけられない鎧《よろい》のようなもの。そこに刀まで携《たずさ》えているというのだから、一目見て多くの者が注目することだろう。

俺は《ダンジョン探知図》でダンジョンを探しては、すぐに攻略へと移っていく。ほとんどは、ソルやシキにモンスターの一掃《いっそう》をしてもらい、俺はコアだけを狙う。

ダンジョンには〝コア〟というものが必ず存在し、それを破壊することでダンジョン化から元に戻すことが可能なのだ。

ただこのシキ、非常に優秀であり、ほぼ俺の出番など皆無である。

現在もダンジョン化した建物内（一軒家）を散策しているのだが――。

「ブヒィィイッ！」

突如俺目掛けて襲い掛かってきたオークという豚が擬人化したようなモンスター。その姿を現した直後、その身体《からだ》に無数の切れ目が走って細切《こまぎ》れになる。

見ると、俺の影の中に潜んでいたシキが、いつの間にか飛び出してオークを、その両腕の鎌で瞬殺していたのだ。

ソルも強いが、シキは確実に彼女の力を上回っている。

「姫、ダンジョン内に生息するモンスターの討伐《とうばつ》完了致しましたぞ」

シキはモンスターの気配を察知すると、すぐさま現場へと向かい瞬く間に討伐し、さらにはコアの位置まで確認し知らせてくれる。

……俺、いらなくね？

そう思わざるを得ないほどの優秀さなのである。まあ俺としたら楽ができるので問題はまったくないが。やはりシキを購入して正解だった。

そんな感じで、何度かダンジョンを問題なく攻略していったのはいいが……人気がないダンジョンばかりを攻略しても仕方ない。

そろそろ人の目につく場所で、実際にモンスターと戦っている姿を見せないと。

そうすることで俺の……虎門シイナとしての評判が上がり、仕事が舞い込んできやすくなる。

そう思っていると、

「た、助けてくれぇぇぇぇっ！」

悲鳴がどこからか飛び込んできた。確認してみると、そこはコインパーキングで、一人の男がゴブリン三体に囲まれていたのである。

……ちょうどいい。話題作りの一環だ。

俺は腰に携帯している刀――《桜波姫《さくらなみき》》を抜き、前方へと疾走する。

そのままゴブリンの背後へと接近した俺は、鋭い一閃《いっせん》を放ち、ゴブリン一体の身体を真っ二つにした。

仲間が瞬殺されたことで、ギョッと固まった残り二体のゴブリンへ、俺はすぐさま肉薄して一体、また一体と斬り伏せていく。

ついでにコインパーキングの壁に埋め込まれている輝きを放つ石——コアを破壊した。これでもうモンスターが現れることはない。

僅《わず》か数秒で、危機的状況を覆《くつがえ》した俺に、男は信じられないものを見るような目を向けてくる。

「……お怪我《けが》はないですか？」

「……！　あ、ありません！　えとその……た、助かりました……」

「いいえ。ご無事ならそれで構いません」

男に向けて微笑《ほほえ》んだあと、そのまま何も言わずに俺は立ち去る。

これであの男は、確実に今日経験したことを誰かに話すことだろう。

しかし当然誰も信じない。こんな身形《みなり》の女が、一人でモンスターを数体一瞬で始末したなど、物語の域から出ないだろうから。

しかしあちこちで起これればどうだ？

ありもしない物語はやがて噂《うわさ》となり、徐々に真実へと繋《つな》がっていく。

「さあ、この調子でどんどん虎門シイナの物語を綴《つづ》っていきましょうか」

そうして俺は、毎日モンスター討伐とダンジョン攻略に勤《いそ》しんだのであった。


新たなキャラクターである虎門を利用し一週間が経った頃、福沢家でもとうとう話題に上がった。それは皆で朝食を摂《と》っている頃だ。

「そういえば最近、袴姿の女性がダンジョンを一人で攻略しているという噂があるらしいですわね」

そう口に出したのは丈一郎さんの妻である美奈子さんだ。

「えっ、それほんと!?」

すぐさま話題に食いつく環奈。ポニーテールを大げさに揺らし目を見開いている。しかし丈一郎さんは、渋い表情のまま「とても怖いことだがね」と発言した。

「どうしてパパ？　ダンジョンを攻略してくれるなら、モンスターがいなくなって助かるんでしょ？」

「そうだな。確かに環奈の言う通りだが、たった一人で、しかも女性が危険の中に飛び込んでいることを思うとね」

ここらへんは医者の考えなのかもしれない。

「あ、そういえばそうだね……大丈夫なのかな」

環奈も優しい子なので、虎門の心配を心からしている様子。

「それに最近では『平和の使徒』と名乗る武装集団のお蔭《かげ》で、大分街に出るモンスターも少なくなってきている。できればそのような人たちとともに行動してくれれば、幾らか安全なのだろうが」

大鷹さんたちも頑張っているようだ。お得意様なので、是非《ぜひ》ともどんどん武器を消費し続けてもらいたい。そして円条を大いに利用してほしい。

「何で一人で行動してるんだろう？　ねえ、鳥本さんはどう思う？」

「ん……そうだね。集団行動が苦手とかかな。まあ一人が好きという考えもできるけどね」

「なるほどなぁ。他には？」

「一人の方が都合が良いから」

「うん？　どーいうこと？」

「これはその人の背景を知らなければ何とも言えないけれど、これまでもずっと一人で戦ってきていたとして、その方が動きやすいし、他人なんて足手纏《あしでまと》いと思っているかもしれない」

実際に俺がそうだからな。ソルたちはもちろん別だが。

「あー……」

「そもそも他人を信用していないかもしれない。もしかしたら人間嫌いとか？」

「えー、だったら他人を助けたりしないんじゃない？」

「その分、ちゃんと見返りをもらってるかもしれないよ？」

「見返り？」

「食料とかタメになる情報とか」

「食料は分かるけど、情報？」

「例えばモンスターに恨みがあって、だからこそダンジョンの情報とかを得るために戦っているのかも」

そういう設定の漫画とか結構あるしな。別におかしなことじゃないはずだ。

「なるほど。モンスターに復讐《ふくしゅう》か……考えられない話ではないね」

丈一郎さんが難しい顔で言う。きっとそういう人たちを病院で多く見てきたのだろう。モンスターに家族を傷つけられ、殺され、住処《すみか》を奪われ、恨みを持っている人たちなんて掃《は》いて捨てるほどいるはずだから。

「あ、でもさ、もしこの家がダンジョン化したら、その女の人に助けてもらえるかもね！」

無邪気な環奈の言葉。別に誰もが簡単に思いつくことではあるが……。

「環奈、そんな不吉なことは言わないでくれ。それに……誰かが命の危険に晒《さら》されてしまうようなことを、私は出来る限り選択したくはない」

「パパ……ごめんなさい」

美奈子さんも環奈の気持ちが分かっているのか、苦笑しながら彼女を見ている。

こんな世の中だ。力のない者は、力のある者に頼らざるを得ない。

それは至極《しごく》自然なことであり、別に歪《いびつ》な感情でもなんでもない。環奈の意見は普通の人間にとって真っ当な考えの一つだ。

しかし丈一郎さんの考えもまた人間として正しいことである。

自分たちのために誰かを傷つけたくないというのは、立派な志《こころざし》だ。

ただもし、ダンジョン化した家に環奈や美奈子さんが取り残された時、それでも丈一郎さんは強き者に頼ろうとはしないのか？

いや、その時は頼らざるを得ないだろう。何故なら失いたくはないからだ。

だが丈一郎さんは、そのような理不尽なことを考えたくないから、環奈を窘《たしな》めただけに過ぎない。きっと彼も分かっているのだ。頼りたくなくても頼るしかない時だってあることを。

たとえそのせいで、他人が傷つこうとも。大切な家族を守るためなら、他の何をも犠牲《ぎせい》にすることだって一つの正しさなのだと。

「ん～戦うって怖いよね。私って格闘技を見るのもダメだよぉ」

「そうなんだね。確かにボクシングとか過激だから女子受けはしないかも」

「うん、鳥本さんの言う通り、学校に通ってた時も、私の周りの女子で格闘技好きっていなかったなぁ。鳥本さんはどう？」

「俺は好きだよ。ただボクシングよりも総合格闘技の方をよく観ていたけどね」

「うへぇ、それってキックとか関節技とか何でもありなんでしょ？」

嫌なものを見るような表情を浮かべる環奈。選手が血塗《ちまみ》れになることもあるし、好きじゃない人にとっては見苦しいものかもしれない。

「何でもありってわけじゃないよ。噛《か》みつきとか眼球への攻撃とか、他にも細かいルールは存在する。ただまあ……確かに格闘技の中でも過激さでいえばトップクラスだろうけどね」

「男の人って何であゝいう野蛮《やばん》なの好きなんだろうなぁ」

「野蛮かぁ。まあ俺の場合は好きな選手がいたから、その人の試合は毎回楽しみにしてたよ」

「へぇ、どんな人なの？」

「元々はキックボクサーでね。デビューから常にＫＯで無敗。総合格闘技に移ってからも瞬く間にチャンピオンになった人だよ」

「ほぇえ……そんな凄《すご》い人がいるんだぁ」

環奈だけでなく、丈一郎さんも美奈子さんも感心するように息を漏《も》らしている。

「そんなに強かったらやっぱり戦うのも楽しいのかなぁ？」

「……どうだろうね。まあ、その人にもいろいろあって、短期間で総合格闘技界から姿を消したけどね」

そう、本当にいろいろと凄い人物だった。ただその人物の歴史を語るには、この場はあまり相応《ふさわ》しくない。結構過激な内容が含まれているからだ。

「いろいろ？　……！　もしかして薬でもやっちゃってたとか？」

いわゆるドーピングのことを言っているのだろう。

「ほらほら環奈、格闘技の話はそこまでにして、早く食べてしまいなさい」

話に夢中で手を止めていたことを丈一郎さんに注意され、環奈は「はーい」と返事をして食事を続ける。話題を避けられたことに、俺は内心で丈一郎さんに感謝しておく。

朝食後、丈一郎さんは休みということもあって、家族で明人さんの自宅に行くらしい。環奈には俺も一緒に来てほしいと頼まれたが、どうしても外せない私用があると言って断った。

環奈は残念そうだったが、お土産《みやげ》を持って帰ってくると言うと、嬉しそうに笑みを見せ、丈一郎さんたちと一緒に車で出かけていったのである。

俺はもちろん、最近日課となっているダンジョン巡りだ。

想像通りなら、そろそろ何かしらのアプローチがあってもおかしくはない。

そう思いながら、虎門の姿で街中を探索していた時、傍を通過した車が目の前に停車、そこから二人の人物が降りてきた。

あちゃあ……こういうアプローチは望んでなかったんだけどなぁ。

俺は顔には出さないが、心の中ではガッカリしていた。

何せ目前に停まったのは、パトカーだったのだから。

「ちょっと君、話を聞かせてもらってもいいかな?」

そう言いながら俺へと接近してくる。明らかに警戒しているような表情だ。

無理もない。こちらは刀を所有しているし、仮に噂を聞いているのだとしたら、あまり友好的に接してはこないだろう。

「……何か?」

「いや、それ……刀でしょ？　許可は申請してるの？」

「おかしなことを言いますね。この世界で、まだ法を口にしますか？」

「は……はあ？　ここは日本で、法治国家なんだよ？」

それは知ってる。だが現状を見てみろ。法が誰かを救ってくれているか？

ただ気になる。職務質問にしては、少し物々しい雰囲気《ふんいき》を出し過ぎだ。後ろに控えている一人なんて、手には警棒を持っているのだから。

しかも俺の身体……いや、虎門の身体を舐《な》め回すように見てくる。

「許可など頂いていないと言ったらどうされますか？」

「無論、署まで連行させてもらう」

「……もしかして私の噂を聞き、探していたのでしょうか？」

その直後、明らかに図星を指されたような表情を確認できた。

コイツら……顔に出過ぎ。分かりやすい。

「……はぁ。ですが警察の方々なら、私一人相手にしている暇などないのでは？　この街だけでもダンジョンは多く、モンスターによって苦しめられている方々もまた多い。その方たちを救うためにも、私のような矮小《わいしょう》な存在に人材を割《さ》く余裕などないかと思われますが？」

「っ、いいからさっさとパトカーに乗りなさい！　それ以上抗弁すると、公務執行妨害《こうむしっこうぼうがい》の現行犯で逮捕するぞ！」

「これはこれは、物騒なお話ですね。しかしすみませんが、まずは警察手帳を見せて頂けないでしょうか？」

俺が素直に従わないことに業《ごう》を煮やしたのか、二人は顔を見合わせ頷《うなず》くと、

「いちいちうっせえんだよ！」

質問をしていた男が、俺の右腕を取る。

なるほど……問答無用できたか。ならこちらも手加減はするまい。

逆に左手で相手の腕を摑《つか》み、その握力で骨を砕《くだ》いてやる。

「あぎぃっ⁉」

俺の力は、ファンタジーアイテムである《パーフェクトリング》で強化されており、それこそ格闘家よりも強いだろう。

男は摑んでいた手を放さざるを得なくなり、砕かれた腕の痛みに尻もちをつく。

仲間がそんな状況に陥ったことで、もう一人の男が当然俺に向かって警棒を振り回してくる。

俺は刀で一閃《いっせん》し、警棒を真っ二つにしてやると、及び腰になって俺から距離を取ろうと後ずさっていく。

しかし逃がすつもりはない俺は、そのまま相手の懐《ふところ》まで一足飛びで近づくと、掌底《しょうてい》で相手の顎《あご》を打ち抜き、跳ね上がった顔にハイキックをぶち込んだ。

男はその先に立つ電柱に衝突して意識を失った。

「……さて」

「ひ、ひぃぃぃっ!?」

残りは腰を抜かして怯《おび》えている男一人。俺は刀を抜いて、その切っ先を男に向ける。

「答えてもらおうかしら、私を拉致《らち》し何を企《たくら》むの？」

「ゆ、ゆゆゆ許してくれぇ！　お、おお俺らはただ頼まれただけなんだっ！」

「またこんな時の常套句《じょうとうく》を。それで？　一応聞くけれど、誰に頼まれたの？」

「ほ、ほほほほ崩原さんって人にだよっ！」

「崩原……？」

その名前、確かどこかで……。

そこでハッと思い出す。確か最近この街で暴れ回っている暴徒集団――『イノチシラズ』のリーダーだったはず。ただ一応確かめておくか。

「『イノチシラズ』のリーダーのことかしら？」

「そ、そそそそうだ！　お、俺らはまだ下《した》っ端《ぱ》で！　幹部になりたかったら、最近噂の『袴《はかま》姿の刀使い』を連れてこいって！」

おお、『袴姿の刀使い』なんて呼ばれてるのか、俺。

「何故崩原は私を？」

「い、一番は多分……戦力としてだ。ただ崩原さんは女好きでもあるし、あ、あんたくれぇ綺《き》麗《れい》なら、きっと可愛《かわい》がってもらえるぞ！　どうだ？　俺と一緒に『イノチシラズ』に入らねえか！」

うげぇ、誰が悲しくてあんな奴に可愛がってもらわないといけないんだ。マジでキモイ。

さて、ここはどうしたものか。このまま殺して、虎門のキャラクターを色づけしてもいいが、さすがにまだ殺すのは尚早か？

ただコイツらを生かしておいたら、きっとまた無意味な殺人が起きる。別に他人がどうなろうとどうでもいいが、金ズルを消されていくのは正直面倒。

そうだ。コイツらは幼い子供までも手に掛けるような連中だった。王坂と同じように……。

「……救いようがない、か」

「へ……何をんぺっ――」

刹那《せつな》、男の首が宙を舞った。無論それを成したのは俺だ。

そしてその足で気絶している男の方にも向かい、軽く首を刈ってやった。

「悪いなんて思わねえぞ。お前らは殺されて当然のことをしてるんだからな」

それに……北郷家には稼《かせ》がせてもらった。少しは彼らの気が晴れることをしてやろうと思っていたので、ちょうど良い。

「さてと……ソル」

「はいなのです！」

空を飛行して様子を見守っていたソルを呼びつけた。

「『イノチシラズ』について探ってちょうだい。どうせこのことはいずれ崩原の耳にも入る。奴が支配者を気取ってるなら、必ず私と接触してくるはずよ。その前に、奴の情報を得たいの」

「畏《かしこ》まりましたのです！　シキ、ご主人の護衛、しっかり頼むのですぅ！」

影の中からシキが「任され申した」と返事をすると、ソルは目にも留まらない速度で消えていった。

……にしても、先にこういう連中に目を付けられるとはな。

できればダンジョン攻略を依頼する輩《やから》の方がありがたかったが、当然崩原のような暴徒たちが接触してくることも視野に入れていた。

何せ奴らは力を欲し、力を排除するような連中だ。

前者は、戦力アップを図るため。後者は、害になりそうな者を殺すため。

奴らの思い通りになんてなるかよ。逆に強者《つわもの》を気取るバカに教えてやる。この世には理不尽な存在がいるってことをな。

何でも力で押し付ければ言うことを聞くと思っている奴を見ているとイライラする。また力に、あっさり屈する奴らに対してもだ。

俺はどんなことがあろうと、決して心を折ることはない。

最期まで抗《あらが》い続ける。それが俺の生き様においての信念なのだから。

幸いにも、『イノチシラズ』の下っ端の襲撃から翌日にかけて、奴らからのアプローチはなかった。

一方ソルからは、崩原の情報はあまり得ることができなかった。ただ暴れ回っている『イノチシラズ』の連中の溜まり場が、あるラブホテルだということは摑めた。

その中に、例の崩原と名乗る人物がいるらしいが、警備も厳重なようで、ソルでも侵入するのは難しいという。

それでもどこぞから攫《さら》ってきた女を、ここへ連れ込んでいるのが崩原の命令らしいということは分かったのである。残念ながら外出をしなかったので、崩原の顔は確認できなかったが。

引き続きソルにはホテル周辺の監視を命じておいた。

そんな折、鳥本として街中をフラフラとしていたら、見知らぬ者たちに囲まれてしまった。

そのほとんどが血気盛んな十代後半ほどの少年たちだ。

全員が俺を睨《にら》みつけていて、明らかに友好的だとは思えない態度である。何故なら全員が何かしらの武器を備えているからだ。

ちなみにシキは俺の影の中で、いつでも命令に従えるように構えている。

「……俺に何か用かい？」

どうせろくでもない用事だろうが、俺は微笑を湛《たた》えたまま尋ねた。

すると目つきの悪い金髪の少年が口を開く。

「いいから大人しくついてきやがれ」

俺に木刀を突きつけながら、少し不可思議なことを言ってきた。

……問答無用でケンカを吹っ掛けにきたにしてはおかしいな。こんな奴らが周りを気にするわけがないし。

このままバトルに発展する確率が最も高いと思っていたのだが……。

「ついてこい？　どういうことかな？」

「うっせえよ！　いちいち聞き返すんじゃねえ！　こっちは急いでんだよ！」

「それは理不尽だなぁ。君たちについていく義理も義務もないんだがね」

飄々《ひょうひょう》とした態度を見せる俺に、益々苛立《ますますいらだ》ちを露わにしていく少年たち。今にも襲い掛かってきそうだ。しかしそれを止めたのは、その少年の傍に立っていた黒髪の少年だった。

「お、おい、こんなとこで暴れたらダメだろ。あの人の命令なんだから」

「くっ！　……わーったよ。じゃあお前が説明してやれ」

そっぽを向いた金髪に対し、「分かったよ」と黒髪が答え、俺とのやり取り役をバトンタッチした。

「えっと……実は俺たちのリーダーが、あんたのことを呼んでて……さ」

「リーダー？」

「俺たちは『イノチシラズ』ってコミュニティに入ってるんだよ」

……何だと？

思わずその言葉に食いついてしまった。ただ虎門ならともかく、何故鳥本としての俺に接触してくるのかが分からなかった。

リーダーというと、少年刑務所にぶち込まれた経験のある奴だったはず。

そんな奴が俺……鳥本を御所望《ごしよもう》？

考えられるのは、鳥本が『再生師』だとどこからか聞き付け、その力を求めていること。それくらいしか理由が思いつかない。

ただコイツらについていけば、これよりも遥《はる》かに多い人数で待ち構えている危険もある。そうして脅《おど》して利用しようと企んでいる可能性が高い。

「……なるほど。だがさっきも言ったように、ついていく義務なんてないよね？」

「それは……」

「もしついてこなかったら後悔《こうかい》することになるぞ」

いきなり会話に入ってきたのは金髪だった。

「後悔……だって？」

「そうだよ。てめえ、ある大金持ちの家で生活してるみてえじゃねえか」

！　……なるほど。そうきたか。

つまりコイツらは……いや、コイツらのリーダーは、言うことを聞かなければ福沢家がどうなっても知らないぞと脅しているのだ。

奴らは高級住宅街を狙って活動しているという噂《うわさ》。問答無用に襲撃し、蹂躙《じゅうりん》し、女性たちを攫う。まさに盗賊《とうぞく》のような集団だ。

「俺が断れば、世話になっている家を襲う……そういうことかな？」

「だったら何だよ？」

自分が上に立っているとでも言わんばかりの表情だ。人を貶《おとし》めて悦《えつ》に入《い》る。コイツは王坂と何も変わらないクズらしい。

「……好きにすればいい」

「あ？　……はあ⁉」

おお、おお、その驚いた顔は面白いな。

「ちょ、待て！　今何つったお前！」

「だから、襲いたければ襲えばいい」

俺が微塵《みじん》も焦らないので、少年たちは全員唖然《あぜん》としてしまっている。

「お、お前、それ本気で言ってんのか！　何ヵ月も住まわせてもらってるらしいじゃねえか！」

よく調べているようで。

「それが何か？」

「何かって……そんな簡単に見捨てるつもりなのかよ！」

「必要であれば、俺はどんなものでも見捨てるつもりさ」

「「「っ!?」」」

光が消えた俺の冷徹な瞳を見て、周りの者たちが息を呑《の》む。

「じゃ、じゃあ俺たちが福沢家を襲っても何も思わないってこと？」

そう尋ねたのは黒髪だった。彼もまた信じられないというような面持《おもも》ちである。

ていうか福沢家って言っちゃってるし。混乱してるの丸分かりだわ。

「いやいや、さすがに不憫《ふびん》だとは思うかな。俺のせいで襲われたって聞けば」

「だ、だったら……」

「けれど、自分の命を天秤《てんびん》にかけるほどじゃない」

断固として揺るがない俺の意思を受け、その場に沈黙が流れる。

コイツら、前に会った偽装警察の連中とは違い、『イノチシラズ』の中でも下《した》っ端《ぱ》の中の下っ端なのだろう。自分の手もまだ血に染めてないはず。雰囲気《ふんいき》からだが、そんなふうに感じる。

言動はともかくとして、王坂や北郷家を襲った連中とは違う。まだ完全に悪に染まれていないって感じだ。精々《せいぜい》小悪党といったところか。

王坂だったら俺の発言を聞いて、ショックを受けるようなことはしない。悪感情しか持たない奴だし、襲撃される側に同情したりはしないのだ。しかしコイツらは、俺に見捨てられた福沢家のことを哀れに思っているような感情がある。

　まさかこんな中途半端な連中を使いに出すとは、『イノチシラズ』のリーダーは一体何を考えているのか。

「……とまあ、冷たいことを言って逃げるのもありかもなぁ」

「!?　て、てめえ……今の冗談だったのかよ！」

　からかわれて怒ってくるとは、そんな資格がお前にあるのか金髪くん？

「こう見えても人をからかうのが好きでね。それよりもほら」

「あん？　何だよ？」

「何だよじゃないだろ？　君たちのリーダーが待ってると言ったのは君たちだ」

「！　……ついてくるのか？」

「さすがに福沢家を見捨てたら良心が痛むからね」

　それ以上に、俺の興味はリーダーにある。

　一体どんな奴なのか、一度この目で確かめておきたい。

　まあ、罠《わな》だったとしても、こちらにはシキがいる。さすがに会った直後に、マシンガンをぶっ放してくることはないだろう。向こうも何やら島本に興味を持っているようだから、ある程度の対話する時間はあるはず。

……ただまあ、一応保険は掛けてあるけどな。

俺は首からかけているネックレスタグに触れる。そのタグには〝福沢家の自室〟と書かれていた。

これは《リスポーンタグ》といって、タグに位置を刻み込んでおくことで、死んでもその場所で一度だけ復活することができるのだ。

ただし2億5000万円という莫大《ばくだい》な金額を要求されるが。

人一人の命の値段が、〝SHOP〟ではその程度の価値しかないということだろう。一体誰が判断しているのか分からないのはいつも通りだけれど。

だがこれさえあれば、たとえ不慮《ふりょ》の事故などで死んでも、一度だけなら生き返ることができるのは大きい。これなら多少無理なことでも首を突っ込むことができる。

まあもしこれを使わされるようなことになったら、リスポーンしたあと、『イノチシラズ』は壊滅させてもらうが。無論復讐《ふくしゅう》として。

そうして俺は、『イノチシラズ』が拠点としている場所へと向かうことになったのである。

第二章 ≫ 悪一文字を背負う男

——眼前には、福沢《ふくざわ》家と遜色《そんしょく》ないほど大きな屋敷が建っている。

和風建築で、旅館のような風情《ふぜい》さえ感じさせる佇《たたず》まいだ。

「……君たちのリーダーはセレブなのかな？」

答えてるか分からないが、傍にいた黒髪に一応質問してみた。

「ここはリーダーたちが奪った家なんだよ」

ちなみに金髪はリーダーに、俺を連れてきた報告をしに行っていて、ここにはいない。

「なるほど。他人から強奪して領土にしたというわけだ」

それ、どこの戦国時代だよ。

しかし俺には一つ気になることがあった。

崩原《ほうばら》がいるのは、あのラブホテルじゃなかったのか？　拠点を移したのか？

戻ってきた金髪の案内で、俺はそのまま庭園の方へと回らされ、庭師が手掛けたような立派な木々や池などを通過し、縁側がある場所へと出る。

“SHOPSKILL”
sae areba
Dungeon ka sita
sekaidemo
rakusyou da

その縁側には、シンプルな黒の甚平《じんべい》の上に、〝悪〟という赤い文字が背に入った羽織《はおり》を着こんだ男が腰かけていた。片膝を立てながらキセルを吹かせる姿は、どこか絵になっていて、男らしいカッコ良さを演出していた。

その男の周りには、屈強そうな二十代前半ほどの男連中が数人陣取っており、何かが起こっても対処できるように警戒している。

俺はそんな男と、一定の距離を開けながら対面する形で立たされた。

……コイツが……。

細身だが、筋肉質な身体《からだ》つきなのが見てとれる。

それに全体的に尖った髪に、鷹のように鋭い瞳は、妙な威圧感と恐怖を煽《あお》り、おいそれと人を近づけない印象がある。

一目で分かった。コイツは格が違う人間だと。俺と歳《とし》はそう変わらないように見えるというのに、放つオーラがハンパじゃない。

カリスマというのはこういう奴のことを言うのであろうか？

「……ふぅう～。……へぇ、そいつが例の鳥本《とりもと》なんだな？」

ようやく喋《しゃべ》ったと思ったら、声もまた腹に響くような野太さをしている。ジロリと睨《にら》みつけてくる視線は、思わず後ずさりしてしまうくらいに圧があった。

あの王坂《おうさか》も、それなりのカリスマ性を持っていたのだろうが、コイツと比べると王坂がどれ

だけ小さい存在だったか分かる。

　これは恐らく育ってきた環境もあるが、持って生まれた資質の差だと思う。

「そうです、リーダー！」

　金髪が、自分の手柄ですと宣言するかのように大きな声で答えるが、リーダーに睨まれてしまう。

「おいこらぁ、リーダーって呼ぶなって言ってんだろうが。俺のことは名前で呼びやがれ」

「そ、そんな！　リーダーを名前でなんておこがましくて！」

「そんな呼び名、こっ恥ずかしいんだよ！　何なら才斗《さいと》って呼び捨てでもいいって言ってんだろうが」

「そ、それは勘弁してください！　さすがに無理です！」

　金髪の言葉に、他の少年たちもウンウンと頷《うなず》きを見せた。

「ちっ……まあいい。おい、コイツらに褒美《ほうび》をやっとけ」

　俺を連れてきた連中に対し、褒美を与えるつもりらしい。

　意外に律儀《りちぎ》な奴……なのか？

　それに何やら部下に対して、そう物腰もキックない。てっきり王坂のように、支配者を気取っている様子を想像していたのだが……。

　そして金髪たち少年連中には、もうここにいなくていい、と俺から遠ざけた。

「──さて、と。放置して悪かったな。俺ぁ、『イノチシラズ』っつうコミュニティを纏《まと》めてる崩原才斗ってもんだ。あんたは鳥本健太郎《けんたろう》……で良かったよな？」

「ああ、そうだよ。君が俺に会いたいと聞いてね」

「素直に俺の要求に応じてくれたってわけだ」

「……脅してきた人間が言うセリフじゃないなぁ」

「！　何だと？」

さらに眼光を鋭くし、「どういうこった？」と何故か俺に聞いてきた。

「どういうことも何も？　言うことを聞かなければ、俺が世話になっている家がどうのこうのと、さっきの子たちが言っていたけど？」

「ちっ、そういうことか。アイツら……ったく、おい鳥本さんよぉ」

「何かな？」

「──すまんかった」

……は？

座ったままだが、突然頭を下げて謝罪をした崩原に対し、その想定外の態度に俺は呆《ほう》けてしまった。

「アイツらには仕置きしておく。さっき言った褒美もなしだなこりゃ。……ここは貸しにしとくっつうことで、どうか手打ちにしてくれねえか？」

「………」

「ん？　おい、聞いてんのか？」

「！　あ、ああ、そうだね。……トップの人に頭を下げられちゃ、手打ちにしないわけにはいかないな。それにどうやら子分の暴走みたいだからね」

「子分じゃなく仲間だ。……けどマジで悪いな。そういうやり方はすんなっていつも言ってんだけどな。けど俺が急いでるって言ったから、アイツらも焦ってそんな真似《まね》をしちまったんだろうよ」

……急いでる？　そういやそんなことを金髪も言ってたな。

「とにかく、あとでアイツらにも正式に謝罪させるわ」

「……別にそれは必要ないよ。けれど、どうも俺が思い描いていた『イノチシラズ』のリーダー像と印象が違うもんでね。少々戸惑っているよ」

「あん？　……ああ、なるほど。例のあれか」

「例の？」

「最近ここらで暴れ回ってる『イノチシラズ』のことを知ってんだろ？　それでその頭は、残《ざん》酷非道《こくひどう》で冷酷無比《れいこくむひ》な、どうしようもないクズだって判断したんじゃねえか？」

「加えて卑怯《ひきょう》で驕《おご》り昂《たかぶ》ったヤツということでね」

「っ！　て、てめえっ！」

「ダーッハッハッハッハッハッハ！」

崩原の右隣に立っている坊主頭《ぼうずあたま》が、俺に食ってかかろうとしたところ、突然崩原が高笑いし始めたので、全員がキョトンとしてしまっていた。

「まったくもってその通りだぜ！　あんた、良い度胸と性格してんじゃねえか！」

「褒《ほ》めても何も出ないよ。ああ、手と口くらいは出るかもしれないけど」

「タハハ、いいねぇ。あんたにとってここは敵地。そのど真ん中での肝《きも》っ玉《たま》ぶり。気に入ったぜ！　どうだ？　『イノチシラズ』に入らねえか？」

「悪いけど、こう見えて旅人でね。そのうちこの街から出ていくつもりなんだよ」

「何だよ、つれねえな。せっかく面白え奴を見つけたって思ったのによぉ」

それはこっちのセリフだ。まさか崩原才斗が、こんなにも話しやすい奴だとは思わなかった。

王坂の上位互換的な存在だと勝手に想像していたからだ。

だが全然違う。確かに醸《かも》し出す雰囲気《ふんいき》は、いわゆる堅気《かたぎ》のような者のソレではないが、どちらかというと好感が持てるような人物ではある。

「それで？　俺をここへ呼びつけた理由をまだ聞いてないが？」

「ああ、そうだったそうだった。……それは今話した『イノチシラズ』の印象についてにも関わってることなんだけどよぉ」

「……？」

「単刀直入《たんとうちょくにゅう》に聞くぜ？　お前が知ってる『イノチシラズ』の蛮行《ばんこう》を言ってくれや」

「……高級住宅街を中心に、問答無用で他人の居宅に押し入り、住人を虐殺《ぎゃくさつ》し、そのあとは食料などの生活必需品を強奪し、そして若い女性を攫《さら》う。今、この街には苦しむ人々を守ろうとしてる『平和の使徒』という組織があるが、『イノチシラズ』はまったくもってその逆。さしずめ『乱世の使徒』ってところかな」

「っ……やっぱな」

一瞬、崩原の顔が悔《くや》しそうに歪んだのが気になった。

「その様子だと、どうも望んでる結果じゃないようだが？」

「あったりめえだろ。俺は仲間たちに、そんな指示なんて出してねえ」

「!?　……どういうことだい？」

するとと崩原は、その重い口を開いて語り始めた。

「俺は確かに堅気って胸を張って言えるような人間じゃねえ」

「少年刑務所を出ているから？」

「！　……知ってたか。まあそういうのもある」

「違うっ！　才斗さんはっ！」

またも坊主頭が介入してきた。

「チャケ、てめえは黙ってろっ！」

「でも才斗さんっ！」

崩原に睨みつけられ、「す、すいません」と一歩引いた。

「悪いな、またコイツが」

「いや、もしかして刑務所に入ったっていうのは嘘情報かい？」

「あん？　それはマジだ。まあ、その話は今はどうだっていい。続きを話すぜ？」

「ああ、お願いするよ」

「さっきも言ったが、俺は立派な人間じゃねえ。けどな、それでもこんな俺を慕《した》って集まってくる連中がいるんだ。まあ世間にはみ出しくらったガキどもばっかだけどな」

様々な理由から学校を退学になった者、家を追い出された者など、いわゆる世間で不良と呼ばれる若者たちが、彼の下にたくさんいるらしい。

「それでも俺にとっちゃ、同じ悪一文字を背負う家族だ」

どうやら着用している羽織《はおり》、その背に刻まれた悪の文字は、彼らのシンボルのようだ。俺だったらちょっと恥ずかしくて羽織れないが。

「確かに俺らは善か悪かって言われりゃ、そりゃ悪だろうよ。けどな、悪にも悪なりの美学ってもんがある。何の罪もねえ他人を、問答無用で襲って殺したり、女を攫ったりするってのは、俺らの美学に反する」

悪の美学。そんなことを告白されても俺にはさっぱりだが、とりあえずコイツにはコイツなりのポリシーがあるということなのは伝わってきた。

「だが『イノチシラズ』の連中が、クズとしか思えないような行為に走っていることは事実だよ？」

「そうだな。そいつらがマジで『イノチシラズ』の構成員なら、な」

「！　……つまり君たちを騙《かた》った者たちの仕業《しわざ》だと？」

そういう可能性は考えていなかった。

「そんなことをする理由は？」

俺の質問に対し、バツが悪そうな表情をする崩原。

「どうやら理由には心当たりがあるみたいだね？」

「……まあな。まず間違いなく――流堂刃一《るどうじんいち》の仕業だ」

「……いや、そんな有名人だよみたいな感じで言われても知らないんだけど」

「ああ、悪いな。あんたも堅気じゃなさそうだし、知ってるって思ったんだよ」

誰が堅気じゃないって？　正解だよ。

崩原が、その流堂刃一とやらについて説明してくれた。

その男は崩原と同じ二十三歳らしく、十代の頃は殺し合いに近いケンカばかりしていた間柄だったという。何をするにも反発し合い、崩原がグループを作った時は、対抗するように流堂もまたグループを作って挑発してきた。

タイマン自体は崩原の方が強く、だからこそ流堂は、いつもケンカをしては負けていたために、激しい嫉妬《しっと》と憎悪の念を持っていたのだという。

それに崩原もまた、平気で麻薬に手を出したり、人を陥《おとし》い《》れ女を強姦《ごうかん》したりする流堂を良く思っていなかった。つまり決して分かり合うことのない溝《みぞ》が、二人の間にはあったというわけである。

そんな流堂が最近、崩原に対してこう言ってきた。

『俺の下につけ、崩原』

それは世界が変貌《へんぼう》して間もなくのことだったという。

無論崩原は断ったが、それからというもの崩原の周りで奇妙なことが起こり始めた。

家が荒らされていたり、闇討《やみう》ちをされることもあった。これは、明らかに自分たちを狙っている者がいる証《あかし》である。

そこで身内の強化を図るためにも、コミュニティである『イノチシラズ』を結成したのだ。

しかし今度は、その『イノチシラズ』を貶《おとし》める風評が流れ始めたのである。

「なるほど。そのすべてに流堂が関わってると」

「調べてみた結果、奴の下にいた連中が吐いたからな」

実は今、崩原たちが拠点としているこの場所も、その流堂の手下たちが住人たちを襲って奪ったあとに奪還したものらしい。

元々ここは崩原の知り合いの実家で、これもまた嫌がらせのように流堂が動いたのだと確信しているとのこと。

そしてその時に捕らえた連中から流堂のことを聞き出したのだという。

黒髪の少年がこの家も奪ったって言ってたから、てっきり問答無用で他人から奪い取ったんだと思ってたが、どうやら違ったらしい。あくまでもコイツらの言葉を信じるならば、だが。

ただ信憑性《しんぴょうせい》はあると思う。何故ならある疑問がそれで解決するからだ。

それは先程不思議に思った、ラブホテルから拠点を移した件についてである。

あそこにいた『イノチシラズ』のメンバーやリーダーは、コイツらではなく、『イノチシラズ』を騙っている連中――つまりは流堂だという場合だ。

だとすれば辻褄《つじつま》が合い、コイツらの言っていることが正しいことも分かる。

無論まだ推測の域からは出ないが。

「つまり昨今恐れられている『イノチシラズ』のやっていることは、本物ではなく、君たちは一切関与してないと、そういうわけかい?」

「ああ、少なくとも俺はコイツらにそんな腐った指示なんて出してねえ」

傍に立っている男たちも深く頷《うなず》きを見せる。

しかしまさか、『イノチシラズ』の偽物がいるなんてなぁ。

警察を騙って攫おうとしてきた連中。アイツらは、崩原に命令されたと言っていたが。アイツらはガキって感じじゃなかった。当然この場には見当たらない。

とりあえずいろいろ聞き出してみるか。それに一番気になることもある。

「……事情は理解した。それが事実かどうかは一先《ひとま》ず置いておくことにしよう」

「……ま、すぐに信じちゃくれねえだろうな」

崩原も俺の発言には予想がついていたようだ。ただ坊主頭は凄《すご》く悔しそうではあるが。

「ただだからこそ問い質《ただ》したい。何故俺を連れてきたんだ？　今の話と何ら繋《つな》がりが見えないんだが？」

「……『袴《はかま》姿の刀使い』」

「！　……もしかしてコイツ……」

「知ってるよな？　最近噂《うわさ》になってる女のことだ」

「何故知ってると？」

「この前、一緒にいるところを仲間が確認してる」

実は俺が虎門《とらかど》として仕事をする時、《コピードール》を鳥本や海馬《かいば》などに模倣《もほう》させて仕事をさせていたのだ。

その際に、虎門《俺》と鳥本《コピードール》を接触させて、繋がりがあるところを他人に見せている。そうすることで、虎門に仕事を頼みたい連中が、鳥本にも接触してきて、その逆もまたあり、仕事の幅がより広がると判断したからだ。

「なるほど。つまり俺を御所望《ごしよもう》というわけじゃなく、虎門さんを……ということだね？」

「そういうことだ」

　さてさて、虎門に何らかの仕事を任せたいということだろうか。ならこちらとしては報酬《ほうしゆう》次第で請け負うことも吝《やぶさ》かじゃない。

　俺が想像していた人物像だったのならば、情報だけを頂いて、あとは隙《すき》を見て逃げようと思っていたが……。

　崩原と話していると、悪一文字を背負っているくせに、どうも悪党という感じは一切しない。仲間のしでかした過ちを認め、ちゃんと頭まで下げられるくらいの人物だ。

　正直こういうコミュニティの上に立っている奴らなんて、嫌みな奴で絶対に受け入れられないと思っていたが、崩原に関しては別段そんな感情は浮かばない。

　ただ今までの話に嘘がないとも言えない。俺を騙《だま》して何かを企《くわだ》てようとしている可能性だって十二分に考えられる。虎門のことを知っているならなおさらだ。

　彼女の力を利用するか、あるいは見目麗《みめうるわ》しい女性として懐《ふところ》に入れたいだけか。

　まだ崩原の言うことを信じるには早計過ぎる気がする。

「――『袴姿の刀使い』を紹介しちゃくれねえか？」

　そう頼み込んできた。驚きはない……が、気になるのはその理由だ。

「……理由を聞いても？」

「当然だろうな。今度俺ら『イノチシラズ』は、あるダンジョンを攻略するために動く」

「ダンジョンを？」

「そうだ。規模も広く、そこにいる怪物どもも強力な奴ばっかだ」

「何でわざわざそんな無謀《むぼう》な挑戦を？」

小規模のダンジョンならともかく、大規模となると、武器を売ってやった『平和の使徒』でさえ攻略はほぼ不可能に近い。

それこそ自衛隊の全戦力を注ぎ込む必要があると思う。何せそういうダンジョンには、Bランク以上のモンスターしか生息していないからだ。つまりシキでも油断すればあっさりと死にかねないほどの難易度である。

もしSランクが一体でもいたら、国が総力を結集しなければ討伐《とうばつ》も難しいはず。

「なぁに、そこを攻略して俺らの拠点にするためだ。これからもっと人が増えるだろうしな。でけえ拠点が必要になるってだけだ」

理由としてはおかしくはないが……。

ただ何となくしっくりこない感じがする。広い拠点なら、他にもあるはずだ。わざわざ危険を冒してまで強力なモンスターがいる場所を選ぶ必要がない。

……まあ、コイツらの思惑はどうでもいい。要は俺にとってメリットがあるかないかだ。一応あるメリットは存在するのだが……。

「なるほど。つまり攻略のための戦力として、虎門さんの力が必要だと？」

「ああ。たった一人で多くのモンスターを殺し、それにダンジョンも幾つか攻略してるって話だ。手を組んでも申し分ねえ」

「女性だけど、そういうのは気にしないのかい？」

「はんっ、思春期のガキじゃねえんだ。女だろうが男だろうが、今必要なのは強え奴。ただそれだけだ」

「…………一つ言っておくことがあるけど」

「何だ？」

「虎門さんは無報酬で働く人じゃない。まさかタダで彼女を利用しようというつもりではないだろうね？」

「んなわけねえだろ。こちとら仕事にはそれに見合った報酬は必ず用意してる。それは他人だろうが身内だろうが関係ねえ。『袴姿の刀使い』が、ちゃんと仕事をしてくれんなら、もちろん対価だって用意してやらぁ」

一応言質《げんち》は取ったものの、こういう相手に口約束だけではどうも信じられない。

ただまあ、あとは虎門として交渉した方が良いか。

「了解した。彼女と連絡を取って、君たちが会いたがっていることを伝えよう」

「おお、やってくれるか」

「ああ。だけど彼女は一癖《ひとくせ》も二癖ある人物だ。それに……強い。あまり機嫌を損《そこ》なわないようにした方が良いよ」

「忠告として受け取っておくぜ。こっちも無駄に敵を作るつもりはねえしな。そういうのは流堂だけでたくさんだ」

余程その流堂に手を焼いているようだ。

「ああ、それと一つ聞いておきたいことがあった。実は虎門さんに以前聞いた話だけど……前に『イノチシラズ』と名乗る連中が、虎門を攫《さら》おうとしてきたことを告げた。無論相手が崩原の名を出したことも包み隠さずだ。

その話を聞いて、崩原やその仲間たちは認めなかった。そんな命令なんて出してないし、警察を騙《かた》って女を攫うようなクズは、チームにはいないと言う。

そこで崩原は、虎門を襲った連中の容姿を尋ねてきたので正直に教えてやった。

「……知らねえな。おい、お前らはどうだ？」

崩原の仲間も素直に首を横に振っている。表情を見る限り、嘘を言っている様子はなさそうだ。

「なあ鳥本、そいつらは俺の名を出したんだな？」

「らしいよ。崩原は女好きだから、きっと可愛《かわい》がってもらえるとか何とか言ってたみたいだ。あはは、君はどうやら色魔扱いされてるみたいだね？」

「んだとコラッ！　てめえもういっぺん言ってみやがれ！　才斗さんが女好きの色魔なわけがねえだろうがっ！」

そこへ本人ではなく、チャケと呼ばれていた男《坊主頭》がまた嚙《か》みついてきた。

「お、おいチャケ、落ち着けって」

「いいや、そんないい加減な情報で踊らされる奴を見てると腹が立つんですよ！」

別に踊らされてるわけじゃねえけどな。ただの事実確認だし。

「いいかてめえっ！　ここにいる才斗さんはなぁ――」

一体何を言うつもりなのか、俺は黙ってその様子を見ていたが……。

「――まだ童貞なんだぞぉぉぉっ！」

…………………は？

時が止まった。いや、そんな気がするだけだが、全員が固まってしまっている。

動いているのは、チャケただ一人で……。

「昔っから硬派を貫いてきたし、今でも女にあんま耐性ねえし、近づかれただけで照れるような人ぶふぉうっ!?」

直後、チャケが顔面を殴《なぐ》られて吹き飛んでいった。

「い、痛え……何で殴るんすか、才斗さんっ!?」

「ううううっせえわっ、このボケッ！　何を初対面の奴に俺のアレなもんを暴露してくれてやがんだっ！　このアホチャケ！」

「え？　……もしかして大人の階段を昇ったんですか？」

「!?　そ……それは…………の、昇ったに決まってんだろ？」

　ああ、絶対に嘘だな、これ。

　恐らくその気持ちはここにいる全員が持っただろう。恥ずかしそうにそっぽを向きながら言う姿は、童貞だとバレたくない思春期男子にしか見えなかった。

「「「才斗さん……」」」

「な、何だよ、その目はてめえらっ!?　ああ嘘だよっ！　まだ童貞だよっ！　だったら何だよ、てめえらに何か迷惑かけたかコラァッ！」

　まだ童貞だと叫ぶ崩原という人間に対し、何だか急に親近感が湧いた。悪の親玉っぽい雰囲《ふんい》気《き》は鳴りを潜め、今はからかい甲斐《がい》のある道化《どうけ》にしか見えない。

「そんなに童貞を卒業したかったら、そういう店を頼れば良かったのでは？」

　少し情けなく見えたので、苦笑しながら俺はそう尋ねてみた。

「アホか、てめえは！　んな愛の欠片《かけら》もねえセックスができるかぁ！」

「……純情か」

「黙れ！　てめえみてえな優し気なイケメンは、そりゃもうとっくの昔に卒業しちまってんだろうがよ！」

いいえ、あんたと同じですが何か？

「どうせモテんだろうし、たくさんの女を抱いてきたんだろうぜ、チクショウッ！」

モテなかったし、この姿は偽物だしなぁ。

「君だってスタイルも良いし、顔だって悪くないじゃないか。モテそうだけど？」

「悪いが俺は心から好いた女とじゃなきゃ、付き合いてえなんて思わねえんだよ！」

「そうだそうだ！　言っただろ、才斗さんは硬派だってよぉ！」

「チャケ、もういいからお前は黙ってろっ！」

「何でですか！　俺見たんすよ！　才斗さんがずっと前に恋愛マニュアル書みてえなもんを読んで『う〜む、なるほどなぁ』と呟《つぶや》いてんのを！」

「んがぁっ!?」

うわぁ、それは恥ずかしい。てかチャケさんよ、それイジってない？　見ろよ、崩原が膝から崩れ落ちたぞ？

「けどチャランポランな恋愛はしたくない！　だからたとえ恋愛に興味があっても、それを押さえつけるバカ強え理性がある！　そんな圧倒的な硬派精神にマジで尊敬してるっす！　俺もあなたのような恋愛よりも自分の信念を貫くような硬派な男になりてえっす！」

もう止めたげて。崩原なんか顔が真っ赤に染まり上がってるから。

「あれ？　けどチャケ、お前確かこの前彼女できたって言ってなかったっけ？」

突然仲間の一人から思わぬ攻撃がチャケへと放たれた。

しかし動揺《どうよう》するかに見えたチャケだったが……。

「お、何だよぉ、知ってんのかよぉ。これがまた可愛らしい子でさぁ。胸も大きくて声も可愛くて……って、あれ？　才斗さん、どうして顔を俯《うつむ》かせてプルプルしてんすか？」

……チャケよ、お前のことは忘れねえぞ。

俺は心の中で祈り、静かに瞼《まぶた》を閉じた。

そして――人間を殴りつけるような乾いた音がしばらく響き渡り……。

「よぉ、悪かったな。変なところ見せちまってよぉ」

俺は何事もなかったかのように縁側に座っている崩原と対面する。両手が血に染まっているのはツッコまない方が良さそうだ。少し視線を動かすと、そこには木材でできた十字架に磔《はりつけ》になった全身ボロボロの哀れな男《ハゲ》がいた。

キリストとは違って、コイツ……もう復活しねえんじゃね？

他の仲間も、さすがに同情できないのか、ハゲに合掌《がっしょう》だけをくれていた。

「いや、君が虎門さんを襲った連中と関わり合いがないということは理解したよ」

仲間たちの態度を見ると、マジで純情というか女に免疫《めんえき》がなさそうだしな。

なら虎門を襲った連中があぁ言ったのは、すべてをコイツの仕業《しわざ》に見せかけるためだろう。

なら誰が？　先にも話に出てきている流堂という奴が思い浮かぶ。

こんな純情な奴がラブホテルを拠点にし、多くの女を連れ込んでいるとは思えない。今までのがすべて演技……だとしたら大した役者ではあるが、その可能性もまた低いような気がする。

「なら虎門さんには、君が部下に命令をして襲わせたんじゃないってことを伝えておくよ。あの出来事に対し、かなりご立腹だったようだしね」

「そりゃ助かるけどよ。つーことは、紹介してくれるってことでいいんだよな？」

「さっきも了承しただろ？　上手《うま》くいくかどうかは君たち次第だけど」

「それで十分だ。じゃあ会う日程なんだが……」

それから崩原に会合の日時を決めてもらい、その場はお開きとなった。

崩原の拠点を出た後。

しばらく歩いていると、またもや前方に見知らぬ者たちが立ち塞《ふさ》がってきた。

バイクにまたがる強面《こわもて》のオッサンたちだ。

「……そこをどいてくれないかな？」

「てめえ、さっき『イノチシラズ』の拠点から出てきやがったな？」

「何のことかな？」

「惚《とぼ》けんな！　ネタは上がってんだよ！　……てめえは何者だ？　何で崩原と接触した？」

……コイツら、もしかして……。

「さあ？　それを君たちに教える義務はないだろう？」

「痛い目を見たくなけりゃ、言うことを聞いとけや」

そう言いながら、俺の周りを連中が囲い始める。

やれやれ、最近こういう奴らとの接触が増えてる気がするよなぁ。

まあでも、一つ試しに聞いておこうか。

「君たちこそ何者かな？『イノチシラズ』に関わりがありそうだけど？」

「てめえに関係ねえよ。つか、さっさとこっちの質問に答えやがれ」

「………………高級住宅街」

呟いた瞬間、目の前にいる男の眉《まゆ》がピクリと動いた。

「もしかして君たちかな。最近高級住宅街で暴れている輩《やから》というのは？」

「はあ？　何言ってやがんだてめえ？」

……素直に吐くつもりはねえか。なら……。

「前に見たんだよなぁ。君……そう、そこにいる君たちだ。君たちが嫌がる女性を、あるラブホテルに連れ込むのを。それに……【天坊町《てんぼうちょう》】にある家に押し入っているところを」

ちなみに【天坊町】というのは、北郷《ほんごう》家があった場所である。

するとみるみる顔色が険しくなっていく男たち。すでに敵意から殺意に近い感情が浮かび上がっていた。

しかし不意に俺と対面している男がニヤリと笑みを浮かべる。

「なぁんだ。バレてたのかよ。なら話は早ぇ。てめえも殺されたくなかったら、さっさと吐きやがれ」

──ビンゴ。

どうやら崩原の言っていたことは、ほぼほぼ真実だったらしい。

少なくともコイツらは『イノチシラズ』ではないだろう。あのラブホテルにいたリーダーとやらの指示で動く暴徒で間違いない。

そしてその暴徒のリーダーこそ……。

──流堂刃一、か。

恐らく見知らぬ俺が崩原と接触したことで、その調査に来たというわけだろう。

動きが早いことから、普段からあの家はコイツらに見張られていた可能性が高い。やはりそれだけ流堂は、崩原を意識しているようだ。

しかしどうしたものか……。

ここは住宅街だ。さすがにここで戦うのは、街の美観を損《そこ》なう。

いやまあ、別に損なっても俺はどうでもいいんだが。

ただ鳥本が戦う姿を誰かにあまり見られるのも何だから……。

「……俺に語らせたかったら捕まえてみることだね」

俺は大きく跳躍し、建物の塀《へい》の上に乗ると、細い足場を伝ってコイツらの脇を通過する。それから塀を降り、そのまま奴らが追ってこられる程度の速度で駆け出す。

「ちっ！　逃がすなぁっ！」

案《あん》の定《じょう》、奴らが後ろから追ってくる。バイクが通りにくい細道を選び、俺はある場所まで辿《たど》り着いた。奴らもバイクから降りて追っかけてくる。

「──もう逃げられねえぞ、クソ野郎が」

そこは河川敷にある、橋の下。

ここなら何が起きても、周りからは俺の姿を見られることはない。

今度こそ俺を逃がさないためか、バイクから降りた連中も、武器を持って俺を取り囲む。

──さて、始めるとするか。

「逃げられねえのは、お前らなんだがな」

「はあ？　何言って──」

「──ぐがぁぁっ⁉」

突如、連中の一人が、血を吐いて前のめりに倒れてしまう。

「お、おい！　どうした⁉」

「……！　し、死んでやがるっ⁉」

倒れた奴の腹部が切り裂かれ、そこからは大量の血液が流れ出していた。

無論シキの仕業だが、シキは愚者《ぐしゃ》どもには見えない速度で動き、次々と殺していく。

「……シキ、ストップだ」

残り二人になったところで俺が待ったをかけると、シキが俺の影に身を潜ませる。

「な、ななな何だよ、これぇえっ⁉」

「嘘だろぉっ！　コイツら全員死んでやがるじゃねえかぁっ⁉」

残った二人は、いまだ何が起きているのか理解できていない様子。

「どうしたんだい？　俺を逃がさないんじゃなかったかな？　これじゃ、すぐにでも逃げられそうだ」

「⁉　て、てめえが何かしやがったのかぁ！」

「ちょ、おい待て！　迂闊《うかつ》に飛び込むな！」

注意を受けたというのに、カッとなった一人が俺へと突撃してくる。

――ズシュッ！

直後、俺の目前に迫ってきていた男の身体が上半身と下半身とに分かれた。

やったのは影から出現したシキである。

「……殿に触れられると思うな、外道《げどう》めが」

うん、やっぱカッコ良いわ、コイツってば。

「ヒイイイイイイッ!?　バババババババケモノォォォォオオッ!?」

残った最後の一人が、腰を抜かして悲鳴を上げる。

無理もない。十人はいたにもかかわらず、一瞬にして抹殺《まっさつ》されたあげく、影からは見たこともないモンスターが出てきたのだから。

「――さて」

俺はただただ怯《おび》える男を冷たい目で見下ろす。

「お前からは聞きたいことがたんまりとある。……楽に死ねると思うなよ？」

あまりの恐怖で失禁した上に失神した男から、俺はラブホテルに住まうリーダーについての情報を得ることができたのであった。


ひょんなことから遭遇《そうぐう》したヒャッハー連中の一人を優しく尋問したあと、鬼が待つであろう地獄へと旅立ってもらった。バカみたいに悪事を働いていた奴らなので、今頃は閻魔《えんま》大王に、どの地獄へ落とすか采配《さいはい》されていることだろう。

かくいう俺も、死んだらきっと地獄行きではあろうが。

何せ理由はどうあれ、俺もまた多くの人間を死に追いやっているのだから。

まあそんな妄想はさておき、俺は男から手に入れた情報を整理していた。

「やっぱラブホテルを拠点にしてるのは流堂って奴だったか」

そして警察の格好をして悪さを働いていたのも、流堂の手下で間違いないと分かった。どうやら流堂は、自分の勧誘を蹴《け》った崩原に対し、嫌がらせをし続けているとのこと。集めた手下たちに『イノチシラズ』を名乗らせ暴力を働く。そうすることで、本物の『イノチシラズ』の評判をどん底まで落とすつもりのようだ。それは実際に上手《うま》くいき、今じゃ『イノチシラズ』のイメージは最低の暴徒集団となっている。

何故そこまで執拗《しつよう》に崩原を貶《おとし》めるのか理由を尋ねてみたが、捕まえた男は下っ端《したっぱ》過ぎて知らなかった。

幹部クラスじゃないと、詳しい二人の確執は分からないようだ。

とはいえ、崩原よりも流堂の方が〝悪〟であるのは明らかだろう。

情報では、犯した女に飽きれば殺すか、手下たちに回しているらしい。他にもたとえ手下であろうとも、任務を失敗した人間に対しては厳しく、公開処刑なんかも軽々しく行っているとのこと。

それに気に入った建物があれば、問答無用で押し入り自分のものにする。まさに天上天下《てんじょうてんげ》唯我独尊男《ゆいがどくそんおとこ》というわけだ。

自分が世界の中心にいると心から信じている頭の痛い奴らしい。

「放置しておいても碌《ろく》なことにならぬ気がしますな。殿のご命令とあらば、某《それがし》が成敗《せいばい》してきますが？」

シキにとっても、流堂という人物は不愉快極まりない存在のようだ。

「……とりあえず虎門としてもう一度崩原と会うからな。そこでまた流堂の話も聞けるかもしれない」

「よろしいのですか、殿？」

「ああ。それに崩原も、まだ俺に話してないことがある。……彼は近々ダンジョンを攻略すると言っていただろう？」

「確かにそのようなことを口にしておりましたな」

「彼は広い拠点が欲しいと言ってたが……果たしてあれは本音かどうか」

「ふむ。では殿はどのようなお考えで？」

「恐らくだが何かしら流堂とも関係があるのではないか、と思っている」

あくまで勘に過ぎない。

だが、もし本当にダンジョン攻略だけを目的としていた場合、虎門を頼る理由が分からない。

こっちはたった一人なのだ。いくら強くても戦力が一人増えたところで、ダンジョン攻略は難しいと考えるのが道理だ。なのに……。

「とにかく崩原にはまだ何かありそうだ。今後も油断しないようにしないとな」

「はっ！　殿の害になるすべてのモノをこの鎌で斬って捨てましょうぞ！」

頼もしい返事をシキから聞き、俺は満足してその場をあとにした。

※

――【シフルール】。

歓楽街の一角に存在するラブホテル。その最上階の一室にあるソファに、一人の男がバスローブ姿で煙草《たばこ》をふかしながらブランデーを飲んでいた。

「……あん？　山田《やまだ》たちが戻って来ねえ？」

バスローブ姿の男の前には、テーブルを挟んで屈強そうなスキンヘッドの男が立っていた。ピシッとした黒いスーツ姿でサングラスもしている。

そのスキンヘッドの男から報告を受けたバスローブ姿の男こそが、流堂刃一。この【シフルール】を占拠しているコミュニティのリーダーだ。

「どういうことだぁ？　アイツらには崩原の周囲を監視するように命令してたはずだよなぁ？」

「ええ。ですが定期連絡にも戻ってこないので様子を見に行ったんですが、影も形もありませんでした」

「……逃げちまったかぁ？」

「いえ、流堂さんを裏切る度胸のある連中ではありません。そもそもあのような小物たちが、

ここから去って、生きていけるとは思えませんが」

「…………なら監視がバレて崩原に捕まった可能性の方が高いか？」

「そちらの方が幾分かは」

ふぅ〜っと煙を吐き出しながら、背もたれに身体《からだ》を預けて天井を仰《あお》ぐ流堂。

何を考えているのか、瞬きもなく一点を見つめながら凍り付いたように動かない。しかしよく見れば、唇が微《かす》かに振動している。何かをブツブツと口にしている流堂に対し、スキンヘッドの男は口を挟まずにただジッと待機中だ。

「…………第三者の可能性も当然あるわなぁ」

ようやく流堂がハッキリとした言葉を発した。

「！　山田たちは総勢十人はいましたので、相手も相応の勢力と見るべきですが、そのような組織立った者たちが動いたという情報はありません」

「……別に集団って理由はねえだろ？」

「集団じゃ……ない？　じゃあ相手は単独で？　……お言葉ですが、それほどの輩《やから》がこの街にいるとは聞いていません。山田たちには武器も持たせてありますし、ケンカ慣れだってしています。そんな奴らを何の痕跡もなく単独で一掃《いっそう》できるのは、あの崩原か……あなたくらいのものです」

「よく言うぜ。お前だってできるだろうが。それに……俺ら以外にもいるだろうが、最近噂《うわさ》になってる奴がよぉ」

「噂……！　まさか例の『袴姿《はかま》の刀使い』のことを仰《おっしゃ》ってるんですか？」

「分かってるじゃねえかぁ」

「しかし相手は女ですが？」

「火のないところに煙は立たずって言うだろぉ？　つまりその女は間違いなく実在するし、実力も相当なもんってことだなぁ」

「じゃあ流堂さんは、その女が山田たちを？　その理由は？」

「おいおい、少しはモノを考えようぜぇ、黒伏《くろぶし》さんよぉ」

「は……すみません」

黒伏と呼ばれたスキンヘッドの男は、恐縮するように頭を下げた。

「山田には監視と同時に、もし見慣れない奴が崩原と接触した際、真っ先にコンタクトを取れって伝えてある。情報は何よりの武器だしなぁ。崩原が知って、俺が知らねえ情報があるなんてムカつくしよぉ」

「……つまり山田たちは、その女に一方的にやられたわけではなく、自ら接触を図り、返り討《う》ちにされた、と？」

「その可能性の方が高いわなぁ。アイツらには、極力崩原にはバレないように動けって言っておいたし、アイツらの存在が第三者にバレて、介入された上に仕留められたとも考えにくい。

恐らくはこうだろう。崩原家に『袴姿の刀使い』がやって来た。そこで理由を確かめるために女を尾行し、一人になったところを捕まえた。俺は前もって、『刀使い』が現れたら必ず捕まえてこいとも言ってたしなぁ。けど、力ずくで連行しようとしたが、逆にぶっ殺されちまった」

生き残っているなら、連絡があるはずだが、それがないということで、殺されている可能性が高いと流堂は言う。

「そういやこの前、村田《むらた》たちの死体も発見されたろ？　明らかに刀傷だった。あれも例の『刀使い』の可能性が高い」

村田たち。その者たちに流堂は警察の格好をさせて、巡回と称し、女や襲撃予定の建物などを探らせていたのだ。

「……しかし崩原家の周囲には死体がありませんでしたが？」

「だーかーらー、監視がバレないようにしろって言ったんだから、そこそこ離れた場所でコンタクトを取ったに決まってんだろぉがよぉ。何、お前バカなの？　死にてえの？」

「……すみません」

流堂の強烈な視線を向けられ、圧倒的にガタイが良いはずの黒伏の方が素直に恐縮した。それだけでこの二人の力関係がありありと理解できる。

「だから捜索範囲を広げてみろ。いまだに死体の噂が広がってねえとこを見ると、そう簡単には見つからねえ場所で殺された可能性が高い。住宅街の中ってのは考えにくいし……そうだ、あの傍には川があったな。そこに投げ込まれたか、その周辺の草むらでも探ってみろ。何かしら見つかるかもしれねえぞ」

「了解しました。すぐに手配します」

「ところでよぉ、黒伏。最近上納品のランクが落ちてる気がすんだけどなぁ」

流堂がチラリと、視線をベッドの方へ向ける。

そこにはベッドにつけられた鎖で縛《しば》られ、ぐったりとしている丸裸の女たちの姿があった。

シーツは乱れ、体中に傷があり、また汗と白濁《はくだく》とした液体がこびりついている。

さらにベッド周りには注射器や鞭《むち》などの道具も散乱していた。

「……すぐに狩りの手配もします。ですから今は、手元に残っている連中で我慢してください」

「……牢《ろう》にはまだ新しい奴いたっけかぁ？」

「は、最近手に入れた女が数人ほど」

「俺好みの玩具《おもちゃ》なんだろうなぁ」

「それは……出来得る限り条件に合う女を見繕《みつくろ》ったつもりです」

「しゃあねえなぁ。しばらくはそいつらで遊ぶとするかぁ。黒伏、この俺が我慢してやるんだ、ありがたく思えよぉ？」

「ありがとうございます」

「クク……いいねぇ。素直なのが一番だなぁ。それに俺は今気分は悪くねえんだぁ。何故か分かるかぁ、黒伏?」

「いえ、自分には」

「ようやくだ。ようやく近々ヤツを……崩原を屈服させることができるんだぜぇ。ああ、楽しみだなぁ。アイツの絶望に満ちた顔を、また見られるんだぜぇ……ククククク」

くぐもった不気味な笑い声が室内に広がる。

流堂は酒をボトルごと呷《あお》り、そのまま一気に飲み干す。するとどういうわけか、空《から》になったボトルが、突然ボロボロと砂でできていたかのように崩れ始める。

その様子を見た黒伏は眉《まゆ》をピクリと動かすものの、さして驚きは見せていない。彼にとっては珍しい光景ではないのである。

「黒伏、今の件、どうしても何も掴《つか》めなかったら、奴らを動かしてでも情報を手に入れろ。ただしバレねえようにと念を押しとけ」

「はい、彼らですね。速やかにコンタクトを図ります」

「よぉし。じゃあ牢から新しい女を一人連れてこい。今日はそいつをぶっ壊すまで楽しむつもりだからよぉ。邪魔すんじゃねえぞ? ああ、あとそこに寝っ転がってる玩具はもう飽きたから引き取っていけ。あとは手下どもにくれてやれ」

黒伏は指示に従い、ベッド周辺にいる女性たちを、外で見張っている部下を呼んで部屋から出していく。

そして流堂は閉められていたカーテンを開けて、窓の外を見上げる。

時刻はすっかり月が空を支配している頃だ。憎らしいほどに美しく輝く金色の存在に向けて、流堂は愉快気に笑みを浮かべる。

「崩原ぁ……てめえの命ぃ、必ず俺の手に……クククク」

数時間後、流堂の予測通り、住宅街の傍にある川で山田たちの死体が浮かんでいたのを発見されたのであった。

※

崩原と接触した翌日の昼過ぎ。

俺は虎門として、崩原の拠点である屋敷へと来ていた。今度は庭園での会合ではなく、畳《たたみ》が敷かれている客間に通されたのである。殺風景な部屋で、柱時計が壁に立てかけられているだけで、他には座布団だけしかない。

左側は障子《しょうじ》になっていて、そこを開ければ縁側なのだが、今は閉じられていた。

俺はたった一人、正座をしながら待っていると、対面する側にある襖《ふすま》が開かれ、そこから崩原とチャケが姿を見せる。

「悪いな、待たせちまった」

「いいえ、別に構わないわ」

チャケがお盆を持っていて、そこに置かれた湯呑《ゆの》みを俺の前に差し出してくる。

一応こういう時のお約束として「お構いなく」とだけ言っておく。

そうして俺の前に置かれた座布団の上に腰かけた崩原だが……。

「少し離れ過ぎではないかしら？」

「そ、そうか？　別にこれが普通だろ？」

そうだろうか。それにしては結構離れてる気が。警戒でもしているのか？

「許せ。才斗さんは女が苦手というか初心《うぶ》でな。距離感が分かってねえんだ」

「てめえは黙ってろ、チャケ！　昨日の教訓はどこ行ったんだコラァッ！」

ああなるほど。女相手に緊張しているらしい。

それにしても、チャケもチャケだ。何の反省もないのか、さっそく上司をイジってやがる。

こちらとしては面白いから別にいいが。

「お、おほん！　ところでだ……鳥本の奴は一緒に来なかったのか？」

「ええ。彼はもう自分には関係ないからと」

「……俺はアイツも欲しいんだがなぁ」

「ふふ。それなら私を餌《えさ》にしないで、しっかりと口説《くど》くことね」

「うっ……うっせ、バーロォ」

あらら、顔を赤らめちゃって。マジで女に免疫《めんえき》がなさそうだ。

「それで？　私に頼みごとがあると聞いてきたのだけれど？」

「その前に、だ。まずは自己紹介をさせてくれや」

そういえばそれが普通の流れだった。鳥本のことがあって、思わずすっ飛ばしてしまっていた。反省しなければ。

「俺は『イノチシラズ』の頭をやらせてもらってる崩原才斗だ」

「私はダンジョン攻略請負人——虎門シイナよ。以後お見知りおきを」

「ダンジョン攻略請負人……？」

「そのままの意味よ」

「……そっか。まあ俺はお前さんのことは噂でしか知らねえ。……単刀直入《たんとうちょくにゅう》に聞く。世間で噂されてることは事実なのか？」

「どのような噂かしら？」

「お前さんがモンスターを倒し回ってること。幾つものダンジョンを一人で攻略してること。そしてそれらを依頼として引き受ける場合もあって、その見返りに金品を要求してるってことだ」

なるほど。いい具合に噂が広まっているようだ。どれも何一つ間違っていない。

「ええ、間違いなく、私はそのような行為に従事しているわね」

「！　……なるほど。確かにこうして会ってみて分かる。あの鳥本もそうだったが、お前さんもかなりデキるってなぁ」

鳥本の実力を見抜かれていたらしい。当然《パーフェクトリング》を装着しているし、戦闘経験も豊富なので、見る人によっては分かるかもしれない。

「長々と話すのは性《しょう》に合わねえ。だから簡単に説明する。俺らは近々あるダンジョンを攻略するつもりだ。その際にお前さんの力を貸してもらいてえ」

「先程も言ったけれど、私はダンジョン攻略請負人として行動しているわ。だから依頼があれば受注することも吝《やぶさ》かではないけれど、対価は払えるのかしら？」

そう、それだけが俺にとっての判断基準だ。それさえクリアできれば、余程の悪党（王坂みたいな）でなければ引き受けることは前向きに検討《けんとう》できる。

「お前さんが望むものを差し出す」

「才斗さん!?」

「チャケ、てめえは黙ってろ。これは俺と虎門の交渉だ。よそから口を出すんじゃねえ」

叱咤《しった》され、チャケは苦々しそうに「すんません」と言って退いた。

「コイツが悪かったな。さっきも言ったように、お前さんが望むだけ用意する。さすがに10億や100億とか言われたら無理だけどよぉ」

「ふふ、なら9億9999万円は？」

「あ、あのな……てめえ、性格悪いって言われねえか？」

「あら、1万円は引いてあげたのよ。私の慈悲《じひ》で」

「…………」

「冗談よ。では逆に聞くけれど、どの程度なら私に支払えるのかしら？」

「む？　……そうだなぁ。２０００万でどうだ？」

「あら？　いきなり10億や１００億という言葉が出たから、てっきり1億くらいを提示してくると思ったわ。少々受け入れがたい金額ね」

今回は大規模なダンジョン攻略の依頼だ。故にその額は安過ぎる。

「勘違いすんじゃねえよ。それは前金だ。引き受けてくれるだけでもありがてえしな。あとは出来高制で、仕事が終わったあとに査定して、残りを支払う。最低でも1億だ。お前さん次第で、それ以上だって払ってやるよ」

「それはそれは、実に頼もしい言葉ね」

表情は綻《ほころ》んでいるが、実際俺の内心は疑心暗鬼に陥《おちい》っていた。

つまり全体的に1億以上を出してもいい依頼だということだ。

それほどまでに困難なダンジョンを攻略するということ。

「そのダンジョンというのはどこにあるのかしら？」

「――――【王坂高等学校】」

「!?　……学校、なのね」

「ん？　意外だったか？」

「いえ……別にそのようなことはないのだけれど」

いや、思わず声を上げて驚きそうになったよ。何せそこは俺の忌《い》まわしき母校なのだから。俺の記憶から消し去りたい名前の一つだった。

まさか彼の口から、再びその名を耳にするとはまったくもって予想外である。

俺は努めて表情には出さずに、何故その場所を攻略することになったかを聞いた。すると崩原は軽く溜息を吐いたあとに答える。

「元々そこは俺が通っていた高校でよ」

おっと、これまた新事実。よもやOBだったとは……。

「まあ中退はしたけどな。ていうかせざるを得なかった」

「……！　もしかして例の事件を起こして？」

「……やっぱ知ってたか」

「依頼人のことだもの。あまり詳しくは調べられなかったけれど、ある程度の情報は耳にしているわ」

とはいっても、例の襲ってきた流堂の手下たちに聞いただけの話だが。

「確かあなたが高校三年――十八歳の時に事件を起こした結果、少年刑務所へと送られた。その事件の内容というのが………殺し」

「違うっ！　才斗さんは誰も殺してなんかいねえっ！　あのクソ野郎にハメられただけだっ！」

「チャケ！　余計なこと言うんじゃねえ！」

「いいや、こればっかりは黙ってられねえ！　ていうか何で才斗さんは、いつも自分一人で背負うんすか！　あれは才斗さんのせいじゃなくて流堂の奴に――」

「チャケッ！」

室内どころか家中に響くような怒鳴った崩原。

影の中に潜んでいるシキさえも警戒を強めるほどの圧力があった。

「っ……すんません。頭ぁ……冷やしてきます」

そう言いながら、チャケは肩を落として去っていった。

「度々《たびたび》悪いな」

「いいえ。ただ良かったの？　彼はあなたの名誉を守るために発言をしたようだけれど」

「……いいんだよ。あの事件は、俺の甘さが招いたもんだ。だから俺は……」

どうやら刑務所に入ることになった事件の背景には、複雑な事情が絡んでいるようだ。別に俺には関係なさそうなので、それ以上は追及しないが。

「あなたの過去はどうでもいいわ。それよりも私は建設的な話をしたいの。あなたがどうしてダンジョン化してしまった【王坂高等学校】を攻略したいのかは聞かないわ。私がその攻略において、何をすればいいのかをハッキリさせましょう」

「無論、モンスターの排除だ」

「やはりね。ところで一つ、あなたはダンジョン化した場所の攻略方法は知っているのよね？」

「ああ、クリスタルみてえなキラキラした石をぶっ壊せば、それ以降はモンスターは出てこなくなる。これが攻略するってことだろ？」

「ええ。ちなみにそのクリスタルのことはダンジョンコアと呼ぶらしいわ」

「コア……なるほどな。じゃあ俺もそう呼ぶことにするわ」

「私はコアの破壊をしなくても良いのかしら？」

「ああ。ていうか止めてほしい。それは俺自身が……」

何故か口を噤《つぐ》んで、険しい表情を見せる崩原。やはりこの依頼において、コイツはまだ何かを隠しているようだ。そもそも攻略だけを望むなら、コアの破壊は誰がしてもいいはず。その方が効率は確実に良い。

俺以外が破壊しても個人的なメリットなんてないだろう。なぜなら、破壊すれば《コアの欠片《かけら》》という、売却すればそこそこの金額になる直接的褒美《ほうび》があることを知るのは、俺だけだから。

あの『平和の使徒』の大鷹《おおたか》さんたちさえも、《コアの欠片》を入手していないことからの判断だ。

スキルを持たない者に、《コアの欠片》を得ることはできないのだろう。

「どうして私がコアを破壊したらダメなのかしら？」

この理由が、依頼において重要なポイントになると思ったから聞いてみることにした。しかし俺の問いに、沈黙という答えを返す崩原。

そんなに言い難いことだってのか？

ただしばらくすると、彼は根負けしたように大きく溜息を吐いて口を開く。

「やっぱ話さねえと筋が通らねえよな……。悪い、全部話す」

意を決したように、崩原が俺の目を見据えてきた。

「実はよぉ、ある奴と俺は賭《か》けをしてんだ」

「……賭け？」

「そいつとの賭けの内容は、どちらが先にコアを破壊してダンジョンを攻略できるかってものだ。当然俺もそいつも、自分自身に賭けた」

「……そのある奴というのは？」

「――――流堂刃一って男だ」

やはり……。

話の流れからまず間違いないと思っていたが、今度の依頼が直接そいつと関わっているのは想定外だった。

「……確かあなたと対立している勢力のリーダーだったわね」

「はん、アイツのことも知ってるのかよ。まあ……あの事件のことを少しでも知ってるなら、別におかしかねえか」

あの事件……今の言葉からだと、流堂もまた関係しているらしい。

俺が流堂の手下から聞き出したのは、約五年前に崩原が人を殺してしまい、その罰で少年刑務所に送られたということだけ。

噂《うわさ》では二人がケンカをして、先に相手が銃を持ち出してきたから、已《や》むなく崩原もナイフで応戦し殺す結果になったとのこと。

相手もまた堅気《かたぎ》ではなかったということと、崩原に殺意はなかったことが認められたようで、五年の刑で済んだらしい。

ただ流堂という存在は、俺が知る限りでは登場していなかったが……。

「アイツと俺は、昔から事あるごとにぶつかり合っててな。俺が少刑《しょうけい》を出てからも、まるで待ってたみてえに、すぐに接触してきやがった。簡単に言や、俺の下につけって話だ。当然断ったが、それが気に食わなかったみてえでよ。それからも執拗《しつよう》に俺のやることを邪魔してきやがるんだ」

それだけを聞くと、流堂の崩原への執着は異常のように思える。

もし女なら、ヤンデレルート間違いなしだ。

「あの野郎、俺ばかりか仲間にまで手を出してきやがったんだよ。さすがにブチギレちまってなぁ。アイツと決着をつけるってことになっちまった」

「決着……それが今回の？」

「ああそうだ。賭けに負けた奴は、そいつの言うことに従う」

「それはまた……とてつもない賭けをしたものね。正気を疑うわ」

どこにそんなハイリスクな賭けをするバカがいるだろうか。あ、ここにいたわ。

「……………今、アイツがこんな崩れた世の中で何をしてやがるのか知ってるか？」

知っているが、ここは知らないフリをしておいた。

「堅気でもない連中を襲い、問答無用で殺す。男も女も……子供も関係なくだ。そんで、見た目が良い女だけを攫《さら》っては、好き勝手に蹂躙《じゅうりん》する。まさにクズの所業だな」

ああ、それだけは賛同できる。流堂の行いはとても共感できるものじゃない。金持ちだったとしても、お近づきにはなりたくない相手だ。

「……アイツがあんなにも変わっちまったのも俺のせいなんだ」

「え？」

「あ、いや。今のは忘れてくれ。とにかくアイツを止めねえと、これから先、不幸になる人間が増えちまう。いや、俺はただ自分の仲間を守りてえだけだな。だから俺はアイツを――」

静寂を切り裂くように、崩原は凛《りん》とした声音《こわね》で宣言する。

そして、崩原は居住まいを正して頭を下げてきた。

「どうか俺に力ぁ、貸してくれねえか。この通りだ」

きっとこの話をしたくなかったのは、話してしまったら、人殺しに関与してしまうことを知られてしまうからだろう。

誰だってそんな危ういことに力なんて貸したくないと考えるのが普通だ。俺に話せば断られる可能性だってある。だから言えなかったのだろう。

「……どうして正直にそんなことを？　最初は話すつもりなどなかったようだけれど？」

「こちとら札付きの悪だ。……俺はこの〝悪一文字〟を背負ってる。この文字を穢《けが》すわけにはいかねえ。これは俺にとっての戒《いまし》めでもあるしな」

戒め……？

「悪には悪なりの筋の通し方ってもんがある。俺は――嘘や偽りで、人を利用するつもりはねえ」

真っ直ぐな瞳と気持ちだ。己の信念を全《まっと》うし、何があっても揺すぶられることはない。

それは俺が王坂……いや、イジメてくる連中に対して向けていた感情だった。

……コイツに僅《わず》かなりの好感を抱いたのは、同じような目をしてるって感じたからかもしれねえな。ま、でも俺はコイツみてえに真っ直ぐじゃねえし、人にも慕《した》われてねえけど。

「――流堂刃一を殺す」

だから好感よりは、同族嫌悪の感情の方が偏《かたよ》りがある。まるで俺の上位互換のような存在を見ているような気がするから。

それでも依頼としては十分実入りのある話だ。これを断る理由はない。何故なら俺としても都合の良い依頼でもあったから。

「……いいでしょう。その依頼、この虎門シイナが請け負ってあげるわ」

崩原の依頼を引き受けることになり、その場で現金で2000万を受け取った俺は、後日、実際に攻略する【王坂高等学校】が、あれからどうなったのか視察に訪れていた。

世界が変貌《へんぼう》してから、これで二度目の訪問だ。とはいっても遠目からの確認ではあるが。

一度目の時は、たくさんのパトカーや救急車が学校の周囲に集《つど》っていたが、今ではゴーストタウンになったかのように人気《ひとけ》がなくなっていた。

てっきり警察が攻略したのかと思いきや、よく見れば敷地内にモンスターの姿を確認できる。まだ攻略されていないのは明らかだった。

恐らくダンジョン化した際、閉じ込められていた生徒や教師たちを救い出せたことで、警察は身を引いたのだろう。

それも仕方ないことだ。いくら武器を注ぎ込んでモンスターを討伐《とうばつ》しても、コアの存在を知らなければ、モンスターは一定時間でリスポーンするのだ。

倒しても湧き続けるモンスターを相手になどしていられないはず。それに恐らく『平和の使徒』も『イノチシラズ』も知らない真実がある。

それは――コアを持つモンスターのことだ。

いくらフィールド内を探したとしてもコアが見つからない。このダンジョンはコアが存在しないダンジョンなのかもと判断し、攻略を諦める連中だっているだろう。

俺も実際にこの事実を知ったのは偶然だった。そう、王坂と再会し雌雄《しゆう》を決した時だ。もしあの時、この事実を知らなければ、コア探しは諦めていただろう。

学校の規模は大きい。いわゆる大規模ダンジョン。俺も初めて足を踏み入れる最高難易度だ。だとしたら今回は、モンスターがコアを持っているパターンの可能性が非常に高い。何故なら間違いなくその方がより困難だからだ。もしかしたら中規模以上のダンジョンは、そういった指向になっているのかもしれない。

ただ中規模の場合、通常パターンもあったため、一概《いちがい》にそうとは言えないが。

しかしこれほどのダンジョンとなると、いわゆるボスモンスター＝コアと考えた方が良いと思う。

崩原にはまだ伝えていないが、流堂はこのことを知っているのだろうか。

知らなければこちらが有利な戦いにはなる。でも一つだけ問題もある。

それはボスモンスターがコア……面倒だからコアモンスターとでも呼ぶか。そのコアモンスターを、崩原が倒せるかどうかだ。

ハッキリ言って難しい……というか不可能だろう。

ここから確認するに、Ｃランクのモンスターが闊歩《かっぽ》していることから、コアモンスターはそれよりも確実にランクは上だ。

Ｂランク……下手《へた》すればＡランクにも匹敵《ひってき》するかもしれない。

俺たちでさえ普通には相手にできないような輩《やから》を、何のスキルも持たない一般人が、ただの武器で討伐できるわけがない。

多分、だからこそ警察もここを放棄したのだろうが。

何でわざわざこんな難易度の高いダンジョンを攻略対象に選んだのか。

これは１億くらいじゃ割に合わないかもしれねえなぁ。

まあ出来高制と言っていたから、攻略したあとでそれ相応の対価を要求してやろう。そのためにはそうだな……崩原の命の危機を救うといった演出があればなお良い。

ダンジョンでは奴の傍にいた方がそれはやりやすくなるだろう。

え？　腹黒いって？　商売人なんだから当然。利益あっての繋《つな》がりなんだし。

それにまあ……と、俺は目の前に映し出されている〝ＳＨＯＰ〟の画面を見つめる。そこには俺がこの依頼に乗り気な理由が刻まれていた。

〝アップデート条件：上級ダンジョンを攻略すること〟

そう、また新しいアップデートの条件が浮かび上がっていたのである。

ダンジョンにはそれぞれランクが存在し、俺が今まで攻略してきたのは下級と中級。そして今回攻略するのが上級というわけだ。

このアップデート条件、実は以前行ってからすぐに記載されていたのだが、その時から上級ダンジョンの攻略を目指すために試行錯誤《しこうさくご》をしていたのである。

その矢先に、都合良く依頼が舞い込んできたから断る理由もなく、せっかくだから依頼料込みで利用させてもらおうと画策したわけだ。

「けど俺だって楽観視してられるわけじゃねえな、これは」

ソルとシキを全面的に使ってもいいが、それだと崩原たちに問い詰められかねない。そいつらは一体何なんだ、と。

「……いや、まあいいか。その時になれば屈服させて従えてるとでも言えば」

どうせモンスターの生態など誰も分かっていないのだ。人間に危害を加える連中ばかりではなく、人間を認め、付き従う存在もいるということにすればいい。

真実がどうであれ、モンスターが人間の味方になる可能性だってゼロとは言えないのだから。

「とはいえ、仮にAランクのモンスターがいた場合、シキでも相手が難しいのは事実だな。……シキ」

「はっ、ここに」

本当に忍者のように、影から音もなく現れるシキ。

「一応ソルに学校内部の調査を命じてるが、Bランク以上のモンスターが確認されたら、お前にはランクを上げてもらう必要がある」

「ソル殿が口にしたという《レベルアップリン》なるものでございますな？」

「そうだ。今と違って見た目も強さも変わるだろうが、問題ないな？」

「元より某《それがし》は殿の守護役。強くなれるのならいかようにもして頂いて構いませぬ」

シキは堅くて真面目《まじめ》な性格なので、鍛錬のみで強くなりたいと申し出る可能性も考えていた。できる限りコイツらの意向を汲《く》んでやろうと思ったが、杞憂《きゆう》に終わってホッとする。

すでにBランクにあるシキには《レベルアップリンⅡ》からしか効果がなく、これがまた１億円と高い。ソルは二回目だが、２億を注ぎ込んで一緒にランクアップしてもらおう。

「しかし殿、一つ気になることが」

「ふむ、言ってみろ」

「その流堂という輩、真面目に賭けなどをするような人物なのでしょうか？」

「あーそれな。正直分からんというか……約束を守るような奴じゃなさそうだ」

「ではこの勝負そのものの意が無価値となります」

「放っておけばいいんじゃねえか？　そもそも俺への依頼は、攻略の手助けだ。賭けが正式に行われるかどうかの審査員でもなんでもねえ。そのあとのことは、連中に任せるさ」

「左様《さよう》でございますか。よもや殿が加勢する崩原側に敗北の二文字はありませぬが、万が一……いえ、億に一つ敗北した場合、殿が流堂に目を付けられる結果になるかと。依頼の前に始末するという手もありますが？」

シキは出来る限り俺への害を取り除こうとしてくれる。本当に頼もしい存在だ。

「もし流堂が消えれば、依頼そのものがなくなるだろう。せっかくの商談だ。できるだけ流れに添って達成しておきたい」

「恐らく向こうはすでに殿……いえ、姫としての虎門シイナの存在に気づいているはず。依頼の前に何かしらの手を打ってくるやもしれませぬぞ」

確かに。事前に俺を殺しに来る可能性だってある。

「そうかもなぁ。けどもし俺に手を出してくるなら、それこそこちらの領分じゃねえか。その時は全戦力を持って、奴を破滅させてやればいい。違うか？」

「いえ、殿の障害になる存在を排除するのが某の務め故《ゆえ》」

そうだ。俺にとって賭けの内容はどうでもいい。報酬《ほうしゅう》のためにも崩原を勝利に導くために全力を尽くすが、賭けが守られるかどうかなど俺には無価値だ。

ただもし今回の依頼で、流堂が俺にちょっかいをかけてくるなら、その時は崩原に代わって奴を殺すだけである。

「――ご主じ～ん！」

そこへソルが上空から俺に向かって滑空してきて、右腕を上げると、そこにチョコンと降り立った。

「報告を聞こうか？」

「はいなのです！　敷地内にはCランク以上のモンスターだけでなく、それよりも下級のモンスターも数多く発見できましたです」

そういえば前にゴブリンの姿も見ている。それは考えられたことだ。

「そして数は少ないですが、ちらほらとBランクのモンスターも」

「やはりいるか。にしても普通にBランクが複数いるということは……」

「はい。確認できていませんが、恐らくボスモンスターはAランク以上かと」

その可能性が高い、か。ならやっぱコイツらにはランクアップは必須《ひっす》だろう。

「それと学校の周囲に人間の気配が幾つも確認できましたです」

「！　恐らくはお前と同じ偵察役として派遣された両陣営の人材だろうな」

攻略するダンジョンの下調べは別に禁止にされていないと聞いているから、人間を派遣して調査していてもおかしくない。というか絶対に必要な行為だ。

「ただすがに中に侵入してまで調査はしていないようなのです」

まあ、数人で攻略に入るほど簡単なダンジョンじゃない。命をドブに捨てるようなものだ。

つまりそれは一言でいえば外からの情報しか手に入れられないということ。

「建物内はどうなっていた？」

「それがですね、幾つかの建物が迷宮化していたのです」

「迷宮化？　……それはダンジョン化とは別なのか？」

「えっとですね……」

ソル曰《いわ》く、建物内に入ると、まるで異空間にでも潜り込んだような場所が広がっていたのだという。明らかに外観からは想像できないほどの規模へと膨《ふく》らみ、内装もだいぶ変化を遂《と》げているとのこと。

まるでダンジョンの中に出現した別の迷宮のようだった、とソルは説明した。

「なるほどな。上級ダンジョン特有の現象なのかもな。外見からは分からないが、中はまさに異空間になってて、ゲームみたいな迷宮が広がってるってことか。……厄介《やっかい》だな」

ソルの感覚では、外観と比べて何倍にも規模が膨れ上がっているという。

モンスターもランクが高く、多くの罠《わな》だって設置されているだろう。

「ただそれで絞《しぼ》れることもあるな。恐らくその迷宮化した建物のいずれかにボスモンスター……コアを持つ奴がいる」

「ソルもそう思いますです！　続けて調査しますか？」

「……いや、迷宮内はお前以上のモンスターが多いんだろ？　もし罠にでもかかってお前を失うことになったら痛手だ。それに攻略日は明日の朝。時間もそうないしな」

　体力を温存する意味でも、今日はもうここらで引き揚《あ》げておいた方が良い。

「迷宮化してる建物の数と場所は把握《はあく》してるんだろ？」

「はいなのです！」

「よし、ならそれで十分だ。よくやったぞ」

「ぷぅ～、えへへなのですぅ」

　頭を撫《な》でてやると、嬉しそうに身体《からだ》を震わせるソル。

　ソルのお蔭《かげ》で、モンスターの位置もある程度把握できた。その上、コアモンスターがいるであろう建物のピックアップも行えたし、あとはこれらを攻略していくだけ。

「……このことを説明しに崩原に会ってくるか」

　そこで作戦を立てる。明日の朝までに、できることはしておくつもりだった。

※

「――――以上が明日のダンジョン攻略に向けての作戦の概要《がいよう》だ。各々《おのおの》、ちゃんと頭の中に叩き込んだな？　じゃあ今日はゆっくりと休息をとってくれ。解散！」

俺──崩原才斗の言葉に、大広間に集まっていた『イノチシラズ』のメンバーたちが頷《うなず》き、そしてそれぞれ覚悟を秘めた表情のまま出ていった。

少し前、ダンジョン攻略に際し、虎門シイナから情報が届いたのだ。その情報はまさに目から鱗《うろこ》が落ちるようなものばかりで、実際に疑わしいものもあった。

しかし彼女は俺たち以上にダンジョンを攻略し続けてきた経験者であり、その情報は信憑《しんぴょう》性《せい》が高いと踏み、仲間たちにもそう伝えたのだ。

「ていうかコアそのものともいうべきモンスターがいるとは驚きでしたね」

傍に控えていたチャケが溜息交じりに言い、そのまま続ける。

「けどマジな情報なんでしょうかね」

「さあな。だが無視はできねえよ。そういう可能性もあるってことを視野に入れとくべきだ。相手はあの流堂なんだぜ。一つでも有利な情報を持ってた方が良い」

「奴は知らないと？」

「アイツとこの勝負の話をした時、コアの話もしたが、モンスターがコアになってるなんつう話は出なかったな。わざと話さなかったってことも考えられるが、どうもその情報だけは知らねえ感じだった」

「では情報戦ではこちらの方が有利ですね。あの女を取り込んだ甲斐《かい》があったというものですぜ！」

「……そうだな」

「才斗さん……？」

俺が難しい表情のまま返事をしたので、チャケは不思議に思ったようだ。

「お前は今回、余所者《よそもの》を招き入れることに反対してたよな？」

「え？　はあ……今回のことは、俺たちチームの問題だと思ってますんで」

「ああ、お前の言う通りだ。本来なら俺たちだけで事に当たるべきなんだろうよ。けどな……俺が負けちまえば、お前らの居場所もなくなっちまう」

「才斗さん……」

「だから負けるわけにはいかねえんだよ。……アイツを止めるためにもな」

それが今の流堂刃一を作ってしまった俺の責任でもあるから。

「けど厳しい勝負にはなるでしょうね。相手の方が数の上じゃ有利ですし」

チャケの言う通り、流堂が従えている勢力の方が上だ。アイツは人を利用するのが上手《うま》い。

いや、狡賢《ずるがしこ》いといった方が良いか。人の弱みを的確につき、普通の人間が躊躇《ちゅうちょ》してしまうような行為も平然と行い手駒《てごま》にしていく。

アイツの下についている連中の中で、心からアイツを慕《した》って仲間になっている奴らは少ないだろう。しかし弱みや欲を揺すぶられ、結果的に従うようになっているケースが多い。

「流堂は頭もキレますし、何をしてくるか分かったもんじゃねえ。もしかしたら攻略前に才斗さんを襲ってくることも考えてましたけど……」

「それはねえだろうなぁ。アイツは俺を完膚《かんぷ》なきまでに敗北者にしたいはずだからよぉ」

まるでそれだけが生き甲斐みたいだ……。

「だから俺自身に何かしてくるってことはねえ。何かをするなら、俺の周りの連中や環境をぶっ壊してくると思うしな」

「周りや環境をぶっ壊す……」

今までがそうだったから。ただ今回ばかりは何故か奴の動きは大人しい方だ。

監視くらいはつけているだろうが、もっと過激なことをしてくると思ったのにそれがない。小競《こぜ》り合い程度は度々《たびたび》あった。しかし劇的に何かを変えるような事件を引き起こしていないのだ。

不気味過ぎるほど静かな流堂の考えに怖気《おぞけ》すら感じる。

期日はもう明日だ。時間はそうない。

明日一日で、何かとんでもないことでもやってくるのだろうか。

「とにかく明日は……ってチャケ、どうかしたか？」

「へ？」

「何か考えごとか？　悩みがあんなら聞くぜ？」

「！　い、嫌だな、才斗さん！　この俺に悩みなんてないっすよ！」

「そういや今の会議でもずっとだんまり決めてたが、体調でも悪いのか？」

いつもはもっと発言する奴だが、ダンジョン攻略を前に緊張でもしているのだろうか。

「だから大丈夫ですって！　俺ならいつでも戦えますよ！」

「そうか。ならチャケ、今日はできるだけ外出を控えるように皆に言っておけ」

「外出を？」

「ああ、流堂にそこを衝《つ》かれて、ただでさえ少ない人数を、闇討《やみう》ちとかされてこれ以上減らされるわけにはいかねえだろ？」

有利な情報を持っているからといって、やはり人数が多い方が攻略には向いている。

「分かりやした。そういやあの女とはいつ合流を？」

「待ち合わせ場所は学校の正門前。時刻は午前六時だ」

攻略開始時刻は午前七時ちょうど。その前に集まって最終的な会議を行うつもりである。

「確か流堂たちは裏門からのスタートですけど、奴ら時間を守るんでしょうね？」

「どうだかな。一応こっちも監視は放ってる。ズルでもしようもんなら咎《とが》められるが……」

多少のズルを問題にするほど素直なヤツじゃない。そもそもこちらの言い分が、おかしくなったアイツに通用するわけがないのだ。仮に早めに攻略に入りやがったら、それを見て俺たちも即座に動くしかないだけ。

フライングだの約束を破っただの言ったところで、命を懸《か》けた勝負にルールなんざねえと言われればそれまでだ。

それにかつて……アイツとの約束を破った俺が言えるようなことでもねえしな。

目を閉じれば、あの時の光景がありありと思い浮かんでくる。

そう、それはまだ俺たちがどうしようもないガキだった時のこと——。


——児童養護施設。

両親が事故で他界し、親戚《しんせき》も引き取り手がなく、俺は八歳の頃から、そこで世話になることになった。周りのガキどもより幾らか大人びていた俺は、なかなか施設の環境に馴染《なじ》めず苦労していたのだ。

どうせ俺より不幸なヤツなんていない。よくもまあ笑ってられるよな。

などと悲劇の主人公を気取って、いつも一人でいて、近づいてくるガキどもを拒絶していた。

そんなクソ生意気な俺に、根気強く手を差し伸べてくれる人がいたのである。

「そろそろ一人も飽きたでしょ？　楽しいこと、私がい〜っぱい教えたげる！」

第一印象は鬱陶《うっとう》しい奴。

名前は——葛城巴《かつらぎともえ》。

施設の中で一番の年長者で、いつも笑顔を絶やさない十四歳の少女だった。

事あるごとに俺に絡んできては、しつこ過ぎて俺が諦めるまで遊びに誘ってくる。最初は拒絶していた俺も、無理矢理連れ回されたりしていく間に、自然と他の連中とも接点を持ち、気づけば打ち解けてしまっていた。

これを職員たちは、〝巴マジック〟と呼ぶ。彼女にかかれば、どんな手のかかるガキでも、自然と周りと溶け込んでしまうのだという。

実際俺もまたそのマジックにかかってしまった人間だから何も言えない。

巴の傍は陽だまりのように暖かく、どこか心地好さを感じさせた。

俺は奴のことを『人たらし』と、僅《わず》かな反発を示すように呼んでいたが、巴は別段気にしていない様子だった。それどころか、「みんなが仲良くなれるなら何でもいい」と言って、ガキどもの前じゃずっと笑顔を見せていたのだ。

そしてある日、また新たなガキが入ってきた。

それが——流堂刃一。

今とは打って変わって、ガリガリで細く、どうやら虐待《ぎゃくたい》を受けていたようで、体中に傷があった。

だからか、人間を信用していない……いや、人間を怖がっていたのである。

俺以上に厄介《やっかい》なその存在に対しても、巴は根気強く接していた。

しかし流堂の拒絶っぷりは凄《すご》かった。俺なんかとは比較にならないほどで、職員たちでさえ匙《さじ》を投げかねない状況だったのである。

さすがに今回ばかりは巴でも無理かと思っていた中、ある台風が日本列島を襲った日、外が暴風に見舞われている中、流堂が施設からいなくなったのだ。

その時、巴が一人施設を飛び出して流堂を探しに行った。俺も彼女を一人にできないとついていき、ようやく流堂を発見する。

だがその時、流堂は風で倒れてくる木に下敷きになる寸前だった。

咄嗟《とっさ》に巴が飛びついて彼を助けた。

流堂を助けたことで、顔に怪我《けが》を負った巴を見て、流堂はこの人は自分を守ってくれる存在なのだとやっと理解したのだろう。彼女に抱き着き、泣きじゃくっていた。

その日からだ。まるで母親に甘えるように、流堂は巴にベッタリになった。

ちなみに俺のことも、台風の日に探しに来てくれた兄として慕ってくれるようになったのである。さすがに同年代なので、兄呼ばわりは止めてもらったが。

巴も母ではなく、姉として俺たちに接し、時には甘やかし、時には叱《しか》って、俺たちを導いてくれたのである。

そんな、いつも傍にいて、自分の不幸を救ってくれた人に、俺は少しずつ女性として惹《ひ》かれていった。そしてそれは流堂もまた同じだったのである。

互いに、巴への気持ちがあることを知った時から、俺たちは良きライバルとしての関係に変わった。

どちらが巴を振り向かせるか、何度も何度も勝負したものだ。

その度にケンカはダメと巴に叱られたが。

そして同じ日に俺たちは、それぞれ巴に告白した。

高校一年生の冬——クリスマスの時期に。

結果からいえば、巴は俺を選んでくれたのである。だが振られた流堂も、当然悔《くや》し涙を流しはしたが、俺たちを祝福してくれたのだ。

『お前にになら巴姉さんを任せられる。必ず幸せにしてやってくれ、約束だぞ』

そんな流堂の言葉に対し、俺も、

『約束だ。男に二言《にごん》はねえ！』

と、真正面から応じた。

流堂は俺にとって弟であり、親友であり、良きライバルだった。

だからこそ彼が認めてくれたことが素直に嬉しかったのだ。

巴が彼を選んだとしても、きっと俺も同じように祝福できたと思う。

それほどまでに、俺たちは互いに認め合っていたのである。

そしてその絆《きずな》は、これからもずっと……永遠に続くと思っていた。

しかし——その事件は起きた。
俺たちが高校二年生の冬。奇《く》しくもクリスマスを迎えた日の夜。
巴が————殺されてしまったのである。

クリスマスの三日前、俺は恋人一周年の記念として、どんなプレゼントを送れば良いのか、流堂に相談していた。

自分でも考えてみたが、誰かにプレゼントをするというのが苦手で、巴にもせいぜい誕生日プレゼントを贈った程度だ。その時も、恥ずかしながら誰かに相談していた。

流堂曰《いわ》く、せっかくの記念日なのだからサプライズが良いらしい。女というものは、サプライズ好きというのも流堂からの情報だ。正しいかどうか分からないが、俺よりもモテていた流堂の情報だし全面的に信用していたのである。

ただプレゼント自体は、それほど凝《こ》っていなくても良い。要は演出が大事なのだと教えられた。

だからプレゼントとしては、高校生の俺がバイト三昧《ざんまい》で稼《かせ》いだ金で買った指輪にしたのである。あとはどう渡すかを演出するだけ。

その日は一泊二日の旅行をするために、ちゃんと旅館も予約して準備は整えていた。とはいっても流堂が手配してくれたのだが。

そして——クリスマス当日。すでに自立して一人暮らしを行っている巴には、事前に旅行に出掛けようと言って許可はもらっていた。

二人で電車に乗って、初めての旅行を楽しむ。

巴は見るもの食べるものすべてに喜んでくれて、この旅行は大成功だと思った。

旅館近くにある海が見える入江に向かい、そこで指輪を渡して俺は大声で、

「結婚してくれっ！」

と、言うつもりだったのである。

まだガキだし、学生だし、法律的にも無理だし、何を言っているのかと周りには言われるかもしれないが、俺の気持ちを素直にぶつけるべきだと流堂に後押しされた。

今すぐ結婚は無理でも、婚約するというのもありだ。むしろ常識のある巴はきっと断る。そこでワンランク下げた婚約という形なら、きっと受け入れてくれるだろう、と。さすがはモテ男の流堂。そんなサプライズを思いつくなんて俺には到底できなかった。

実際に俺は夕日に色づく海を背景に、巴にプロポーズをしながら指輪を差し出したのだ。

流堂の言う通り、今すぐは無理だよと巴は申し訳なさそうに言ったが、これも想定内の出来事。次に婚約者としてはどうかと頼むと、これまた流堂の狙い通りに受け入れてくれたのだ。

これで晴れて俺と巴は婚約することになった。

まだ結婚はしていないが、それでも俺は人生最高の日を迎えたのである。

……よ、よし、今日は記念日だし、旅館も取ってるし……や、やるぞ、俺！

付き合ってまだ巴とはセックスしていなかった。いわゆる清いお付き合いというやつをしていたのだ。

しかしこの日、俺はいよいよ大人の男になるつもりだった。

直接口では言わないが、巴も何となく察してくれていたのか、今日の夜にそういうことをするような雰囲気《ふんいき》を出しても、嫌とは言わないし、きっと受け入れてくれたのだろう。

そうして俺と巴が、入江から離れて、旅館へと通じる横断歩道にさしかかったその時だ。突如物凄い速度で車が突っ込んできたのである。

青信号なのに、と身体《からだ》が一瞬硬直した直後、ドンッと誰かに身体を押し出された。目の前を見ると、そこには両手を俺に向けて突き出した巴がいる。

——大好き、才斗。

涙ながらに笑顔を浮かべて、確かに彼女はそう言った。

だがそんな彼女を、無情にも車は弾き飛ばしてしまったのである。

「巴ぇぇぇぇぇぇぇぇぇぇぇっ!?」

激しく地面を転がっていく巴。

車はそのまま速度を緩《ゆる》めることもなく、逃げるように走り去っていった。

俺はすぐさま立ち上がり巴のもとへ駆け寄る。彼女によく似合う真っ白いワンピースが真っ赤に染まり、何度彼女の名を呼んでも返事はなかった。

すぐに事故を見ていた人たちが救急車を呼んでくれて病院へ運ばれたが、ほとんど即死だったようで、医者からは手の施《ほどこ》しようがなかったと言われた。

そこへ慌てて駆けつけてきた流堂が事情を聞き、茫然自失《ぼうぜんじしつ》の俺の胸倉を摑《つか》み壁へと押し付ける。

「何でだっ！　お前っ！　何で彼女が死ななければならねえっ！」

「…………すまん」

「っ⁉　……ふざ……けんな…………ふざけんなぁぁっ！　てめえっ、守るって言ったろ！　幸せにするって約束したじゃねえかよぉっ！」

「すまん……すまん……」

俺には謝ることしかできなかった。

泣きじゃくりながら俺を責める流堂に申し訳なくて……何より、自分が不甲斐《ふがい》なさ過ぎて……ここから消え去りたいくらいだった。

後日、施設の皆だけで葬式は行われた。皆が涙を流し、巴の早過ぎる訃報《ふほう》を悲しんだ。誰もが俺のせいじゃないと言ってくれた。

俺を気遣い、悲しませないための言葉だとしても、俺は……責めてほしかった。俺のせいで彼女は死んだのだと……流堂のように。

そんな流堂は、葬式に姿を見せなかった。巴を轢《ひ》き殺した犯人も捕まらず、いまだに逃亡を続けているという。

その日から流堂は荒れまくり、誰よりも優等生で人気者だった彼は崩壊し、悪い噂《うわさ》があちこちから流れるようになったのである。

勝手に学校も中退し、不良やヤクザとの関わりも見せるようになった。

俺は自分のせいで流堂がそうなったのだと思い、何とか彼を止めるべく行動したのだ。しかし流堂は俺を拒絶し、逆に俺や俺の周りの……施設の連中にまで暴力を振るうようになった。

しかも自分の手はなるべく汚さずに、手下を使っての暴行だ。

俺だけならいざ知らず、周りの連中を傷つけるのは間違っている奴の行動に、俺も大いに反発して、何度も何度も衝突を繰り返していた。

そんな中、珍しく流堂から直接連絡があった。

普段なら罠《わな》だと思うが、その時は違ったのである。

『巴の仇《かたき》……取りたくねえか？』

電話越しに聞いた奴の声は真剣そのものだった。

流堂はあれからずっと、巴を轢き殺した犯人を捜していたのだという。そしてようやく見つかった。

今まで、流堂が巴に関して嘘を言ったことはなかった。彼女が関わることだけは、奴は真摯《しんし》に徹していたからだ。

それほどまでに流堂は、巴を尊敬し……愛していたのだろう。

『俺は奴を殺す。俺から彼女を奪った悪魔に地獄を見せてやる』

それだけを言って奴は電話を切った。

俺はすぐさま奴の手下を捕まえ、強制的に奴が向かった場所を吐かせた。

その場所へと俺も急いで向かったが、もうそこではすべてが終わっていたのである。辿《たど》り着いた場所は、雑居ビルの中にある事務所で、そこには複数の人間が倒れていた。

その中の一人は、無惨《むざん》にも全身から血を流して倒れている男だが、その傍に血に塗《まみ》れたナイフを持って佇《たたず》む流堂が立っている。

「……よぉ、遅えじゃねえかぁ、崩原ぁ」

……今はもう名前では呼んでくれない。そして俺もまた同じ。

「流堂……お前……！」

「ククク、ようやくだ……一年かけてようやく捜し当てることができた。これで………彼女も浮かばれる」

恍惚《こうこつ》そうな笑みを浮かべる流堂。まるで悪魔にでも魅入《みい》られているかのような逸脱したその表情に、思わずゾクリとするものを感じる。

「そしてもう一つ、てめえにも罪を背負ってもらうぜぇ、崩原ぁ」

「？　一体どういうことだ？」

その時、ガツンと後頭部に衝撃を受け、俺は意識を失ってしまった。

気が付いたら、俺は警察病院に搬送されていて、そこで事情聴取されることになった。俺はその時、驚くべき言葉を刑事に投げかけられたのである。

「阿久間剛三《あくまごうぞう》、45歳。一年前に君の恋人だった葛城巴を轢き殺した犯人だ。その憎しみから犯行に及んだ。そうだね？」

思わず言葉を失って固まった。別に奴が本当に犯人だったという驚きじゃない。

何故コイツは……さも俺が奴を殺したようなことを言っているのかという不可解さだ。当然俺は自分がやってないと反論する。

しかし……。

「あの場にいた者たちが全員、君が阿久間を殺したところを見ているんだよ」

何……だって？

あの場にいた全員ということは、他に倒れていた連中はまだ生きていたということ。そしてそいつらは間違いなく、阿久間の事務所の人間だろう。

その目で流堂が、自分たちのトップを殺したところも見ていたはず。すぐに気絶させられ、殺しの現場を見ていなくとも、あの場に現れたのが流堂だということくらいは理解しているのは間違いない。

それなのに何故俺だとそいつらが言う？　流堂を庇《かば》うように言うんだ？

……いや、流堂のことだ。脅《おど》しでもしたか？

「阿久間は非合法な商売も多く手掛けていて、暴力団との繋《つな》がりもあった。それに過去には受刑歴もある。そんな奴に恋人を殺されたのはショックでしかないだろうね。でもね……それでも人殺しは人殺しなんだよ」

違う。俺は殺してない。

だが阿久間の仲間らしき者たちは、全員が俺を売っている。

たとえ流堂に脅されていたとしても、自分たちのトップを殺した奴を守ろうとするか？

……そこで不意に俺の意識を奪ったであろう奴のことを思い出す。

あの場にいた連中が、最初から流堂が用意した手駒《てごま》だとしたらどうだ？

気絶したフリをしていて、タイミング良く起き上がり俺を殴《なぐ》った。

そう考えれば辻褄《つじつま》が合う。それに、だ。

『そしてもう一つ、てめえにも罪を背負ってもらうぜぇ、崩原ぁ』

あの時、流堂が言った言葉が脳裏《のうり》を過《よぎ》る。

「……そうか。あれはこういうことかよ、流堂」

「あん？　何か言ったかい？」

俺の呟《つぶや》きに対し、刑事が小首を傾《かし》げて尋ねてきた。

俺はそんな刑事に対し、真っ直ぐ彼の眼を見てこう答えた。

「――そうだよ。俺が…………奴をぶっ殺してやったんだ」

そうして俺は、無実の罪で五年という刑を受け、少年刑務所へと移送された。


過去に想いを馳《は》せながら、俺はチャケと一緒に日本酒を酌《く》み交わしていた。

流堂にハメられてから、俺の人生はガラリと変わったような気がする。

いや、それを言うなら巴が死んでしまってからか……。

アイツが死んでから、俺の見ている景色は灰色に染まり味気なくなった。

何をするにもイライラして、ケンカを売られては売り返して……そんな日常。

その中で流堂は、事あるごとに俺に突っかかってきて、殺し合いに近いケンカだって何度もした。

アイツが俺を憎んでいることは分かっている。当然だ。大好きな女を取られた上に、殺されてしまったのだから。約束を……破ってしまったのだ。

「にしてもチャケ、お前も義理堅い奴だよな」

「は？　何がでしょうか？」

思えばコイツとも古い付き合いだ。出会いは中学の時、コイツがゲームセンターで不良どもに絡まれていたところを助けてからである。

その時は、今みたいにガタイもよくなく、悪く言えばもやしみたいな奴だった。

そして何の因果《いんが》か、その時のことでチャケ――茶頭家成《ちゃがしらいえなり》は俺を慕《した》い、これまでずっと良き友人としてつるんできたのである。

「他の連中にも言ったけどよぉ、今回のケンカは文字通り命がけになる。……お前は外れていいんだぞ」

「！　才斗さんっ、そんな水臭《みずくさ》いこと言わないでくださいよ！　俺は……あんたに憧れて……だから……っ！」

「あの時の恩返しってんなら、もう十分返してもらってんよ。お前くらいだ。俺が少刑に入ってもなお、離れていかなかった奴はよぉ」

「それは！　だってそれはアイツの！　流堂を……庇《かば》ったからでしょう⁉」

「庇った……か。そいつは違う。これは……贖《あがな》いなんだよ」

そう、確かに俺は流堂にハメられた。流堂は巴の仇を討ち、その罪を俺に擦《なす》り付けたのだ。きっとあの電話から、俺を陥《おとしい》れることまで計画に入れていたんだろう。それはすべて、アイツの俺に対する恨みからきたもの。

そして俺もまた、アイツのことを否定することができなかった。

俺は巴を守れなかった罪を、何かの形にして背負いたかったのだ。

だからこそ、流堂の計画をちょうどいいって思ってしまった。

せめて少しでも罰を受けたいと、巴を失った時から願っていたから。

「俺はやっぱ納得できません！　才斗さんは何も悪くねえ！　巴姉さんは！　巴姉さんはそんなこと望んでなかった！」

「……だろうな」

アイツがこんなこと望んでるわけがねえ。俺と流堂がいがみ合っているこんな状況を。そして身勝手に罪を背負った俺のこともだ。

「それでも俺はあの時……それが正しいことだって思っちまったんだ」

加えて、これで少しでも流堂の気が済めばとも……。

「アイツは……流堂は才斗さんが知ってる流堂じゃ……もうありませんよ」

微《かす》かに身体《からだ》を震わせながらチャケが言う。まるで何かに怯《おび》えているかのように。

「……なあチャケ、やっぱ今回お前は身を引け」

「才斗さん!?」

「彼女もできたんだろ？　だったら……死ぬわけにはいかねえじゃねえか」

「っ………い、いいや！　俺はそれでも、あんたの傍にいるって誓った！　あの時からずっと！　だから俺は……俺は……っ」

本当に律儀《りちぎ》な男だ。もうコイツくらいだろう。俺が全面的に信頼できる奴は。

しかしだからこそ失いたくねえって思っちまう。もう……大事な奴を失うのは懲《こ》り懲《ご》りなんだ。

「才斗さん、俺は別に義理立てようとか、そんなことを思ってんじゃねえです。俺はただ、あんたが好きだから！　あんたの背中に惚《ほ》れたから一緒にいるんだ！」

「チャケ……はは、お前はマジでバカだなぁ」

「はい、こんなバカじゃねえと、才斗さんの隣には立てませんから！」

俺にはまだ信じられる奴がいる。それがこの世で生きていく上でどれだけ救いになっているか。

流堂よぉ、お前はどうなんだ？　あの時からずっと……まだ孤独なんじゃねえのか？

かつて親友と呼んでいた存在。同じ女を愛し、同じ絶望を味わった。

そして二度と修復できないくらいに絆《きずな》は断ち切られた。

今はただ、怒りと憎しみ、憐《あわ》れみと痛みで繋がっているだけの敵同士。

それが明日、どういう形にしろ決着がつく。

願わくば、施設で過ごしていた時と同じような関係に戻れたらと思うが、さすがにもうそれは望めない。その選択の時はすでに過ぎ去ってしまった。

だったらどちらかが破滅するまで戦うしかないのだ。

俺はまだ死ぬわけにはいかねえ。チャケたちの面倒だってみなきゃいけねえんだ。

だから明日は――。

「俺が勝つぞ、流堂」

きっと巴も、アイツを止めてやることを望んでいるから――。

※

――【シフルール】。

流堂率《ひき》いる者たちが拠点としているラブホテルの地下フロアにある一室。

そこは通称〝牢《ろう》〟と呼ばれており、流堂の手下たちが攫《さら》ってきた女たちが投獄《とうごく》されていた。

牢といっても、元々は普通の部屋なので、物々しい雰囲気《ふんいき》になっているわけではない。

ただ部屋には鍵《かぎ》が掛けられ、女たちは外へ出られないため、室内は陰鬱とした空気が漂っている。それだけではない。ここに閉じ込められている者たちは、いずれ流堂の命令で慰み者になる予定の者たちばかり。

故に全員が恐怖に支配されていて、いつ自分が呼び出しを受けるのかと戦々恐々としながら待機しているのだ。

ここから一歩外に出れば、二度と同じ場所に戻ってくることはない。

流堂の相手をするのは当然だが、その際に覚せい剤を使われるのだ。しかも流堂が飽きたら、次は彼の手下たちに回され、気が済むまで身体を弄《もてあそ》ばれる。

終わる頃には、ほとんどの者の自我が崩壊しているのだ。中にはそのまま自殺してしまう者もいる。生きていたとしても、もう用済みだと言わんばかりに、どこかの部屋へと監禁《かんきん》され放置されるという地獄だ。

そう、彼女たちにとって、ここは閻魔《えんま》大王の裁判を待つ地獄の入口に過ぎないのである。故に多大な重圧に押し潰され、嘔吐《おうと》してしまったり泣きじゃくる者も出てくる。

今日もまた、一人のスレンダーな女性が部屋の隅で嗚咽《おえつ》を漏《も》らしていた。

そこへ他の女性が、そっと近づいて「大丈夫？」と心配そうに尋ねたのである。

その言葉と、女性の穏やかで優し気な雰囲気を受け、泣いていたスレンダー女性はさらに涙を流す。

スレンダー女性を優しく胸に抱きしめている女性の名は——北郷小百合《さゆり》。

彼女こそ、先日モンスターの攻撃にやられ、顔が爛《ただ》れてしまったものの、鳥本の薬によって再び美しい素顔を取り戻せた人物だった。

しかし流堂の手下たちに家を襲撃され、夫と子供を殺されてしまうという悲劇に見舞われてしまったのである。さらにはその際、男たちにその場で身を穢《けが》されもした。

当初は嘆《なげ》き、他の女性たちのように嘔吐したり悲痛に身を委《ゆだ》ねたりしていたが、次々とやってくる女性たちを見ていると、一番年長の自分が彼女たちを支えなければという使命感を持ち、自分の感情を押し殺して、こうやって皆を励《はげ》ます側へと回ったのだ。

「ぐす……す、すみません……でした」

「いいえ。気にしなくてもいいわよ。……もう大丈夫？」

「……はい」

大丈夫なわけがないのを知っていても、やはりその言葉を投げかけることしかできないのだろう。それは小百合の辛《つら》そうな表情を見てもよく分かる。

「あなた、お名前は？」

「……上田美優《うえだみゆう》……です」

「そう、私は北郷小百合よ」

この上田美優は、つい最近連れてこられた。最初は気丈にしていたが、ここ数日でやはり不安と恐怖からこうなってしまったのだ。

こういう時、とにかく会話をすることを心掛けているのか、小百合はいろいろと彼女に質問をしていく。

上田美優は、まだ大学生であったが、世界が変貌《へんぼう》してから、一人暮らししているアパートに引きこもっていたらしい。しかし食料不足に陥《おちい》り、何とか手に入れようと外出した時、男数人に囲まれてしまったのだという。

だがその時、一人の男性が自分を助けてくれて、一緒に食料まで探してくれたらしい。

「……もしかしてお付き合いしているのかしら？」

小百合の言葉に、ポッと恥ずかしそうに美優が頰《ほお》を染める。

どうやらそれをきっかけに、男性とは親しい間柄になったらしい。

こんな世界でも、その人がいるだけで幸せで、毎日が本当に楽しかったと口にする。だがそんな幸せも、ある日、流堂の手によって崩壊してしまった。

恋人と一緒に流堂の手下たちに拉致《らち》され、自分はここに連れてこられてしまったのだという。

「……その恋人さんは？」

フルフルと頭を振るだけ。消息不明とのことだ。

「そう。無事だといいわね」

小百合はそう言いながらも、やはり複雑そうな表情を浮かべる。何せ問答無用で人殺しをするような連中だ。彼女の恋人を生かしておく必要はない。恐らくは……。

もしかしたら美優も分かっているのかもしれない。だからこそ絶望に苛《さいな》まれているのだ。

「………………あの人に会いたい……っ」

魂の奥底からの言葉。それが美優の口から零《こぼ》れ落ちた。

「だったらまずは生きることよ」

小百合が、彼女の手を握って真っ直ぐ顔を見ながらそう言う。

「この世は理不尽なことばかりよ。どうしようもならないことだって多いわ。でもね、生きていれば必ず良いことだってあるの」

それはきっと、自分が実際に体験しているからだろう。どうしようもなかった顔の傷。それを摩訶《まか》不思議な力で治してもらったのだから。

「こんなことをするような人たちには、いつか天罰が下るわ」

「……そう、なのかな……」

「私たちはとても無力だし、誰かを待つことしかできない。でもね、簡単に諦めたら、それこそ自分を好きでいてくれる人に申し訳がないでしょう？」

それが小百合にとっては、死んだ子供たちや夫なのだろう。

「だから私は、ここの人たちが後悔《こうかい》する顔を見るまでは死にたくないわ」

「北郷さん……」

「小百合でいいわ。美優ちゃん、私と一緒に希望を手に入れましょう」

「……うん」

「みんなもそうよ！　まだ諦める時じゃないわ！　きっと……こんなことは長く続かない。私たちをこんなところに閉じ込めている人たちには、絶対に天罰が下るわ！　だからそう信じて、今は耐えましょう！」

小百合の力強い言葉が、部屋中の女性たちの心に触れる。

ただそれでもやはり信じられない者たちもいた。無理もない。彼女の言葉は、まったくといっていいほど根拠に乏《とぼ》しいのだから。

それでも小百合の言葉は、少なからず明日を生きる活力にはなったはずだ。

するとその時、外から女性の悲鳴が聞こえてきた。

他の部屋にいる女性がまた一人、流堂へ献上されていく。

同時に小百合たちがいる部屋には緊張と、そして安堵《あんど》が広がった。

少なくとも、今夜は自分たちが選ばれることがなかったからだ。他の女性が犠牲《ぎせい》になったという複雑な気持ちはあるものの、まだ生き永らえたという想いもまたあるのだろう。

「ああ神様、ご覧になられているなら、どうか私たちをお救いくださいませ……」

小百合は両手を組み、祈るように声を発した。

第三章 決戦の大規模ダンジョン

“SHOPSKILL”
sae areba
Dungeon ka sita
sekaidemo
rakusyou da

――翌日、早朝五時。今日は決戦の日だ。

そうはいっても、俺は単なるサポート役ではあるが。

崩原才斗《ほうばらさいと》と流堂刃一《るどうじんいち》。

正直、二人が今後どうなるのかなどには興味はない。

ただ依頼を引き受けた側としては、やはり崩原を勝たせなければならない。

短い間ではあったが、いろいろ調査した結果、流堂の方が勢力では上だし、攻略にはかなり有利だろう。

しかし崩原曰《いわ》く、流堂はコアモンスターの存在に気づいていないという。それと迷宮化した建物の存在もである。

その建物のいずれかに、恐らくコアモンスターがいるはずなので、先に崩原がそいつを討伐《とうばつ》できれば良い。だから他の場所を虱潰《しらみつぶ》しにする必要もないので、流堂たちと違いだいぶ時間が削られるだろう。

問題は、コアモンスターを崩原が倒せる相手ではないということ。

もっとも、俺自身がダンジョン攻略するつもりなので、そこらへんは上手《うま》くやろうと思っている。何故なら、そうしなければアップデートできないからだ。

「まあ、実際にボスを見れば私に任さざるを得なくなると思うけれどね。だからあなたたちの働きにも期待しているわよ、ソル、シキ」

虎門《とらかど》シイナ扮《ふん》する俺の背後には、これまでとは違った風貌《ふうぼう》を持つ二人の姿があった。

ソルはCランクからBランクへと昇格し、全身が紅蓮《ぐれん》の羽毛に覆《おお》われ、毛先の部分が白銀に染まっている。可愛《かわい》さだけでなく凛々《りり》しさをも持ち合わせた風貌だ。

対してシキは、BランクからAランクへと昇格。体格が一回り大きくなり、人間のような両手を持ち、腕からは任意で出し入れ可能な鋭い鎌を有す。また、より忍者っぽい見た目になっていて、黒装束《くろしょうぞく》はもちろん、黒頭巾に額当てを装着し、口元も布で覆い目元だけしか確認することができない。外見からはモンスターだとは分からない風貌となっている。

二人ともが《レベルアップリンⅡ》を服用した結果だ。断然その強さも増し、今のソルなら、かつて苦戦したコアモンスターであるレッドアーマーでさえ瞬殺することも可能なはず。

ワンランクの違いは、それだけとてつもなく大きいということである。この二人がいれば、現状確認されているモンスター相手に対しどうということはない。

コアモンスターといえど、俺たちで力を合わせたら勝てるだろう。

「そろそろ時間ね。合流地点へと急ぎましょうか」

俺は影の中にシキ、上空にソルを率《ひき》いて、崩原の拠点まで向かった。

少し前までは母校であった【王坂《おうさか》高等学校】で合流する予定だったが、どうせなら一緒に学校へ向かった方が良いということで、彼と初めて会ったあの家を合流地点にしたのだ。

まだ約束の時間までは四十分ほどあるが、家の前や周囲にはあまり人気がないので変に思った。嫌な静けさを感じる。

先に仲間たちを学校へ送ったのだろうか……？

そう思いながら敷地内に入って、そのまま縁側がある場所まで行くと、そこには崩原とチャケの二人だけがいた。ただ二人の様子がどこかおかしい。焦ったような感じで落ち着かない態度を示している。

「おはよう。良い朝ね」

俺はそんな二人に近づきながら声をかけた。そして続けて、「他の者は遅刻かしら？」と皮肉交じりに言うと――。

「…………すまねえな」

いきなり苦々しい表情を浮かべる崩原に謝られてしまった。

「……どういうことかしら？」

「お前が教えてくれた情報……全部流堂に知られちまったよ」

「!?　……詳しく説明をしなさい」

聞き捨てならない言葉だ。その理由を問い質《ただ》す必要がある。

「俺の傍にいた連中は……チャケ以外の全員が流堂の息がかかった奴らだったんだよ」

絞《しぼ》り出すように、とんでもないことを伝えてきた。

「ぜ、全員ですって？」

『イノチシラズ』というコミュニティは、世界が変貌《へんぼう》してから崩原とチャケの二人で始めた組織だった。

世界変貌に対応するため、モンスターに対抗するため、行き場のない少年たちの居場所を作るため、そして流堂に潰されないようにするため。最初は二人だけだったが、徐々に人は増えていき、それなりの規模を持つ集団へと成長した。

無論誰彼構わず仲間に入れていたわけじゃない。世間に適応できないものの、心から『イノチシラズ』に入りたいと願う者を、崩原が実際に面接して迎え入れていたのである。

中にはチャケと長い付き合いがある者も多かった。崩原が少年刑務所に入っている間、彼が出てきたあと、少しでも力になれればとチャケが集めていたのである。しかしそのすべてが、今じゃ流堂のもとへと向かったのだという。

……ということは、あの金髪や黒髪も？

崩原よりも流堂についた方が賢いと思い、スパイ役になっていたか。

「じゃあ今頃は、あなたの仲間は学校の裏門へ？」

そこには流堂たちが待機しているはずだ。

そして俺の問いに、崩原が悔《くや》し気に首肯《しゅこう》した。

「……多分全部、今日の……この日のために奴が計画したんだろうな」

「しかしそこのチャケさん？　……その人の友人もいたのでしょう？　それほど簡単に寝返るようになるものかしら？」

友情は永遠なんて言葉を吐くつもりはないし、そんな繋《つな》がりなんてすぐに切れる紐のようなものだということは経験則から理解している。ただ少なくても、何年も繋がりを持っていたチャケを敵に回す理由があったのか疑問だ。

「……流堂は人を操るためなら何だってする。そいつの欲望を満たしてやったり、何だったら脅迫《きょうはく》だって躊躇《ためら》わねえしな」

欲望というのは、金、仕事、女などの、特に男の性《さが》を揺さぶるものを与えるというものだろう。今回でいえば、食料や女という褒美《ほうび》が大きいと崩原は言う。

誰だって困らずに生活できて、いつでもどこでも性欲さえ満たしてくれる現場があるなら、そっちに食いつくのも考えられること。

『イノチシラズ』も別に食料には困っていないが、裕福なわけではないし、贅沢《ぜいたく》をできる状況でもなかった。

対して流堂は、他人から力で奪った食料や女が大量にある。だからこそ大盤振る舞いで、仲間たちの心を繋ぎ止めることに成功しているのだ。

「……それは仕方ないことね」

「仕方ない……だと？」

俺の言葉に冷たさを感じたのか、崩原がギロリと睨《にら》んできた。

「しょせんは他人同士の繋がりよ。口では家族や絆《きずな》と言っていても、簡単に人は裏切ってしまう。誰だって自分のことが大切だから」

「っ……！」

「恐らくそのことを流堂はよく理解しているのでしょうね。だから人の感情を狡猾《こうかつ》に操作し、まるでチェスの駒《こま》のように扱うことができる」

自分以外の人間を蔑《さげす》み、利用することしか考えていないからこそできることだ。

崩原が言ったように、今日のこのために流堂が計画したのだとしたら、ずいぶんと性格のひん曲がった奴である。恐らくは崩原が少年刑務所にいる間、ずっと彼を陥《おとしい》れる方法を考えていたのかもしれない。

そうして崩原が出所してから、少しずつ手駒を動かし、最後に崩原を精神的にも肉体的にも追い詰める策を実行した。

崩原は自分のもとに集《つど》ってくれた連中を信じ、様々な情報だって伝えただろう。短いながらも一緒に過ごしてきた連中なのだ。

情に厚そうなこの男ならば、一度懐《ふところ》に入れた者は心から信頼していたはず。

だがそのせいで、こちらの情報は流堂へと渡ってしまった。こちらにとってのアドバンテージだったコアモンスターのことや迷宮化のことも知られたに違いない。普通に考えれば、崩原の勝ちの目を失ったと言わざるを得ないだろう。

「しかし安心しなさい、崩原才斗」

「え？」

「あなたが仲間のすべてを失ったとしても、まだ私がいるもの」

「虎門……」

「たとえ流堂が何十人、何百人の手下を携《たずさ》えようと、私一人には到底敵《かな》わないわ」

「！　……はは、どんだけ自信家なんだよ、お前さんはよぉ？」

「あら、当然よ。だって私……強いもの」

まあ俺が強いというよりは、俺の傍にいる奴らが、ではあるが。

「そうですよ才斗さん！　あんたにはまだ俺だっている！　一人じゃねえよ！」

「チャケ……ああ、そうだな。ここで諦めるわけにはいかねえ！　アイツに……流堂に負けるわけにはいかねえんだ！」

確かに状況は絶望的だ。しかしそれは俺がいなかったらという仮定の話になる。

そもそも攻略だけを見れば、俺と崩原だけでもやり通すつもりではあった。

ハッキリいって、大勢の人間を抱えても足手纏《あしでまと》いになるだけだ。考えようによっては、少数精鋭という形の方が俺にとっては効率が良い。

ただ……と、俺は崩原を元気づけているチャケを見る。

流堂は崩原のすべてを否定したい――ということは、そのやり口から見ても明らかだ。

奴は崩原をただ殺したいんじゃなく、ゆっくり壊して破滅をもたらしてやりたいのだろう。

過去に何があったかは分からないが、流堂が本当に崩原を破滅させたいなら、まだ流堂の策は終わっていないような気がする。何故なら崩原の傍には、イレギュラーな俺はともかくとして、まだチャケという存在がいるから。

その理由は定かではないが、相当の恨みを持っているに違いない。

俺だったらどうだ？　当然チャケにも手を伸ばし、崩原を孤独の穴に突き落とそうと考えるだろう。崩原の仲間に対する絆を、環境を、心を、そのすべてを壊して流堂の計画は成功する。

そうだとしたら、このチャケもすでに……。

崩原の態度を見れば、仲間の中でもチャケが特別だということは理解できる。

鳥本《とりもと》として初めて崩原と相対した時も、崩原を必死に擁護《ようご》する言葉を発していたのはチャケだけだ。

間違いなく長い付き合いであり、崩原が誰よりも信頼している人物だろう。

その人物を狡猾な流堂が放置しておくだろうか……？

今もなお、笑顔を浮かべて崩原と接しているチャケに、疑惑の目を向ける俺。

人は簡単に裏切る。本当に信頼できるとすれば、それはきっと本物の家族でしかあり得ないと思っている。

家族でさえ、中には裏切ってしまう輩《やから》だっているのだ。他人が最後まで他人を信頼し続けるなんて馬鹿げたことが起こり得るはずがない。

……コイツは絶対にどこかで裏切る。

俺は、チャケを裏切り者として断定した。


ここから学校へはそう遠くない。まずはソルに先行させ、上空から裏門の様子を見るように命令した。

そしてソルから、すでに流堂たちも到着していることを知る。

その中には、見知った顔の連中もいた。そいつらは『イノチシラズ』として活動していた奴らである。ただそわそわと落ち着きのない表情をしているらしい。さすがに裏切ったという罪悪感を覚えているのかもしれない。つまり心の底から裏切りたくて裏切ったわけじゃないのだろう。ただ俺は思う。

……マジで人間ってのは薄っぺらい生き物だよな。

人と人の関係で、〝本物〟なんてもんは存在しないのだろう。

友情であろうが愛情であろうが、言うなれば薄氷のようなもの。外部から強い力が加わればすぐに壊れる程度の脆《もろ》い繋がりだ。だから人間は信用できない。仲間だ友達だと笑顔で接していても、自分の不利に働けば放棄する。

実際にその現実を目《ま》の当たりにしてみればいい。

人を信じるなんて行為は怖くてできなくなるから。

まだ誰か一人でも傍に居続けてくれれば別だろう。その繋がりこそが〝本物〟だと信じられるから。けど俺のようにすべての関係が〝偽物〟だった場合、今まで積み重ねてきたものの意味を失ってしまう。

ともに笑い、ともに泣き、ともに悲しんだ過去があったとしても、それが全部偽りだったのだと知る。本当にくだらないことに時間をかけていたのだと後悔《こうかい》してしまうのだ。

〝ご主人、今すぐに奴らを殲滅《せんめつ》するという手もありますです〟

ソルからの物騒な提案が届く。彼女もこちら側を裏切った連中に対し、不満を持っているようである。

〝そうね。そこにいる連中は人殺し集団でもあるし、理由があろうとこちらを裏切った連中……情けは無用だけれど……今はまだいいわ〟

〝よろしいのです？〟

〝やるなら攻略が始まってからよ。流堂に逃げられても困るしね〟

次々と手下が死んでいく様を見て、そのまま攻略に乗り出すような奴じゃないだろう。下手《へた》をすればそのまま逃亡を図る。ならば勝負が始まってからの方が良い。それならこちらとしても追及しやすい。

〝しかし一度手を取った相手を裏切るとは……。やはり人間とは愚かな生き物ですな。あ、無論姫は別でございますが〟

シキもまた、裏切り者たちに対して思うところがあるらしい。

〝私だって同じ愚かな人間に違いないわよ、シキ。自分のことしか考えていないところは一緒だもの〟

そう、俺だけが特別なんてことは言わない。俺もまた利益が発生しなければ動きはしない。たとえ人道に外れていたとしても、だ。

〝で、でもご主人は、以前何の報酬《ほうしゅう》もなく子供を助けたのです！〟

〝ほほう、そのようなことが。さすがは我が主、慈悲《じひ》深き心もお持ちですな〟

ソルが言うのは、俺が唯一依頼されたわけでも、メリットがあるわけでもないのに動いたあの件だろう。

クラスメイトだった十時恋音《とときこいね》の妹が、ダンジョン化した公民館に閉じ込められた時のこと。

そこに俺をイジメていた主犯である王坂と再会したのは驚きだったので、よく覚えている。

確かにあれは、俺でも正直なところどうして助けたのか分からない。いろいろ理由をつけてみることはできるが、本当のところなんて胸を張って言える理由じゃないと思う。

〝その話はいいわ。ところでソル、ダンジョンの様子に変わりはあるかしら？〟

〝特に昨日と変わっているところはありませんです。……あ、ただ敵側に動きがありそうなのですよ！〟

〝動き？　何だ？〟

〝りむじん？　っていう車が近づいてきたのです〟

聞けば、裏門に近づいたリムジンから流堂が降りてきたとのこと。

どうやらまだ来てなかったらしい。その風貌《ふうぼう》は、絶対に攻略には不向きだと思えるような大きな毛皮のコートを羽織《はお》っていた。サングラスをして、クチャクチャとガムまで噛《か》むその姿は、とても戦場に立つような姿ではない。

まあ俺も袴《はかま》姿だし、他人のことを言える格好じゃないが。

流堂は全員から頭を下げられ出迎えられている。

攻略開始まであと三十分というところだ。ここから車で十分程度だとはいっても、そろそろダンジョンへ向かった方が良いかもしれない。

「……やっぱ誰も帰ってはこねえ……か」

まだ裏切った連中のことを当てにしていたのか、未練がましい言葉が崩原から発せられた。

「そろそろ無意味な期待は止めて、この三人でどう攻略をしていくか話をしたいのだけれど?」

そちらの方がより建設的だ。

「そうだな……うっ、何か腹ぁ、痛くなってきちまった。すぐに済ませてくっから、ちょっと待っててくれや」

ドタドタと家の中へと消えていく。本当にトイレなのかどうかは疑わしい。

まだ気持ちの整理がついていなくて、少し一人になりたいだけかもしれない。心から信頼していた者たちに裏切られたのだから仕方ないとも言えるが、こちらとしては、大一番がこれから始まるのだから、ちゃんと割り切って行動してもらいたいものだが。

「……少しいいか、虎門」

二人きりになった時、チャケが話しかけてきた。

「あら、何かしら?」

「……あんたには才斗さんのことを教えておこうと思ってな」

「?　……どういうことかしら?」

何で今?　という疑問が浮かぶが、コイツのことを裏切り者として見ている俺としては、こうして話しかけてきた裏に何かあるのではと考え、少しでも何か情報を得るためにも対話をしようと判断した。

「あんたは才斗さんが少年刑務所に入っていたことは知ってるんだったよな？」

「ええ。どんな事件を起こしたのか知らないけれど、人の道を踏み外したことだけは、ね。だからこそ悪一文字なのでしょう？」

「それは違う！」

「！　……違う？」

「才斗さんは……罪滅ぼしに〝悪〟を背負ってるだけだ。あの人の本質は、とても繊細《せんさい》で優しくて……そして誰よりも強い人なんだよ」

「……よく分からないわね。どうして今更そんな話をするのかしら。私とはただ依頼人と請負人という間柄だけ。仲間でも何でもないのよ？」

てっきり俺にも裏切りを唆《そそのか》してくるような会話になると思っていた。

崩原が実はいかに悪党で、行動を共にする価値もないことを仄《ほの》めかせ、俺に流堂へ付くように仕向けてくると。しかしどうやらそんな話じゃないらしい。

「……俺は一度、あんたがダンジョンを攻略しているとこを見たことがあんだ。いや、モンスターを倒してるとこって言った方が正しいか」

またもよく分からないことを言い始めたので、思わず眉《まゆ》をひそめてしまう。

「その時、あんたの異様なまでの強さが、この目に焼きついた。……この勝負の話が出た時、才斗さんが他人を引き入れるって言って、俺はそれに反対した。……俺たちの問題に他人を巻き込んでいいわけがなかったからだ」

俺は黙って、チャケの言葉に耳を傾ける。

「けどあんたの名前が出た時、俺はあんたなら……何が起こってもきっと大丈夫だって思ったから、最終的に才斗さんの案を認めた」

「ふぅん。どうやらあなたの中で、私はずいぶんと価値の高い存在のようね」

「それだけの強さがあるってことを知ってるからだ。……それに、あんたにも仲間がいることも知ってる」

「!?　……そう」

これは驚きだ。恐らくソルとシキのことであろう。彼女たちの姿まで見られていたらしい。しかし異形《いぎょう》なる者たちを使役していることを追及してくるのかと思いきや、特にその様子はなかった。

「あんたがどうやってそんな強さを身に付けたのかはどうでもいい。ただ……あんたなら何があっても、きっと才斗さんを守ってくれるって思ったから。だから俺は……」

「……依頼人を失うわけにはいかないもの。全力で守るわよ」

「それでも……あんたの中で才斗さんが悪党だって位置づけられてたら、大切な時に見捨てることだって考えちまうだろ？」

確かにたとえ依頼人だとしても、相手が流堂のような奴なら、多少のデメリットがある場合、見捨てることも視野に入れていたかもしれない。

「だからあんたには才斗さんを誤解してほしくねえんだ。何の悪感情もなくあの人を見て、そして助けてほしい」

「……それで？　あなたは何を語りたいのかしら？」

「才斗さんの過去について、だ」

そこから崩原が経験したであろう過去について伝えられた。

崩原が施設育ちだということ。そこで出会った二人の人物。

その一人が流堂ということも驚いたが、それよりも女性に免疫《めんえき》のなさそうだった崩原が、葛《かつ》城巴《らぎともえ》という年上の女性と恋人になっていたこともビックリだった。しかも流堂もまた、その女性のことが好きだった事実。

だがそのあとは、目を逸《そ》らしたくなるような悲劇が語られる。

「……つまり崩原さんは、流堂にハメられたにもかかわらず、わざと殺しの罪を背負って少年刑務所に入ったと」

「ああそうだ。……才斗さんは、自分を罰せられることを……望んでた」

だが周りは崩原に優しく、誰も彼を責めようとはしなかった。

ただ一人――流堂を除いては。

だからか、崩原は罰というものをその身に受けるべきだとして、流堂が起こした事件そのものを背負ったのだという。

……そこまでするか普通。

俺だったら他人が起こした殺人事件を背負うなんてことはできない。無実の罪で投獄《とうごく》されるなんて正気とは思えない。

いや、その時……恋人を失った崩原は、すでに正気じゃなかったのかもしれない。だからこそあり得ないと思うような選択ができたのだろう。

「なるほどね。今の話を聞いて率直《そっちょく》に私が思ったことを口にするわ」

「…………」

「だから何？　ってことね」

「!?　……やっぱ信じられねえってわけか？」

睨《にら》んでいるわけじゃない。ただ分かってもらえないことを、心から残念に思っているような表情をチャケが浮かべている。

「そういうことではないわ。一つ、あなたが勘違いしていることを教えてあげる」

「勘違い……？」

「私は自分の選択に後悔《こうかい》なんてしないの」

「は……？」

「たとえ間違った選択だと周りから言われたとしても、自分で考え出した答えに胸を張り続けるわ。私は今回の依頼、私自身の意思で引き受けたのよ。依頼人が断ってくるならともかく、私が一方的に覆《くつがえ》すつもりなんてないわ。引き受けた以上は必ず達成して報酬《ほうしゅう》をもらう。それが私の絶対無二の選択なのよ」

「っ……あんた……！」

口にした言葉に偽りはない。俺は自分が選んだものに誇りを持っている。

それを貫くことが、自分の中の美学でもあるのだ。

だからこそ、感情だけで一度引き受けた依頼を蔑《ないがし》ろになんてするわけがない。報酬の上乗せくらいは望むかもしれないが。

そんな俺の言葉を受けたチャケは、目を丸くして俺を見てきたが、すぐにホッとしたような表情を見せた。

「…………まさしく百人力ってやつだな」

「間違えないで」

「え？」

「私は百人くらいで収まるような力じゃないわよ。言ったでしょう？　私は強いの。せめて万人力くらいは言いなさい」

「……はは、あはははは！　あんた、すっげえ女だわ！」

「あら、けれど惚《ほ》れてはダメよ？」

「ぷっ！　あっはっは！　それだけはねえから安心しろって！　そもそも俺には愛する彼女がいるからよぉ！」

そういえばそんなことを言っていたような気がする。

ひとしきり笑ったチャケだったが、すぐに真面目《まじめ》な顔をしたと思ったら、まさかと思うような言葉を俺にぶつけてきた。

「……実はよぉ、俺は――――裏切り者なんだわ」

「おう、悪い悪い。待たせちまったよなぁ」

手を上げながら駆け寄ってきた崩原。その顔色は、どこかスッキリしているが……。

コイツ、マジで出すもん出してきたんじゃ……？

てっきり一人の時間を作って、頭の中を整理してきたのだと思っていたが、本当に腹の中に溜まっているモノを捻《ひね》り出してきただけなのかもしれない。

「……うし！　さっさと攻略について話し合うぜ」

……いや、この目。

確かにスッキリとしてはいるが、先程までとは違った揺るぎのない強い瞳をしていた。

やはり気持ちの整理もまたしてきたのだろう。その目を見てそれが分かった。

「それよりも先に学校へ向け出発した方が良いのではなくて？」

「いや、もしかしたらあっちには監視がいるかもしれねえからな。ここなら安全に話せる」

「……そう。まあいいわ」

ソルからの情報だと、まだ向こうでは動きがないので、しばらくは様子を見る。

「本当は仲間たちを例の迷宮化（？）した建物それぞれに偵察へ行かせるつもりだったが、こうなった以上は仕方ねえ。俺たち三人で一つ一つ潰していく」

まあ、それしかないだろう。ソルだけでも他の建物へ向かわせてもいいが、迷宮化した建物にどんな罠《わな》が仕掛けられているかが分かっていない以上はリスクが高い。

もし中にいるボス、あるいは中ボスを倒すか、仕掛けなどを解かない限り外に出られないなどの罠だったらソル一人じゃ厳しいし、時間だって無駄に費《つい》やしてしまう。ならここはやはりソルも身近に置いておくべきか……。

俺はチラリとチャケの方を見やる。彼もまた俺と目を合わせ、僅《わず》かに頷《うなず》いた。

「その前にいいかしら、崩原さん」

「あん？　何だ？」

「あなたに伝えていなかったけれど、ちょうど良いから紹介しておくわね」

一体何を？　といった感じで眉《まゆ》をひそめる崩原をよそに、俺は合図を出してソルを呼び戻した。

そして瞬く間に学校から翔《か》けつけたソルが、俺の肩にチョコンと乗る。

「!? フ、フクロウ？」

「ええ、そうよ。けれどただの、ではないわ」

「ソルと申しますです。以後お見知りおきをなのです！」

「しゃ、しゃしゃしゃしゃしゃ喋《しゃべ》ったぁっ!? ど、どどどどういう……っ!?」

「驚くのはまだ早いわ。……シキ」

俺の背後に広がる影から、ズズズと静かに姿を見せたのはシキだ。

「お初にお目にかかる。某《それがし》は――シキ。姫の刃なり」

目と口を大きく開きながら固まっている崩原。無理もない。動物にしか見えないソルは人語を話すし、忍者みたいな奴が影から急に現れたのだから。

「この子たちはいわゆるモンスターと呼ばれる存在よ」

「！ モンスターだと……？」

スッと警戒したように目を細め、身構える崩原。

「ええ。ただ私に忠誠を誓っている『使い魔』と呼ばれる存在なのよ」

「つ、使い魔？ ……マジでか？」

「俺もさっき見せてもらいやした。そっちのシキって奴も人間っぽい見た目だけど、間違いなくモンスターでしたよ。ほれ、さっきのアレ、見せてくれ」

チャケの言うことに従い、俺はシキに《変化の術》で崩原になってもらった。

「お、俺がいるっ……!?」

すぐにシキには戻ってもらい、そのまま影に身を潜めるように指示を出した。

「ソルもシキも、モンスターの中ではかなりの強者《つわもの》よ。それこそ……あなたから離散した仲間を補《おぎな》って余りある力を持っているわ」

「！　……そっか。一体お前さんは何者なんだ？」

俺は虎門という作り上げた設定を、崩原に教えることにした。

「あ、ああ」

「……世界が変貌《へんぼう》したせいで、人間ではないものたち……つまりモンスターが現れるようになった。そうよね？」

「恐らくはモンスターが生息している世界が、私たちが住む地球と何かしらの理由で繋《つな》がったせいで、ダンジョンやモンスターが現れるようになったと私たちは考えているの」

「わ、私たち？」

「そう、私たち……虎門一族はね」

やっぱりこの一族設定は便利だわ。何せ一族の秘伝とかそれっぽいことを言っておけば、それ以上追及できないのだから。

「つ、つまりモンスターどもが住んでた世界と地球が合体したってことか？」

「そんな単純な話ではないけれど、ニュアンス的には似た感じね。でもあくまでも私たちの推測に過ぎないわ」

「何だかよく分からねえ話だな。それとお前さんがモンスターを使役してる話がどう繋がるんだよ？」

「……古来、この日本でも説明のつかない行方《ゆくえ》不明者は多数いるわ」

「あ？　いきなり何の話を……」

「いいから聞きなさい。突然、人間たちは一瞬で消え去る。どこを探しても見つからない。まるで最初からそこにいなかったかのように。こういう現象を、何と呼ぶか知っているかしら？」

「……？」

「――――〝神隠し〟」

「！　……聞いたことあるな」

さて、ここまでは上手《うま》く説明できた。ここからも嚙《か》まないように堂々とした態度で伝えなくては。

「この神隠し。私たちは、異界へと飛ばされたと考えているの」

「い、異界だって？　そんなファンタジーな……」

「こんな世界に身を置くあなたがそれを言うのかしら？」

「うっ……確かに……」

本来なら笑い話にもならないだろう。しかし現に、この地球はそのファンタジーに乗っ取られてしまっているのだ。

「その異界こそ、この子たちが棲《す》む世界……モンスターたちの故郷だと考えているわ」

「……！　おいおい、じゃあ……」

どうやら俺が言いたいことを察してくれたようだ。

俺はクスッと笑みを浮かべながら、最後の説明を口にする。

「そう。こちらからあちらに行った者もいるのだから、向こうからこちらの世界にも神隠しされた存在だっているのも道理でしょう？」

「!?　……そいつらがそうだってのか？」

「そうよ。虎門は、そうした異界からやってきた異形なるモノたちを庇護《ひご》してきた一族なの」

自分で作っておいてなんだが、結構あり得る話のような気がする。

実際に世界がこんなことになっているのだから、可能性としては当然あるはずだ。位相《いそう》は違うが、元々地球の傍にはモンスターたちが棲まう異世界が存在していた。

それが何らかの出来事が起き、位相が少し重なったことで、現状のようなことになっている。

あるいは今もなお、徐々にだが位相のズレがゼロへと近づいているのではなかろうか。

そのうちピッタリ重なったら、地球と異世界が融合《ゆうごう》した、まったく別の世界へと変貌を遂《と》げるのではないだろうか、と俺は思う。

徐々に地球のあちこちがダンジョン化していっているのは、まだ完全に位相が合致していないから。また時間はかかっているものの、どんどんダンジョン化していっている理由は、少しずつズレがなくなっているから。

そう考えれば、突拍子もない想像ではあるが辻褄《つじつま》は合う。

「……け、けど何で喋るんだ？　それに俺が見てきた奴らは、とても人間の言うことを聞くような奴らじゃなかった」

まあ、それは当然の疑問だわな。

「モンスターの中にも、特別な能力を有して生まれてくる存在もいるのよ」

「特別な能力？」

「人間にだっているでしょう？　神に選ばれたとしか思えないような才を持つ者が」

「！　まあ確かに……な」

「私たちが庇護しようとしたモンスターの中にも、当然害しかもたらさない暴力的なモンスターはいたわ。というより、九割以上がそうね。でもその中には、この子たちのように人間の言葉を理解し、意思疎通《そつう》を図れる子もいるのよ」

「へぇ、そうだったのか」

コイツ、結構単純なんだな。こんな作り話をあっさり信じるなんて……。

「中には庇護役の私たちにこうして力を貸してくれる子たちもいるのよ。そしてそういう子たちの子孫がこの子たち」

「子孫!?」

「ええ。この子たちは、この地球で生まれ育ったモンスターたちよ。だから異界について聞きたくてもこの子たちは知らないわ」

これでソルたちが異界のことを知らなくても問題なくなった。下手《へた》にツッコまれずに済むだろう。

「…………いまだに全部理解できたわけじゃねえが、つまりそいつらは味方ってことなんだな?」

「端的に言えばそういうことよ。そして……人間なんかより遥《はる》かに強い力を持っているわ」

「……ちなみにどの程度だ?」

「そうね……この子、ソルだけでもこの街の人間たちを殺し尽くすくらいはワケないわ」

その言葉に、愕然《がくぜん》とした様子でソルを見つめる崩原。

見た目は小さなフクロウだし、その反応も納得だ。実際モンスターには見えないし、木の棒なんかで叩けば、すぐに殺せると思ってしまうだろう。

「ソル、見せてあげなさい」

「はいなのですっ!」

ソルが俺の肩から飛び上がると、そのままコンクリートの壁へと突っ込み、そのまま貫通させながら蛇行《だこう》し、幾つもの穴を作り上げていく。

その様子を、またも絶句して崩原が見ている。

やっぱそうなるよなぁ。俺もいまだに、あのフワフワモコモコの身体《からだ》をしたソルが、何であんなことができるのか、不思議だもんな。

しかも穴の周りには無駄な破壊が一切ない。つまり一点に凝縮された力の凄《すご》さを目にしているということだ。

「ソル、最後よ！」

「ぷぅぅぅぅ〜っ！」

俺の指示で、ソルが口から炎を噴き出す。それはコンクリートの壁を一瞬で包み込み、みるみる溶解させていった。

「ソル、見事な動きだったわ」

「えっへんなのですぅ！」

再度肩の上に戻ってきたソルは、褒めて褒めてと胸を張っている。

「どうかしら？」

「どうってお前！　うちの壁に何てことすんだよ！」

「あ……失念していたわね」

「失念って……まあ別にいいけどよぉ」

いいのかよ。ちょっとやり過ぎた感があったので謝ったのに。

「ちなみに影の中にいるシキは、このソルでも敵《かな》わないほどの手練《てだ》れよ」

「マジかよっ!? ……弾丸のようなスピードで飛ぶ上、火まで噴くフクロウに、そのフクロウすら勝てない忍者っぽい奴……マジでマジか……」

どうやら語彙力《ごいりょく》がなくなるくらいに驚愕《きょうがく》しているようだ。

「あなたは運が良いわよ、崩原さん。向こうがどれだけの人を集めようが、こちらには一騎当千《いっきとうせん》を上回る存在がいるんだもの。これでも——不安かしら？」

「！ ……いいや、頼もしいぜ。なあチャケ！」

「はい！ 彼女に声をかけて正解でしたね！」

これで崩原の士気は最大限に上がっただろう。裏切りのせいで落ち込んだテンションだって戻ったはず。あとは実際に攻略に臨《のぞ》んでいくだけ。

「この仕事が終わったら、お前さんにはいろいろ聞きたいことができたぜ」

「あら、もしかして口説《くど》いているのかしら？」

「くどっ!? そ、そそそんなんじゃねえしっ！ ただお前さんの一族とか、そういうことに興味があるだけだからな！」

うわぁ、反応が童貞くせぇ……。ていう俺もそうなんだけどさ。でもコイツほど素直というか単純じゃねえとは思う。

「それよりも話を進めてほしいのだけれど？」

「うっ……わーってら。俺らは残念ながら数は少ねえ。例の迷宮化した建物だっけか？　手分けして調べたいところだが、これ以上人員を割《さ》くのもリスクが高え」

それは言えてる。さっきも心配したように、一度入ったらなかなか出られないような場所だと困ってしまう。

「そこで俺らは全員で行動することにした。そうして一つ一つ怪しい建物を攻略していく。何か異論はあるか？」

チャケは「ありません」と即座に首を縦に振った。二人の視線が俺へと向く。

「一つ提案なのだけれど、この子……ソルには流堂の動きを追ってもらうというのも良いと思うわ。もしくはそのままこの子に彼らを殲滅《せんめつ》させるということもできるしね」

先に流堂を潰せば、攻略もゆっくりすることができるし楽だ。

「そうだな。奴の手下どもなら好きにしてもらっても構わねえ。こっちとしちゃありがてえことだしよ。けど、流堂の奴にだけは手を出さないでくれるか？」

「理由は？」

「アイツとは俺自身が決着つけなきゃならねえんだ。いや、つけてえんだよ」

「甘いわね。そういう考えは足元をすくわれるわよ？」

「かもしれねえ。でもこの勝負自体、アイツと俺の因縁《いんねん》が招いたことだ。全部お前さんにおんぶに抱っこじゃ、何ともカッコ悪いじゃねえか」

勝負なのだから勝つために全力を尽くした方が良いに決まっている。負ければすべてを失うならなおさらだ。ただずっとライバルだった相手と、自らの力で決着をつけたいという男心も分かる気がする。

「それで負けてもいいわけね？」

「はっ、負けねえよ。こっちにはお前さんだっている。俺を勝ちに導いてくれるんだろ？」

「女にビクトリーロードを作らせるわけね。まあいいわ。その分、報酬《ほうしゅう》は上乗せさせてもらうから」

「ああ、幾らでも払ってやるよ。どうせこの世じゃ金なんか必要ねえしな」

それでも今後のことを考え、ある程度は金品も保管しているというのだから抜け目がない。さすがは組織のトップに立っている人物ということだろうか。

「そういうことよ、ソル。あなたは攻略が始まったら流堂のところへ飛び、彼の周りの人間を排除していきなさい。そうね……ダンジョントラップに嵌《は》まってしまったかのように見せられるならその方が良いわ」

「あん？　それは何でだよ？」

「決まっているでしょう。何もかも思い通りにできると思い込んでいる男なのよ。きっとダンジョンを甘く見ているに違いない。この世には理不尽で不条理なことが起きることを突きつけてやるわ。本当の暴力がどんなものなのかを、ね。フフフフ……」

「こ、怖えよお前！　つか、そんな性格だったんだな！　流堂みてえな奴に恨みでもあるのかよ！」

おっと、いけない。ついつい素が顔を覗《のぞ》かせてしまったようだ。

自分が世界の中心。弱者は挫《くじ》き利用する者。見下すことしかできない輩《やから》を見ると、やはりどうも感情的になってしまいがちだ。

「ソル、頼むわね」

「畏《かしこ》まりましたなのです！　ソルは、立派にお勤めを果たしてくるのですよぉ！」

打てば響くような返事をしたあと、ソルは超高速でその場から飛翔していった。

一応迷宮化した建物内には、俺の許可なく入るなと厳命しておく。いつでもこっちに戻ってこられるようにである。

それと逐一《ちくいち》奴らの情報を送ることも忘れないように伝えた。

これで常に流堂の動きは把握《はあく》できる。

そして俺たちは、チャケが運転する車に乗り込み目的地へと急いだ。

攻略開始の十五分前、学校が見えてきた頃、さっそくソルから脳内を通して連絡が入った。

それは――。

「崩原さん、ソルからの情報よ。どうやら流堂はすでに攻略を開始したようよ」

「ちっ、やっぱ時間を守るような奴じゃなかったか。なら俺らもさっそく行動開始だ！　てめえら、気合入れろよ！」

俺、シキ、崩原、チャケの四人は車から降りると、【王坂高等学校】の正門を潜って中へと入った。


ソルからの情報だと、流堂勢力は、やはり幾つかの部隊に分けて、迷宮化した建物へと突き進んでいるようだ。

流堂は手下に持ってこさせたのだろう、黒塗りの椅子《いす》に腰かけてティーパーティと洒落込《しゃれこ》んでいる。

まず本命のコアモンスターが見つかるまでは動くつもりなどなさそうだ。

まさに人海戦術。圧倒的な数がいればこそなせる戦法である。

実際に俺たちと比べると一目瞭然の人数差だ。

一部隊に振り分けられているのは約五十人ほど。そんな集団が五つもある。

迷宮化した建物は全部で五つなので、それらで調査しようという魂胆《こんたん》だ。

しかも全員が何かしらの武器を持っている。中には銃を携《たずさ》えている者たちもだ。

恐らくはモンスター相手にどう戦うのかを流堂から教授されているのだろう。

モンスターを発見すると、即座に銃持ちの連中が前線に立って発砲し、それで殺せるならOK。もし倒せなくても、まずは足を狙い機動力を奪ったあとに、今度は大型の武器（斧《おの》やハンマー）などで頭蓋《ずがい》を打ち砕《くだ》いていく。それでも勝てそうにない相手だと、数人が囮《おとり》となってモンスターを引き寄せ、その場から遠ざけたのち、残った者たちが攻略を進めていく。

流れるような動きを見ると、相当訓練してきたことが伝わってくる。

俺はソルから情報を聞き出しながら、彼らの手腕に少し感嘆《かんたん》していた。

ただの物量押しでくると思いきや、できる限り最善の動きを手下たちにさせている。弱い人間たちでも、何とか戦っていけるやり方に違いない。

流堂……崩原をハメた件といい、今回の攻略方法といい、力に溺《おぼ》れたただのバカじゃなさそうだ。少なくとも、あの王坂よりは厄介《やっかい》な人物ではある。

〝……ソル、もう殲滅《せんめつ》に動いていて？〟

〝いえ、今から行うつもりなのです〟

〝一日中断しなさい〟

〝……？　中断なのです？〟

〝ええ。どうせなら奴らを利用するわ。コアモンスターを発見したところで、すぐに討伐《とうばつ》できるような相手ではないはずよ。本命を見つけたら、すぐに情報が流堂と行くのは間違いないでしょうから、その時に動きなさい〟

〝つまり相手にコアモンスターの居所を掴《つか》んでもらうってことなのですね〟

〝そうよ。卑怯《ひきょう》な手段でこちらの情報を奪われたのだもの。だったらこちらもやり返すのみよ〟

俺はそう判断し、その考えを崩原にも伝えた。

「けどよぉ、それだと確実にアイツの後追いになりゃしねえか？　先に攻略されちまうかも」

「安心しなさい。その時はソルにもついていってもらうから。もし危ないようなら、ソルに流堂を足止めさせれば問題ないわ」

「あーなるほどなぁ。……黒いな、お前さん」

「その程度の策は当然行うべきよ。悪一文字を背負っているくせに、少し真っ直ぐ過ぎないかしら？」

「うぐっ……うっせえな！」

そもそも見た目は確かに怖そうなイメージがあるものの、言動はまったくといっていいほど悪に寄っていない。元々そういう気質などまったくないのだろう。

チャケが言っていたように、悪を背負っているのは、過去に犯した自分の罪――恋人を死なせてしまったことと、親友を変えてしまった事実に起因しているのだ。

そうして悪を背負うことで、自分は決して報われて良い人間じゃないと戒《いまし》めているのかもしれない。

「じゃあそれまで俺らは何しとくんだ？」

「……待機ね」

「……暇なんだけど」

「我慢しなさいな。それとも無駄に体力を削る方が良いのかしら？」

「……わーったよ」

「結構。ただ待機といっても――」

俺が視線を向けた先から、ラミアと呼ばれる上半身は人型、下半身が蛇のＤランクモンスターが、こちらに感づき二体迫ってきた。

「――こういう輩はやってくるのだけれど。……シキ」

俺の影から飛び出てきたシキ。

その動きはまさに神速の如し。一瞬にしてラミア二体の脇を通過して、奴らの背後に渡ったかと思いきや、ラミアたちの身体《からだ》が真っ二つに切断された。

「す、すげえ……!?」

「……ですね。ていうか才斗さん、あんなモンスターを従えてる虎門は、もっと強いんじゃ……」

崩原とチャケがそれぞれ愕然《がくぜん》とした表情で、俺とシキを見ている。

「残念だけれど、私はそこまで強くないわよ。ただ――」

そこへ真っ二つにされたはずのラミアの一体が、上半身だけで跳び跳ねて俺へと向かってきていた。


——ズシュッ！

俺は愛刀——《桜波姫《さくらなみき》》を抜き、迫ってきたラミアを縦に分断してやった。

「——この程度なら、私でもわけはないけれどね」

「「…………」」

どうやら俺の強さもまた想定外だったようで、崩原たちは唖然《あぜん》としてしまっている。

「姫、お見事でございます。しかし仕留め切れていなかったようで申し訳ございませぬ」

「ふふ、問題ないわよ。それにいつでも殺せるように身構えていたでしょう？」

俺が刀を抜かなければ、即座にシキが動いていたのは明白だ。ただ俺が動いたことによって、その動きを尊重してくれただけの話。

「しかし身体を真っ二つにされてもまだ生きているなんて。驚くべき生命力だわ」

「はい。ですが次はこうはいきませぬ。二度と立ち上がれないように細切《こまぎ》れにすれば良いだけですので」

本当に怖いほど頼もしい『使い魔』である。これからも存分に働いてもらおう。

「お前さんら……特にシキってのはレベルが違うみてえだな」

今の動きで、シキがどれほどのものか理解できたのだろう。到底人が何の武器もなく戦える

相手ではない。たとえ銃弾でも見切って回避できる反射速度もあり、身体の硬度だって人間とは比べ物にならないのだ。

「それに虎門も強え。これは俺も負けてられねえな」

包帯で覆《おお》った自分の拳と拳を突き合わせ、やる気を見せつける崩原。そういえばコイツの強さはどの程度のものだろうか。

ケンカは強そうだから、人間の中ではそこそこ力のある奴だと思うが。

「そういやあ、まだお前さんにも教えてなかったけどよぉ。俺たちばっか驚くのもあれだし、今度は逆にお前さんをビックリさせてやっからな」

驚く？　さすがにソルやシキの存在を超えられるような事実は持っていないだろう。

それでも何かしらの自信が見えるので、少し興味が湧いた。

「ちょうどいい。あそこでウロついてる豚のバケモンを始末してやっからよ」

彼の視線の先にいるのはオークだ。しかもただのオークではなく、その上位種のブルーオークである。全身が青色で、普通のオークと比べて一回り大きいのが特徴だ。ちなみにランクはD。

「あれはゴブリンや普通のオークよりも強いわ。もしかして一人でやるつもり？」

ラミアと同等の強さを持っている上、単純な力においては人間を圧倒する。見たところ崩原は武器らしいものは持っていない。まさか素手で相手をするというのだろうか。

「あったりめえだ。ケンカってのは基本タイマン！　まあ見てろ」

そう言いながら威風堂々とした様子で、ブルーオークの方へ近づいていく。

「……仕方ないわね。シキ、いつでも援護できるようにしておきなさい」

「はっ、仰《おお》せのままに」

シキが警戒しているなら、最悪なことにはならないだろう。

それにしても、あの自信は一体どこからくるのか……。

そして崩原の接近にブルーオークもまた気づいたようで、その手に持っている斧を強く握りしめると、鼻息荒くしながら崩原へと駆け寄ってきた。

体格はブルーオークの方が二倍以上も上。まともに接近戦など普通はできないが……。

それでも崩原は臆することもなく、どういうわけかスタンスを広げ、相手の攻撃を受け止めるような仕草を取る。

おいおい、まさか避けねえつもりじゃねえよな!?

いくらなんでもそれは無茶だ。さすがの俺でも、まともにブルーオークの攻撃を素手で受けるなんて無理だし。

「ギギィイイッ！」

ブルーオークが、右手に持った斧を振り被《かぶ》り、崩原の頭上へと振り下ろす。

咄嗟《とっさ》にシキが奴の腕を切断しようと動くが――。

「――《第一衝撃・空波《くうは》》！」

その場で空手の型を見せるように、綺麗《きれい》な正拳突きを繰り出した崩原。しかしリーチは足らず、拳がまったく届いていないので、第三者から見ればとてもマヌケに見えてしまう。――だが。

「グギャァァァッ!?」

突如、ブルーオークがその場から吹き飛んだのである。

「……は？」

思わず声を上げてしまったが、今のは一体何が起きたのだろうか……？

間違いなく崩原の拳は相手には当たっていなかった。それなのに、突き出された拳が腹部に直撃したように、ブルーオークが身体を折り曲げながら後方へと吹き飛んだ。

ブルーオークもまた、何が起きたのか困惑気味な様子だが、すぐに立ち上がり、再び崩原へと迫っていく。

「おう、そうだ！　もっと来い！」

またも崩原は回避する様子を見せず、先程のように右拳を引いて身構える。

「――《空波》！」

同じく突き出された拳は、ブルーオークに当たる前に空を切るが――。

「グボァァァッ!?」

今度も見えない何かによってブルーオークは弾け飛んでしまう。

「……一体何が？」

「恐らく一種の衝撃波ではないかと」

「シキ？」

どうやら彼には崩原が起こしている不可思議現象の正体が分かっている様子。

「衝撃波……って、つまり拳圧で吹き飛ばしているというの？　あの巨体を？　さすがにそれはあり得ないのではなくて？」

漫画やアニメじゃねえんだから。そんな力が普通の人間にあるわけがねえ。

「普通の人間なら、ですな。ですが姫のように異才を授かったのだとしたら？」

「!?　ま、まさか……スキル……ッ！」

今まで俺と同じスキルの力を持つ者には出くわさなかった。しかし存在しないとは思っていない。そもそも俺のは《ユニークスキル》と銘打《めいう》ってある代物《しろもの》だ。

つまり普通のスキルだって存在するだろうし、誰かが有している可能性だって当然考えられた。

だがあまりにも出会わなかったので、俺の住んでいる街では俺だけしかスキル持ちはいないのでは、と思い始めていたのである。

崩原は俺を驚かせると言った。それはソルやシキを見た時と同様な衝撃を、俺に与えるということ。確かに普通では考えられない現象を引き起こさなければ、ソルたちの存在と対等にはならないだろう。

「ギギィ……！」

相当ダメージを負ったのか、ゆっくりと起き上がるブルーオークだったが、いつの間にか崩原が奴の懐《ふところ》へと入っていた。

ギョッとするブルーオークだが、その隙《すき》をついて、崩原がジャンプして奴の頭部に両手を添えた。

「これで終わりだぜ――《第二衝撃・崩波《ほうは》》！」

直後、ブルーオークの身体が一瞬ブレたと思ったら、次に目や鼻、そして耳や口から血液を噴出させた。

崩原が地上に降り立つと、ブルーオークは一歩、また一歩と後ずさりし、そしてそのまま仰《あお》向《む》けに倒れてしまう。

ビクンビクンと痙攣《けいれん》しているが、徐々にそれが弱まっていき、ついには身動きを一切しなくなり、そのまま光の粒となって消失していく。

この現象、つまりモンスターを討伐《とうばつ》したということだ。

これまで俺以外の人間がモンスターを討伐するところは何度も見た。だが、何の武器も持たずに素手で討伐した人間は初めてである。

「崩原才斗……」

ブルーオークを倒しガッツポーズをしている彼を見ながら、無意識に彼の名を呟《つぶや》く。自分以外のスキル持ちに初めて出会った。この感情は何だろうか。

何だかモヤッとしたものも感じるが、どこかやっぱりなという納得感もある。

これで自分以外にも特別な力を持った人間がいる事実が判明した。いや、まだ分からない。あの力がスキルなのか、今はシキの推測でしかないのだから。

意気揚々《いきようよう》といった感じで戻ってきた崩原は、「さすがですっ、才斗さん！」と言って喜ぶチヤケと拳を合わせている。

「どうだ？　俺だってなかなかにやるもんだろ？」

「……ええ、そうね。けれどそんな力があるなら、わざわざ私に頼らなくても良かったのではなくて？」

「あー実はこの力は元々あったわけじゃねえんだわ。だから未熟っつーか、訓練不足っつーかな？」

この言い分。生まれつき備わっていたものではない、というのは間違いない。

まるで最近手に入れた代物とでも言うかのよう。

「……一体あなたのその力は何なのかしら？」

「あん？　俺もよく分かってねえんだよ。ただほら、ゲームとかにあるだろ、〝スキル〟っての。あれらしいんだわ」

……！　……言質《げんち》が取れちまったな。

その名を口にされたらもう疑いようがない。

「悪いな。驚かせてやろうって思って、今まで言わなかったんだ」

「作戦を立てる上であなたの力は重要だったはずよ。事前に教えてもらいたかったわね」

「わ、悪かったって。何だよ……怒ってんのか？」

「怒る？　そんなわけがないでしょう？」

何故俺が怒る必要があるのか。ただ……理解はできたが、どこか釈然としない感情があるだけだ。

別に俺だけが特別選ばれたというような勘違いはしていない。しかしこの事実により、今後、人間相手でも十二分に警戒する必要性が出てきたことを面倒だと感じているのだ。

「そのスキル……だったかしら？　あなただけが持っているの？」

「少なくても『イノチシラズ』じゃ俺だけだったな。けど……」

剣呑《けんのん》な雰囲気《ふんいき》を醸《かも》し出す崩原。その様子を見てピンときてしまったが……。

「多分……流堂も持ってるような気がするんだ」

ああ、やっぱりか。できれば予想は外れていてほしかったが。

「その根拠は？」

「アイツは俺がこの力を持ってんのを知ってる。前に見せちまったからな。けどそれでもなお、こんな勝負を挑んできやがった。それはこの力に対抗できるもんがアイツにもあるって証拠なんじゃねえかな」

さすがは元親友。相手の考えが分かっているようだ。しかしだとしたらマジで厄介《やっかい》だ。相手のスキルによって、状況は幾らでも変化してしまうからである。

俺はソルにこのことを《念話》で伝え、より警戒するように指示をした。

「ちなみにあなたのその力は、どういったものなのかしら？」

こうなった以上は、できる限り他スキルの情報を得ておこう。

「ああ、こいつはスキル《衝撃》っていうらしくてな。まあその名の通り、衝撃に関していろいろできる能力っぽいんだが……」

「だが？」

「扱いが結構難しくてな。毎日鍛錬はしてんだが、あいにくこの力を手に入れたのは少し前だしよぉ」

「少し前？」

「おう、世界が変わった日って言や分かるか？」

やはり俺と同じ日か。どうやらその日に、スキル持ちは覚醒《かくせい》したらしい。

しかし、だとしたら何故もっと大げさな噂《うわさ》などが蔓延《まんえん》していないのか。

不思議な力を持った存在がいれば、ネットのように人の口を伝って電光石火に広がっていくはず。それだけ異質な存在というのは目に留まってしまうからだ。

この虎門だって、噂が広まるのは当然ながら早かった。俺はそれを利用して商売をしているのだから。

それなのに他に噂がないとなると、スキルを持った自覚がないのか、秘匿《ひとく》しているのか、そもそもスキル持ちは本当に数が少ないのか、だ。

「……スキルを持った時、あなたはそれにすぐに気づいたの？」

「あん？　ああ、あれは確かモンスターと初めて遭遇《そうぐう》した時だったか？　『まるでゲームみてえだな。じゃあ魔法やスキルとかもあんのかねぇ』みてえなことを言った瞬間に、目の前に文字が現れてな」

そこには〝スキル：衝撃――を覚醒しました〟と書かれていたらしい。俺とまったく同じである。

俺もまたスキルという言葉を口にした直後に、その文字が目の前に現れたのだから。

「実はさっきお前さんがモンスターを使役してるって聞いて、もしかしてお前さんもそういうスキルを持ってるって思ってたんだがよぉ」

「残念ながら違うわ。あくまでもソルたちは、自らの意思で私に従ってくれているもの」

そういうスキルとしておくのもいいが、だとすると実際にテイムするようなところを見せてくれと頼まれることもあるかもしれない。それは些《いささ》か面倒なので、スキルは初耳ということにしておく。

「けれどもしかしたらこれから先、私にもあなたのようにスキルを得られることもあるかもしれないわね」

「その時は先輩としていろいろ教えてやればいいんじゃねえですか、才斗さん」

「は？　い、いや、だから俺は未熟だって言ってんだろうが、チャケ！」

「ははーん、さては女に教えるのは緊張するから嫌だってんですね？」

「おいこらチャケ、誰をからかってんだ、てめえは！」

「いーたたたたぁ！　すみませんっ、才斗さぁぁぁん！」

相変わらずの仲の良さを見せつけてくる。

チャケもヘッドロックをかけられながらも笑っているようだし。

〝――ご主人！〟

その時、不意にソルから連絡が届いた。

〝どうかしたかしら、ソル？〟

〝迷宮化した建物へ連中が入っていってしばらくは何もなかったのですが、途中から数人が建物内から慌てて脱出してきた模様なのです〟

〝数人？　慌てて……ということは、コアモンスターが見つかったということかしらね？〟

それに建物に入っても任意で出られるという情報も得られた。

〝どうもそういうことではなさそうなのです。出てきた連中が流堂のところへ向かうので、ソルもついていって様子を見守りますです！〟

〝ええ、バレないように気をつけなさい〟

さて、これで何かしらの新情報が手に入ると思うが……。


しばらくソルからの反応が返ってくるまで待機していると、ようやくソルの《念話》が飛んできた。

〝どうやら建物内へ侵入した者たちはほとんど、罠《わな》やモンスターに返り討《う》ちにされたとのことなのです〟

〝……やはり彼らでは太刀打《たちう》ちできなかったってわけね〟

いくら武器の扱いに慣れた連中だからといって、五十人かそこらで上級ダンジョンの探索には無理があったようだ。まあ分かっていたことだが。

〝それは他の建物でも同じようで、次々と逃げ帰るように出てきてますです！　その度《たび》に、流堂に『役立たず』と言われて処刑されてますですが〟

処刑……つまりは、その場で殺されているということか。自分のために必死になってくれている奴らにして良いことじゃない。本当にクズの所業でしかない。

〝けれど朗報もあるわね。建物は一度入っても出られることが分かったわ。……ソル〟

〝ソルが連中の代わりに建物内を調査してくれれば良いのですね？〟

〝さすがね。……頼めるかしら？〟

〝まっかせてほしいのです！　ソルはこのためにいるのですから！　ではさっそく向かうのです！〟

ソルに任せれば、きっと問題なく調査してくれるだろう。危ない時は脱出もできるようだし、これで流堂勢力に期待するよりは断然良い。

ソルが動けるようになったと考えれば、連中も役に立ったと言えるだろう。

「ソルから情報が入ったわ」

俺は、いまだにじゃれついている二人に、先程手にした情報を教えてやった。

「あのクソ野郎！　仲間を何だと思ってやがんだ！」

崩原にとって、流堂の失敗を喜ぶことよりも、奴がしでかした処刑に関して憤《いきどお》りを感じているらしい。無理もないだろう。その中には、昨日まで傍にいた連中だって、いたかもしれないのだから。

たとえ裏切った相手だとしても、彼にとってはできればむざむざと死んでほしい者たちじゃなかったのだろう。崩原のこういう真っ直ぐな情愛は理解できない。俺だったらざまぁみろとでも思うはずだから。

「にしても流堂の奴、これからどうするつもりなんですかね？」

チャケの言葉により、怒っていた崩原も思案顔を浮かべる。

「多分現状のメンバーで探索が困難だってことは流堂の奴も分かったはずだ。けど……多分、それも奴のことだから予測済みだと思う。何かしらの手を残してるはずだぜ」

一つの失敗では安穏《あんのん》とできないということらしい。

確かにこれまで策を講じて他人をハメてきた奴が、手下たちの失敗を予想していないはずがない。崩原の言う通り、次善策が……いや、奥の手を必ず残しているのは間違いない。

その時だった。

〝ご主人！　変なのですぅ！〟

突如、ソルから慌てたような声音《こわね》が届いた。

〝そんなに大声を出して、何があったの？〟

〝あ、あのですね！　蘇《よみがえ》ってるのですぅ！　しかも見た目も変わってぇ！〟

……？　この子の言ってることがよく分からんのだが……？

〝落ち着きなさい。まずは情報を一から正しく伝えること。いいわね？〟

〝す、すみませんなのです！〟

はーふーはーふーと、ソルは深呼吸して心を落ち着かせたあと、

〝じ、実はですね、先程罠やモンスターに殺された人たちなのですが……〟

殺された連中が何だというのだろうか……？

〝蘇って再び探索を開始しているのです！〟

「何ですって!?」

思わず声を上げてしまったことで、この場にいる崩原たちも何事かと視線を向けてきた。何かを聞き出そうとしてくる崩原に対し手を上げて、今は少し待てという仕草で大人しくさせる。

〝ソル、蘇ったとはどういうことかしら？　それに先程見た目がどうとかも言っていたわね？〟

〝じ、実はですね、死んだはずの人間たちが、ソルたちみたいなモンスターになって動き出しているのです〟

〝あなたたちみたいな？　そんなに姿が変化しているの？〟

〝えっとですね、身体《からだ》は土色っぽくなって、嫌な臭《にお》いもあって、正直腐ってる感じで臭《くさ》いんですぅ！　それに生きてる感じもしないのに生きてて！〟

土色？　腐った臭い？　生きてる感じがしないのに生きてる？

最後の印象はよく分からないが、恐らくは生気を感じられないのに動いていると言いたいのだろう。だが彼女の言葉から推察するに……。

〝……それってまるでゾンビみたいね〟

〝ゾンビ!?　そ、そうなのです！　言われてみればそっくりなのですよ！〟

だとしたらどういうわけだろうか。その建物内で死んだ人間は、いや、死んだすべてのものはゾンビとして生まれ変わるということか？

〝ソル、あなたがいる建物内にいるモンスターの中にゾンビはいたかしら？〟

〝遭遇したモンスターに関してはいませんです。あくまでもゾンビ化してるのは人間だけなのですよぉ。ただ……〟

〝ただ？〟

〝他にも人間の骨らしいものはあるんですが、それは前にここに入ってきた人間のものなのです。何故かそれらは蘇ったりはしてないようですが〟

……確かにここには以前、警察の手が入っていた。その中には、罠《わな》やモンスターに殺された連中だって存在しただろう。もしくはここの学校に通っていた生徒や教師の亡骸《なきがら》。

もし建物内で死んだ人間がゾンビ化するのなら、彼らもそうなっていてもおかしくない。いや、現状がそうなっている以上は、ゾンビになっていないと変だ。

それなのに何故……？

〝…………！　ソル、一度外に出て流堂のところへ向かいなさい〟

〝！　了解しましたです！〟

幸いソルの動きは、ここのモンスターでもそう視認できないほどの速度だ。瞬く間に建物内を翔《か》け抜け、流堂のところへと辿《たど》り着いた。

〝――――！　……ご、ご主人！〟

〝そこで見たものを正確に伝えなさい〟

〝は、はい！　えっと……流堂の周りにゾンビがいるです！〟

……やっぱ、そういうことだったか。

〝つまりさっき流堂に殺された連中が息を吹き返して動き始めているということね？〟

〝そうなのです！　そしてゾンビたちが、次々とまた迷宮化した建物へと戻っていくのです！〟

〝理解したわ。ソル、今はゾンビに構わず、あなたは建物の調査に専念なさい〟

〝か、畏《かしこ》まりましたです！〟

余計なことをいちいち追及してこないから、やっぱりソルは便利である。

俺は今手に入った情報を咀嚼《そしゃく》し、いまだ説明が欲しそうにこちらを見ている崩原に顔を向けた。

「……嫌な報告があるけれど、聞きたい？」

「そう言われると聞きたくなくなるじゃねえか。……けど、どうせ聞くべきことでもあるんだろ？」

俺は溜息を一つ吐き、そして静かに口を開く。

「恐らくだけれど、流堂の力の正体が分かったわ」

「何だと!? マジか、それ！ 一体どんな能力だ！ やっぱスキルなのか！」

「落ち着いてください、才斗さん！ そんなに矢継《やつ》ぎ早《ばや》に言っても、虎門だって困ってしまいやすよ！」

「あ、ああ……悪いな、虎門。ちょっと興奮しちまった」

「別にいいわよ。これから話すことは、ソルが実際に見て、私が推測したものよ」

俺はごほんと咳払《せきばら》いしてから続ける。

ソルから聞いた話を、彼らにも分かりやすく伝えてやった。

「ゾ、ゾンビってマジかよ……！ じゃああの野郎の力って……」

「仲間……いいえ、一度手駒《てごま》と化した人間をゾンビ化させて操ることができるのではなくて？」

「生前でも脅迫《きようはく》などを通じて従わせ、その上、死んでまで利用するなんて……どこまで性根の腐った奴だ！」

チャケもまた怒りに満ちた声を上げた。

しかしなるほど。これが流堂の本命の策なのだろう。たとえ人間の手駒が死んだとしても、今度はゾンビとして利用できる。

恐らくゾンビとなってからは、人間の時のような感情などないのだろう。

だから罠やモンスターに恐怖することも、いや、死ぬことに怯《おび》える様子もないことから、まさに死人兵を得たような感じか。

流堂は、最終的にここに連れてきた連中のすべてを殺してでも、自分の死人兵として働かせるつもりだったのだろう。

これこそ悪逆無道《あくぎゃくむどう》としか言えない所業である。一体奴をそこまでおかしくした理由は何なのだろうか。生まれつきそんな人間なんて存在しないだろう。

だがそこまで歪んでしまうとは、どんな道を歩めばそうなるのだろうか。

俺は初めて流堂という男に対して、恐怖を覚えてしまった。

※

その場に連れてきた流堂の手下たち、それらほとんどがゾンビとして復活を遂《と》げ、流堂の指示により、無感情のままダンジョン探索へと赴《おもむ》いていく。

異様にも思えるその光景を、ただ冷笑を浮かべながら見つめる流堂。

「……よろしかったんですか？　これではもう彼らは……」

流堂の傍に、ただ一人控えているのは黒伏《くろぶし》というスキンヘッドの男。その男が、複雑そうな表情を浮かべながら、変わり果てた仲間を見ている。

「クク、元々このために連れてきた連中だ。どうせ力も何もねえ奴らが、モンスターども相手に立ち回れるわけねえだろうが」

　最初からここで死んでもらう予定だったようだ。その計画を聞き、黒伏の顔が若干《じゃっかん》の強張《こわば》りを見せる。

「しかし一度こうなればもう元には……彼らにもまだ利用価値はあったかと思いますが？」

「利用価値ねぇ……。甘い汁に寄ってきただけの連中だぞ？　こんなことでしか使い道なんてねえだろうが、ん？」

「は、はぁ……」

「それに黒伏ぃ、ちゃぁんとまだ利用価値がある奴らは残してやってんだろぉ？　なあ、高須《たかす》に天川《てんかわ》ぁ？」

「………」

「おい、返事をしやがれ、二人とも」

「「は、はいっ！」」

　黒伏のさらに背後には、腰を抜かしたように尻もちをついて、変わり果てた仲間たちを凝視する高須と天川。彼らこそ、流堂の命令で崩原のもとへ派遣されていたスパイ――金髪の少年と黒髪の少年だった。二人は、すぐに立ち上がり直立不動の姿勢を取る。しかし顔色は悪く、明らかに全身が恐怖で震えてしまっていた。

「コイツらは俺の指示をちゃ～んとこなせてたからなぁ。その褒美《ほうび》に、殺してねえだろぉ？」

「確かにコイツらは、あなたの命令で崩原勢力に潜入し、勢力崩壊の一端を担《にな》いましたが……だとするなら、崩原勢力から離散してきた者たちもまた同じでは？」

高須と天川だけではなく、崩原についていたスパイはまだたくさんいた。しかしその者たちは、現在ゾンビと化してしまっている。

何故高須たちだけが特別生かされているのかを黒伏が尋ねているのだ。

「あぁ、アイツらは俺に憎しみを抱いてたからなぁ」

「……は？」

「言ってなかったかぁ？　この俺の能力は、俺に憎しみや恨みを持つ者にしか効果を持たねぇんだよ」

すると流堂がスッと右手を上げ、ワイングラスを持つような形に整える。

手の中には確かに何もなかったのだが、瞬時にして、そこに青紫色の種のような物体が創造された。

「この種――《腐悪《ふあく》の種》を人間に埋め込めば、死んだ際にゾンビ化させ俺の手駒にすることができる。ただし、この俺に強い負の感情を持ってねぇと種は発芽してくれねぇがな」

そして生前、その身に宿していた負の感情を栄養分とし、種は開花し、人間をゾンビ化させる。それが流堂の持つ――。

「スキル――《腐道《ふどう》》の力だ」

「こ、これが……流堂さんのスキル……！」

「マジでそんな力があったんだな……！」

初めて見た様子の高須と天川は、恐ろし気に喉《のど》を鳴らしている。

「俺ぁ、元々負の感情に敏感でなぁ。そいつの目を見れば、俺にどういう感情を抱いてるのかなんて丸分かりだぁ。崩原のもとから離反してきた奴らめ、脅《おど》されて俺につくしかなかったとはいえ、やっぱ俺のことを恨んでやがったわけだ。まあ、当然だろうがなぁ……クハハ」

崩原の元にいた者たちのほとんどは、少なからず彼を慕《した》っている者たちが多かった。しかし狡猾《こうかつ》な流堂は、その想いを逆に利用したのだ。

人質を取り、あるいは弱みを握って無理矢理崩原を裏切らせた。そのため仕方なく崩原を裏切らざるを得なかった者たちは、流堂に強い憎しみを持っていたのである。そしてその感情を湧かせ、このように利用することも最初から流堂の計画の内だったのだ。

「負の感情を……一目で……」

「ククク、何だ気になるのか黒伏ぃ。まあこれも一種の才能だろうがなぁ。いや、環境が育てた後天的な才とでもいおうかねぇ」

「環境が育てた……ですか？」

「聞きてえか？　まあ暇潰しに語ってやるよぉ。俺が児童養護施設出身だってことは知ってんだろぉ？」

「はい。そこで崩原才斗と出会ったということも」

「「え……!?」」

その話は初耳なのか、敵の大将との繋《つな》がりを聞いて高須と天川が揃って驚く。

「俺が何で施設に送られたか、知ってるか？」

「い、いえ、存じ上げませんが」

「簡単に言や、親が死んだからだな。引き取ってくれる親戚《しんせき》もいない。だから俺は八歳の時に施設へと送られた」

「……では施設の環境で、その負の感情を見抜く才を磨《みが》かれたと？」

しかし「いいや」と流堂は首を横に振る。

話を聞いていた三人ともが、互いに顔を見合わせ小首を傾《かし》げた。

「あ、悪いな、さっき言い間違えてたわ」

「「「……？」」」

「親が死んだっつったが、ありゃ間違いだ。親……父親は――俺が殺したんだ」

「「「!?」」」

とんでもない爆弾発言に、三人が一様に息を吞《の》んだ。

「こ、殺したとは……その、比喩《ひゆ》的な表現ですか？」

「黒伏ぃ、俺が殺したって言えば、マジで殺したに決まってんだろぉ」

「！　すみません。ですがその……」

「あん？　まだ八歳だったガキが、親を殺すとは思えない？　お前はそう言うんだな？」

「……はい」

普通に考えれば、確かにその考えに行きつくだろう。未発達過ぎる精神と肉体で、成熟している大人の男性を殺せるとは思わないはず。

「クハハ、まあ滑稽《こっけい》な話だ。あのクソ親父《おやじ》の食事に毒を混ぜてやっただけ。それで面白いようにコロリと死んじまいやがったよ」

さも楽し気に語る流堂を、三人が恐ろしいものを見るような目つきで固まっていた。

「毒……ですか？」

「あぁ、親父は女好きでなぁ。いろんな女にちょっかい出しては、トラブルを抱えてやがった。だから殺される動機は幾らでも見繕《みつくろ》えた。俺が殺しても、誰も俺が手を下したなんて思う奴はいねえと踏んだ」

そして流堂は語る。父親をどうやって殺したのか、を。

まず彼がやったのは、ガキ一人でも手に入る毒物の調査からだった。

学校の図書室や、市民図書館でいろいろ調べた結果、毒キノコや毒草などがピックアップされたのである。

「……キョウチクトウって知ってるか？」

「いえ、初耳ですが」

「コイツは見た目はまあ、ピンク色の花を咲かせる綺麗《きれい》な野草の一つだ。だがこれがまた信じられねえくれえ強い毒性を持っててな。こんなエピソードもある」

何でもキョウチクトウの枝を使ってバーベキューをした者たちがいたらしいが、それで死者が出たという例や、キョウチクトウの葉が混在した餌《えさ》を食べた牛が十頭ほど死んだなど。またキョウチクトウの周辺の土壌《どじょう》も毒化するほどの凄《すさ》まじい性質を持っている。

キョウチクトウに含まれるオレアンドリンという成分は、ドラマとかでもよく扱われていてメジャーな、あの青酸カリをも上回る致死性を有しているのだ。

「俺はそいつをペースト状に潰したもんを、親父の女が作り置きしていたカレーにこっそり混ぜてやった」

カレーならば香辛料《こうしんりょう》の香りで、多少の違和感は払拭《ふっしょく》することができる。

「親父は何の疑いもなくソレを口にし、俺の前で倒れやがった。当然すぐに病院に連絡しようとした親父だが、家の電話も携帯電話も、外と連絡を取れる手段は予《あらかじ》め封じておいたから、親父は訳が分からねえって感じの顔をしてたなぁ。あの時やアイツの顔、マジで愉快痛快って感じだったわぁ」

心底面白そうに話す流堂をよそに、他の三人は苦虫《にがむし》を嚙《か》み潰したような表情を浮かべている。

「外に出る気力はなくてなぁ、親父は俺に助けを求めてきた。けど何となく分かってた。ああ、もうコイツは長くねえなってな。だから俺は最期にこう言って外に出た――『ざまぁみろ』ってよぉ」

その言葉を聞いた直後に、父親は白目を剝《む》いて前のめりに倒れた。

あとは隠していた携帯や、外しておいた電話線を元に戻し、しばらく外をブラブラして家に帰ったのだという。そこには親父の女が訪ねてきていて、すぐに警察に連絡したのか、すでにパトカーと救急車が来ていた。

病院に運ばれる親父だったが、すでに息はなく死んでいたらしい。

「そ、そんなことが……！」

黒伏の絞《しぼ》り出すような声音《こわね》が飛ぶ。

高須と天川などは絶句状態だ。まるで不気味なものでも見るかのように流堂を見ている。それもそのはずだろう。まだ八歳の子供が一人で考え、実行できるような計画ではない。

「一つ聞いてもよろしいですか、流堂さん？」

「あん？　何だよ、黒伏ぃ？」

「何故父親を？　それに母親は一体……」

「……お袋は親父に売られたよ」

「は……は？　う、売られた？」

「親父はマジでクソでな。金を稼《かせ》ぐために、お袋を自分の知り合いに売ってたんだ。性処理玩《がん》具《ぐ》としてなぁ。時には家で、その知り合いと一緒にお袋を弄《もてあそ》ぶんだからぶっ飛んでんだろ?」

最早黒伏も言葉にできないようだ。それほどまでに流堂の環境は確かにひど過ぎる。とても一般家庭とは思えない。

「それに……俺にも客を取らせやがった」

「!?　……流堂さんにも、ですか?　いや、しかしその時あなたはまだ……」

「ああ、最初に命じられたのは五歳になったばっかの頃だったけかぁ?」

まるでビックリ箱のように、次々と信じられない事実が流堂の口から飛び出してくる。

「クソ汚えオッサンや、ショタ趣味のババァなんかを相手させられたなぁ。あれはマジで最悪だった。断れば当然親父に殴《なぐ》られる。お袋も見て見ぬフリだ」

だから自分を守るためにも、父親の言うことに従うしかなかったのだという。

「んで、お袋はある日……自殺した。いや、俺と一緒に心中しようとしたんだ」

「「し、心中!?」」

押し黙っていた高須と天川が同時に声を上げた。

「ああ、練炭自殺を図りやがった。けど俺はお袋と一緒にあの世に行くつもりなんて毛頭《もうとう》なかった。だから途中で逃げ出したんだ。誰が今まで見て見ぬフリしてた奴と一緒に死んでやるかよ」

息子にまで見放された事実から、母親は一人で自殺を決行した。

「当然親父は、そのまま死体が見つかれば事だからと、お袋を弄んだヤクザの手を借りて、お袋の死体を内々に処理しやがった。そして、そこから俺の地獄はさらに加速した」

虐待《ぎゃくたい》に次ぐ虐待。食べるものも碌《ろく》に与えてもらえず、毎日暴君という名の父親の恐怖政治のもと生きていた。

父親が用意した客の機嫌を損《そこ》ねた時も、キツイ仕置きが待っていたので、流堂は相手の感情を読み、常に気持ち良くさせる術《すべ》を学んだ。その経験があったからこそ、負の感情を敏感に悟れる能力を得たのだと流堂は考えていた。

「それからはあれだぁ、さっき話したみてえに八歳の時に、いよいよ我慢できずに親父を殺した。そしてそのまま俺は施設に送られたって流れだな。あん？　どうしたお前らぁ、そんな複雑そうな顔しやがって」

「い、いえ……そ、壮絶《そうぜつ》な過去だなって……」

最初に口を開いたのは高須だった。しかし流堂はクハハと笑う。

「おいおい、それじゃあまるで俺が悲劇の主人公みてえじゃねえか！」

「え？　で、ですが……」

「俺は感謝してんだぜ、これでも両親によぉ！」

三人ともが流堂の言葉を受け固まる。仕方ない反応だろう。どう考えても最低としか思えない両親に感謝している、と彼は口にしたのだから。

「あの経験があったから、人間の本質ってもんが分かった。いろんな人間を見てきた。結果、人間は欲の塊《かたまり》だぁ。その欲をどう扱ってやれば人を動かすことができるのかを学べた。俺は誰もができねえ経験を僅《わず》か五歳の時からできたんだ。だからあの環境を作ってくれた親には感謝してるぜぇ」

本当にそう思っているのか、愉悦《ゆえつ》に笑みを見せる流堂。彼の瞳には一切の輝きはなく、どこか深淵にあるような昏《くら》さを宿している。

「そして……あの経験があったから施設で出会えた。あの野郎にな……」

流堂が椅子《いす》から立ち上がり、深い笑みを浮かべる。

「崩原才斗……アイツは俺とは真逆の人間だ」

「へ？　で、ですが同じ施設出身なんですよね？」

今度は天川からの質問だった。

「あぁ、だがアイツの本質は俺とは違う。育ってきた環境も、アイツが生まれ持ってる才能や考えも何もかもが逆。だが……惚《ほ》れた女だけは同じだったがなぁ」

そこへポツポツと雨が降ってきた。

流堂は両手を広げ、まるで雨を出迎えているような仕草をする。

「だからこそ俺はアイツを完膚《かんぷ》なきまでに潰す。アイツのすべてを否定する。そうすることで、俺の存在がすべてにおいて正しいことを証明してやるんだぁ。クク、今日で決着がつく。そしてアイツに、崩原を選んだのは間違いだったことを示してやる。どちらが本当に強いオスなのか、相応《ふさわ》しかった存在なのかを見せつけてやるぜ」

徐々に激しくなっていく雨の中、流堂の不気味な笑い声だけが響いていた。

第四章 リングの殺し屋

♡

"SHOPSKILL"
sae areba
Dungeon ka sita
sekaidemo
rakusyou da

さすがはソルと思えるほどに、彼女の調査力は素晴らしかった。

流堂《るどう》のスキルが判明したところで、すぐに迷宮化した建物への調査を再び行わせ、瞬く間に次々と建物を探索し終えていく。

そして三つ目に侵入した建物で、ついにソルがある光景を目にしたのである。

それは巨大な重厚そうな扉の前で、守護するように立っている二体のモンスターだった。いかにもその扉の奥に何かがあるといった様子。

ソル曰《いわ》く、その二体のモンスターは、どちらもBランクで、かなり手強《てごわ》い位置にいる連中らしい。そんな奴らが守っている時点で、罠《わな》だとはあまり思えない。

もしかしたら扉の奥にコアが隠されている可能性がある。

そいつらをソル一人で倒せたら一番良いのだが、さすがに同じBランクになったとはいっても、一人じゃ厳しいだろう。

雨が降る中、俺たちは、その建物に当たりをつけ、皆で向かうことにした。

だが入口に入ろうとした直後、銃声が響き渡り、視線を向けるとそこには――。

「――流堂」

崩原《ほうばら》の怒りを込めた呟《つぶや》きが聞こえた。

銃を構え不敵に笑う流堂を、崩原が憎々しい感じで睨《にら》みつけている。

「よぉ、久しぶりだな……崩原ぁ。お揃いでど～こ行くのかなぁ？」

「……お前……！」

崩原の疑問は分かる。何故この場所に奴が来ているか、だ。

俺たちはソルからの情報で、ここが恐らくコアが隠されている建物だと考えた。

しかし流堂には、まだ判明していなかったはず。

「どうやらここにコアモンスターとやらがいるってことだな？」

「……！」

「な～んでそんなことが分かったって顔だな、崩原よぉ。なぁに、簡単だ」

スッと奴が指差したところを見ると、建物の陰に一体のゾンビがいた。

そして人差し指を自分の目に向けた流堂が、聞いてもいないのに説明し始める。

「あのゾンビは俺の手駒《てごま》。手駒にした奴らの視界を、俺はジャックすることができるんだよ」

「な、何だと!?」

流堂の驚きももっともだ。俺だって何その便利な能力！　って思ったからな。

つまりゾンビが見ているものを、離れていても流堂は確認することができるということ。あのゾンビを俺たちに張らせ、常に動向を監視していたことになる。

「お前らはずっとある場所で待機してた。多分俺が本命の建物を見つけるまで待つつもりだったんだろぉ？　そして何らかの方法でそれを知り、俺の後をつける。そういう寸法だったはずだ」

確かに最初はそうだった。

「けどどういうわけか急遽《きゅうきょ》作戦を変更し、お前らは突然ここへやって来た。他の建物は見向きもせずになぁ。……おかしいだろ？　まるでこの建物の中に目的のものがあるみてえじゃねえか」

コイツ……！

やはり流堂という男は一筋縄《ひとすじなわ》じゃいかない人物のようだ。用意周到というか、どっちに転んでも対応できるように、常にアンテナを張り巡らせていたのである。

崩原も悔《くや》しそうに歯嚙《はが》みしながら拳を震わせていた。せっかくこちらが先に攻略できるかと思った矢先に、出鼻を挫《くじ》かれた気分だからだろう。

そして俺もまた流堂という男を少し舐《な》めていた。まさかここまで準備を整えているとは思ってもいなかったのである。

それに厄介《やっかい》なことに所持しているスキルの応用性が半端ない。

「ん～？　その女が『袴姿《はかま》の刀使い』かぁ。噂《うわさ》通りの美人じゃねえか、おい」

舌舐めずりをしながら俺を見てくる。ゾッとしたものを感じた。

「なあおい女ぁ、そんな程度の低い男なんか捨てて、こっちにこねえか？　人としても、そして女としても、心の底から満足させてやるぜぇ？」

「生憎《あいにく》、あなたのような低レベルの人間に興味はないわ」

「……何だと？」

笑顔が固まり、険しい顔つきになっていく。

「女ぁ、発言には気をつけろ。ここで殺されてえのか？」

「どうぞご勝手に。けれど私を殺せるのは……あなたのようなクズではないわ」

直後、凄《すさ》まじい殺気が流堂から発せられる。

その傍に立っているスキンヘッドの男や、まだ生きていたのか金髪と黒髪もこちらを睨んでいる。そのまましばらく睨み合いが続く。

もし流堂が動けば、すぐにでもシキが対処に走るだろう。

だが不意に流堂がニヤリと笑みを浮かべた。

「いいねぇ、強気な女は俺好みだぁ。そういやアイツもそうだったよな、崩原ぁ？」

アイツというのは、チャケから聞いた葛城巴《かつらぎともえ》という女のことだろう。二人の共通する女性といえばそいつしか思い当たらない。

「アイツは誰よりも優しく、そして強かった。……でも死んだ。いや、お前が殺したんだ。なあ、崩原？」

「…………否定するつもりはねえよ」

どう考えても崩原に非はないと思う。車の事故だ。仕方ないと言うしかない。

「ククク、まあいい。どのみち今日でお前は破滅する。終わりだ」

「違うな。俺が終わらせる。この勝負で俺が勝って、そんで……お前を殺す」

「クハハ！　言うようになったじゃねえかぁ。……なら仕切り直しだ。こっちも少数精鋭、そっちも同じ。楽しい戦争といこうじゃねえか」

よく言う。そっちは大量のゾンビをいつでも仕向けてくることができるくせに。

「いいぜ。こちとらお前には腸《はらわた》煮えくり返ってんだ。ぜってえに勝つ！」

二人の睨み合いが続く中、俺が間に割って入る。

「落ち着きなさいな、崩原さん」

「！　虎門《とらかど》……」

「あなたの使命は、このダンジョンの攻略よ。ここは私に任せてさっさと中へ向かいなさい」

「っ…………悪い」

熱くなっていた頭を冷やした崩原は、そのまま流堂から視線を外して建物内へと入っていった。俺がチャケに目配せすると、彼は頷《うなず》きを見せ崩原のあとについていく。

〝ソル、彼の護衛を頼むわね〟

〝了解なのですぅ！〟

現在、建物内で待機しているソルに、崩原の守護を任せる。これである程度は安全を確保できるだろう。

「流堂さん、こっちも俺たちに任せて、あなたは行ってください」

スキンヘッドの男の提案に、流堂は「あぁ」と言い、その場から駆け出していく。本当ならここで奴を始末しておきたいところだが、崩原からの頼みもあったし、奴は彼に任せるつもりだ。

「『袴姿の刀使い』よ。悪いがここで潰させてもらうぞ」

そう言いながらスキンヘッドがサングラスを投げ捨てる。奴の体格は虎門と比べても二倍近くあろうかと思われるほどの巨体で、明らかに身長は二メートルを超えていた。

プロレスラーかヘビー級のボクサーのような体型で、全身が筋肉だけでできているといってもおかしくないほどの逞《たくま》しさが、黒スーツ越しでも伝わってくる。

ただそのいかつい顔立ちを見て、どこかで見たことがあるような感じがした。ずっと前に見た誰かに似ていて……。

するとタイミング良く、金髪が説明をしてくれる。

「ははっ、とっとと降参した方が良いぜ！　この黒伏《くろぶし》さんは何ていっても元総合格闘技の無差別級王者なんだからなぁ！」

……！　ああ、それで見覚えがあったのか。

記憶にある人物と黒伏が一致した。

──黒伏拳一《けんいち》。

俺の心にはその名が深く刻みつけられていた。

何故ならその人物こそ、俺が最も尊敬していた格闘家だったのだから。

けどまさかツルッパゲになってるなんてな。

現役の頃はソフトモヒカンだったのだ。

同時に少し前に、環奈《かんな》と格闘技の話をした時のことを思い出す。あの時はまさか、こんな形で憧れの人に出会うとは思ってもみなかった。

環奈にも言ったように、黒伏は元キックボクサーであり、そこで世界チャンピオンになって、すぐにタイトルを返還したのちに総合格闘技界に足を踏み入れた。

デビュー当時からすべてをＫＯで仕留めてきた無敗の王者で、その実力は総合格闘技界でも存分に通じ、瞬く間に世界チャンピオンの座を獲得したのである。

だがチャンピオンになって二度防衛した後、彼は総合格闘技界から身を引いた。

俺も彼が初めて総合格闘技王者になった瞬間をテレビで観ていたから知っていた。あれは今から十年も前のことだが、まさに圧巻ともいうべき戦い方で勝利を収めたのだ。

当時のチャンピオンを、ゴングが鳴った直後に放った、たった一発の蹴《け》りでKOしたのである。チャンピオンの腹部に突き刺さったその蹴りは、チャンピオンの骨を砕《くだ》き内臓を破裂させたのだ。すぐにチャンピオンは病院に搬送されたものの、医師たちの奮闘虚しくそのまま他界してしまった。

その事実に世界が湧き、当時最強と言われていたチャンピオンを、一撃のもとに沈めた黒伏は、霊長類最強の男とされたのだ。

ただ事故とはいえ、人を殺したのも事実であり、彼に対する称賛とは別にバッシングなども多々あったという。

チャンピオンは人望厚く、誰にも慕《した》われており、子供たちのヒーローとまで呼ばれていた。また顔立ちも良く、女性にも人気があった。そんな男を、突如現れた熊みたいな男が殺したのだから、不満を口にする者たちも数多くいたのである。

次に防衛戦。ここでもたった一発で相手をマットに沈めた。しかもその人物も生死の境を彷《さま》徨《よ》う結果になる。かろうじて命はとりとめたものの、選手生命を絶たれ二度とマットに戻ってくることはなかった。

それから最後の防衛戦、相手も黒伏を相当研究し鍛えてきたのか、何とか最終ラウンドまでもつれ込んだが、ラウンドが始まる前に相手選手が吐血して倒れてしまったのである。

調べてみれば、またも内臓破裂で、そのまま病院に搬送されたが、処置が間に合わずに死んでしまった。つまり黒伏は、チャンピオンになってから三連続で格闘家の命を奪ったことになる。

そして世間から、彼はこう呼ばれるようになった。

「――――『リングの殺し屋』」

「久々に聞いた名だな。まさかお前のような若い女にまで知れ渡っていようとは」

無表情のまま野太い声で黒伏が言う。

「当時、テレビであなたの活躍を目にしたわ。無類の強さを振るう霊長類最強の男。たった一つの敗北もないまま引退した伝説のチャンピオン」

「……古い記憶だ」

「そんなあなたが何故流堂に従っているのか疑問なのだけれどね」

黒伏は何も言わない。どうやら答えるつもりはないようだ。

ガキだった俺は、突然引退していく黒伏に困惑したものだった。人気だったチャンピオンを殺したことで、完全に悪役のような立場に追いやられていた彼だったが、俺にとっては心震える選手だったのである。

何物にも屈しない、その強さは見ていてスカッとするものだった。

確かに結果的に人が死んだ事実は褒《ほ》められたものではないが、あくまでも試合での出来事なのだから俺にはどうでもよかった。

親父《おやじ》も黒伏のファンで、よく一緒に彼が戦う姿を応援していたものだ。

そんな人が、別に病や怪我《けが》などを負っていないのにもかかわらず引退したことが残念でならなかった。いつかまた格闘技界に戻ってきてほしいと願いつつも、結局彼のその後は消息不明と報道されていたのである。

「いいか、女！　黒伏さんはな！　表の世界を制覇《せいは》しただけじゃなく、裏の世界まで制覇した人なんだからな！」

裏……？

金髪の言葉に思わず眉《まゆ》をひそめるが……。

「高須……余計なことを言うな」

「ひっ!?　く、黒伏さんっ、すみませんっ！」

睨《にら》まれて情けなく頭《こうべ》を垂れる金髪。どうやら高須という名前らしい。

「そのような話はどうでもいい。まあ……時間稼《かせ》ぎになるなら別に構わんがな」

「！　……私を倒してさっさと流堂を追いかけたいのではなくて？」

「フン、あの人はそれほど柔《やわ》ではないさ。その気になったら俺でも勝てんしな」

「……とても流堂があなたと戦って勝てるとは思えないのだけれど」

「俺はどこまでいってもただ力が強いだけの人間だ。しかし彼は違う。あの悍《おぞ》ましいほどの力に選ばれた次の新しい人種なのだからな」

気になることを口にしてきた。

「次の……新しい人種ですって？」

「……知らぬのか？　崩原もまたそうだと流堂さんには聞いていたがな」

……！　そういうことか。コイツはこう言いたいのだ。スキルを持っている人間は、最早一般人などではなく、時代に選ばれた人種だと。確かに衝撃を自由に操ったり、人をゾンビ化し使役する能力を持つ人間は特別であろう。

「その言い方だと、私たちのような人間はもう古く、いずれ淘汰《とうた》されるかのように聞こえるわね」

「直にそうなるだろうな。事実、現在世界中で多くの人間が死に始めている。いや、殺されている。モンスターという名の災害にな」

災害、言い得て妙だ。まさしくその通りだろう。

「生き残れるのは力を持つ者だけ。ダンジョンやモンスターに劣らぬ人間こそが、地球の次の支配者になっていくだろう」

「……それがスキルという力を持った者たちだと？」

「何だ。やはり聞いていたんじゃないか。その通りだ。流堂さんや崩原は、世界が選んだ新人類だと俺は考える」

「ずいぶん突飛《とっぴ》なことを考えるのね。たとえそうだったとしても、そう簡単にあなたは認められるのかしら？　淘汰される側の人間だと言われて」

俺だったら絶対に認められない。神が決めた定めがあったとしても、そんな理不尽さに屈するなんて嫌だ。たとえ俺にスキルがなかったとしても、最後まで抗《あらが》っていくだろう。

「俺もまた淘汰してきた人間だ。故に淘汰されることもまた……覚悟はある」

「……それはあなたが殺したチャンピオンや、あなたに挑戦してきた者《つわもの》たちのことかしら？」

「強大な力を持つというのは、結局他を弾くということだ。弱者は強者と共存することなどできない。生き残りたいなら強者になるしかないのだ」

まあその考えは別に否定しない。事実、こんな世界になってからは、その真理がより顕著《けんちょ》に浮き出てきているように思える。

力を持つ者たちに好き勝手にされる世界。秩序が崩壊したこの世では、強さこそが正義という古臭《ふるくさ》いルールが前面に出てきてしまっているのだ。

まさに乱世とも呼ぶべき時代だろう。

「……変わったわね、あなた。少なくとも十年前に見ていたあなたは、見た目は怖くともファンや子供たちに優しい人だったのに」

彼は貧しい外国の子供たちに、ファイトマネーを寄付するような人物でもあった。貧困に喘《あえ》ぐ村々を回り、ボランティア活動までするような。

弱者の味方。その言葉がとても似合う存在だったはず。

そんな彼が、今のような言葉を吐くなど想像できなかった。

「時代は人を変えていく。出来事は一瞬で、その一瞬で人の価値観は変化するのだ。そして俺もまた……変わった人間の一人だということさ」

自嘲《じちょう》気味にフッと笑みを浮かべた黒伏が、すぐに表情を引き締めたと思ったら、俺に向かって突っ込んでくる。

――速いっ!?

一足飛びで、数メートルの距離を埋めてくるほどの脚力。引退して何年も経っているはずなのに、馬鹿げた身体能力は健在らしい。一瞬で俺の懐《ふところ》に入り、その長くて太い腕を突き出してくる。

しかし身体能力だけを見れば、俺が下回るわけがない。

何といっても、こちらにはチートアイテムの恩恵があるのだから。

俺を摑《つか》もうと伸ばしてきた腕を、俺はしっかり見極めてかい潜《くぐ》り、逆に懐に忍び込み刀を一閃する。

これで決まったかと思いきや、下方から膝が飛んできた。咄嗟《とっさ》に身を引いて、その勢いのままにサマーソルトキックの要領で、黒伏の顎《あご》を蹴り飛ばそうとする。

だがこれも黒伏は驚くべき反射速度を用い紙一重《かみひとえ》でかわす。

そして一定の距離を保ったところで、両者は足を止め睨み合う。

その一連の動きを見ていた高須たちは、信じられないという面持《おも》ちで俺を凝視している。

「……さすがは音に聞く『袴姿《はかま》の刀使い』だな。伊達《だて》にモンスターどもとやり合ってるわけじゃなさそうだ」

「そちらもね。攻撃速度が尋常《じんじょう》ではないわ」

単純な速度なら俺の方が速いはず。しかし恐らくは彼の先読みが、彼の攻撃速度を上げているのだろう。

俺は一つ一つ考えて攻撃を放っているが、彼のソレは無意識……本能がそうさせているような気がする。

考えない分、反射神経全開で戦う彼の速度は異常そのものだ。それは持って生まれた資質もあるが、今までの試合で培《つちか》い、研《と》ぎ澄ましてきた努力の結晶なのだろう。

これればかりは俺が敵《かな》うはずもない。元々恵まれた戦闘センスを有している黒伏と比べて、こちらはファンタジーアイテムで補《おぎな》っているだけなのだから。

「く、黒伏さん！　俺らも手伝いますよ！」

「そ、そうです！　俺たちも一緒に戦えば、そんな女なんか！」

高須たち二人が参戦の意を示してくるが……。

「いや、逆に足手纏《あしでまと》いになる。高須、天川、お前らはそこで待機していろ」

「で、でも！」

「お前らはまだ人を殺したことはないだろう？　……できるのか？」

「「っ……！」」

どうやら高須と天川という名の黒髪は、まだ新参者なのか手を汚したことはないらしい。

けど……あー残念だ。もし加勢してくるようなら盾にでも取って有利に事を運べたものを。

「……行くぞ、『刀使い』」

わざわざ宣告してから突撃してくる。

俺は刀を抜いて身構え、カウンター狙いを定めた。

向かってきた黒伏に横薙《よこな》ぎに刃を振るう――が、虚しく空を切る。

物凄《ものすご》いスピードでこちらに向かってきたというのに、刀の切っ先が届くギリギリのところで突如そのスピードをゼロにしたのだ。並みの筋力でできることではない。普通なら筋肉が断裂してもおかしくない動きだ。

くっ、にしてもコイツ、見極めが鋭過ぎる！

さすがはプロの格闘家だ。相手の拳や蹴りを見極め続けてきた洞察力は本物だ。

ゼロにしたスピードを、すぐにマックスへと上げて突き進んでくる。

俺は刀を振るったあとなので、このままだと無防備に摑まれてしまう。

だが――バキィイイッ！

刹那《せつな》、黒伏は防御体勢をとったまま後方へと吹き飛んだ。

「……今のでも防御するのね、さすがだわ」

確かに刀を一閃《いっせん》し隙《すき》だらけに見えただろうが、俺はその勢いをつかって左手に持った鞘《さや》を逆手で振るったのである。

いわゆる二段抜刀《ばっとう》というやつだ。前にどこぞの漫画で見た戦法だが、何度か使ってみて便利だと思ったので練習しておいた。

「ずいぶんと器用なことをする奴だ。しかしその力……まさかお前もスキルを?」

「さあ、どうかしらね?」

それにしても今のは危ないところだった。もし二段抜刀という手がなかったら摑まれていたかもしれない。

まあその時は、シキが対処してくれるので問題はないが。

「だが普通ではないのは確かだな。その細腕でこの威力……武器を使っているとしても相当なものだった」

そう言いながら防御した腕をフラフラと動かしている。

こっちは骨を砕《くだ》くつもりで放ったのだが、ヒビすら入ってなさそうだ。今のでもゴブリン程度なら一撃で死ぬというのに、コイツは本当に人間なのだろうか。

「どうやら油断できぬ相手のようだな」

「言うわね。最初からそのようなものしていないくせに」

もしていたら今ので終わってたはずだ。このような女性の姿をしているのは、そういう油断を誘うためでもあるが、この男は初めから俺を警戒していた。

過去に、強い女性とでも戦った経験でもあるのかもしれない。

〝姫、ここは某《それがし》が？〟

頭の中にシキの声が響く。

こういう時、漫画とかなら『まだ試したいことがあるからな』や『ここは俺一人にやらせてくれ』などと言って場を盛り上げるのかもしれないが、残念ながらこれは命がかかった現実だ。

〝……そうね、じゃあ次に接触した時に不意をつきなさい〟

だから俺は確実に相手を制する方を選択する。

ただの人間なら、俺一人でも簡単にどうとでもなったが、黒伏はどうも時間がかかりそうだ。

それに中に入っていった崩原たちのことも気になるので、ここはすぐにでも片付けて追わせてもらう。

「次は私から行かせてもらうわよ」

スッと目を細めると同時に駆け出し、黒伏に肉薄する。

そのまま走り様に刀を突き出すが、黒伏がそれくらいの攻撃をもらってくれるような相手ではないのは分かっていた。

彼は切っ先を見極め紙一重で回避すると、そのまま丸太のように太い腕を伸ばしてきた。やはりまた摑むつもりのようだ。

しかしその直後——黒伏の予想だにしていなかった場所からの奇襲がかかる。

俺の足元から伸びている影の中からシキが飛び出して、その右手から生やした鋭い鎌を目にも留まらない速度で振るう。

「——っ!?」

黒伏の顔が驚愕《きょうがく》に歪む。無理もない。突如謎の生物が影から現れたのだから。

刹那、血飛沫《ちしぶき》とともに黒伏の左腕の肘から先が宙に舞った。

しかし何が起きたのか、俺の目の前にいたシキも勢いよく吹き飛び地面を転がっていき、その先にあった茂みへと突っ込んだのである。

「——シキッ!?」

彼の名を呼ぶが、その瞬間、凄《すさ》まじい闘争心を感じ目の前を見ると、いつの間にか右足を上げている黒伏がそこにいた。

……！　まさかあの一瞬で蹴《け》りを!?

そういえば彼はこれまでの戦いで蹴りを一切見せなかった。

そこで思い出す。そうだ。彼が得意としていたのはパンチや柔術などではない。

彼が勇名を馳《は》せるきっかけとなったのもそうだが、そのキック力こそが最強を形作ったといっても過言ではないのだ。

……つまり俺は……手加減されてたってことかよ。

今の一撃、俺には一切見えなかった。つまり先程までのやり取りで放たれていたら、きっとシキは出ざるを得なかったはず。

人を一撃で殺してきたほどの脚力だ。敵であろうとも女である俺に放つのは躊躇《ちゅうちょ》したのか、あるいは出さずとも勝てると思ったのか……。

一つ言えるのは、この黒伏という男は俺の想定以上の力を持つ存在だということだ。

これが――霊長類最強の男……！

シキによって左腕を飛ばされたというのに戦意喪失《そうしつ》どころか、表情もそう変わっていない。

黒伏はむしろエンジンがかかったかのように、闘争心が剝《む》き出しになっている。

……俺とはやっぱ格が違うな、コイツは……。

さすがは俺と親父《おやじ》がかつて憧れた男である。

そこへシキが、すぐさま俺の傍へと戻ってきた。

「姫、ご無事ですか？」

「あなたこそ。攻撃を受けたみたいだけれど？」

「問題ありません。雨のせいで踏ん張りが利《き》かずに吹き飛ばされただけですので」

しっかりとガードはしたようだ。

「ただ……大した人間です。あの場での返しの一撃。見事としか言いようがありませぬ」

「そこまで絶賛するとはね。相手にとって不足はないということかしら？」

「はっ、久々に骨のある戦《いくさ》ができそうですな」

シキが両腕から鎌を生やして、俺の前で構えを取る。

「な、ななな何だよ、そいつ!?　一体どっから出てきたんだ！」

「地面から出てきたみたいに見えたけど……そんなことあり得ないよな!?」

ようやく高須たちが揃って声を上げた……が、

「お前たち……うるさいから黙ってろ」

ギロリと黒伏に睨《にら》みつけられ、二人は委縮して押し黙ってしまった。

そして黒伏が眼光鋭く、シキを睨みつける。

「……お前の味方、と考えていいんだな？」

「ええ、私の頼もしいボディーガードよ」

「そうか」

「あら、卑怯《ひきょう》とは言わないのね」

「戦いにおいて卑怯などという言葉を持ち得る者は三流でしかない。闇討《やみう》ち、不意打ち、毒殺、勝つために手段を選ばない者こそ最後に笑うのだ」

「……本当にあなたは変わったわね」

少なくともテレビで活躍していた頃は、そんなことは一切言わなかった。悪役と称されても、誇りを胸に堂々とした戦いをする人物だったから。

「一つだけ聞かせてほしいのだけれど、かつて世界チャンピオンだったあなたが、どうして流堂のような男に付き従っているのかしら？」

「答えてやる義理などないが」

「……どうしてもダメかしら？」

ファンだった立場としては、やはりそこが気になってしまった。

するとしばらく沈黙を貫いていた黒伏が、静かに一言だけ放った。

「……流堂さんは俺に居場所をくれた。感謝している。それだけだ」

居場所……？

嘘を言った様子はない。となるとそれは事実なのだろう。しかしたったそれだけとも言える。それだけで外道《げどう》に付き従うなんて、俺にはできない。

本当に実直過ぎて義理堅い男なのかもしれない。この黒伏という人物は。

「姫、これからは某がこの男の相手をします」

シキの実力は疑ったことはないし、さすがに黒伏でも勝てるとは思わない。

だが黒伏本人は違うだろう。彼は腰のベルトで左腕を縛《しば》って血止めをしたのち、微塵《みじん》も揺るがぬ闘争心を醸《かも》し出す。

その佇《たたず》まいは、まるで歴戦の武人を思わせる。いや、実際に生まれる時代が遅かったら、彼はその武で天下を獲っていたかもしれない。

「……いざ」

「……尋常《じんじょう》に」

二人が示し合わせたように言葉を繋《つな》ぎ合う。

そして――。

「――勝負！」

同時に二人が大地を駆け、瞬く間にして距離を詰めてぶつかり合う。

黒伏は一切拳を出さず、神速のような蹴りを次々と放ち、それをシキが軽やかに回避する。

舌打ちをした黒伏は、ロー、ミドル、ハイと、まるで同時に放ったような速度で攻撃した。

その電光石火な三連撃に対し、シキは回避せずに腕と足を使って防御する。

防御した瞬間に、シキの踏ん張っている足に力が入り地面が割れた。それほどの威力だということが一目で分かる。だが今度は吹き飛ばされはしなかった。

シキが鎌を振るうと、これまた見極めた黒伏がスウェーで避け……いや、完全には避け切れずに鼻先に裂傷が走る。

さすがの黒伏でも、シキの攻撃速度に完全に対応するのは無理なようだ。

「くっ！　うおぉぉぉぉおおっ！」

そこで初めて咆哮《ほうこう》を上げた黒伏が、物凄《ものすご》い形相《ぎょうそう》でさらに蹴りを放ってくる。

それはまさに閃光《せんこう》のような一撃で、シキの顔面へと迫っていく。

だがその一撃を、シキがとんでもない方法で受け止めてしまった。

「なっ⁉」

黒伏も驚いたその方法、それは……。

自分自身の肘と膝で、相手の蹴りを挟んで受け止めたのである。

腕と足を使った真剣白刃取《しんけんしらはど》りのようなものだろうか。

しかし普通の白刃取りとは違い、勢いのついたエルボーと膝蹴りに挟まれたことで、黒伏の右足が大きなダメージを受けた。

これぞ攻防一体のシキの技。見事としか言いようがない。

痛みに顔を歪める黒伏に向かって鎌を振るうシキ。

黒伏の身体《からだ》にバツ印形の血道が走り、それを見た高須たちが黒伏を心配して名を叫ぶ。だがそこで手を緩《ゆる》めるシキではない。

まるで黒伏のお株を奪う……いや、先程のお返しとばかりに、シキが黒伏に向かって蹴りを放ったのである。

黒伏は防御する術《すべ》を持たず、シキの攻撃をまともにくらってしまい、そのままピンボールみたいに弾かれて飛んでいく。そしてその先にあった体育倉庫の扉に激突し、扉を押し潰しながら中まで転がり込んだ。

「……終わりました、姫」

「さすがね。よくやったわ、シキ」

あれだけの攻撃をまともに受ければ、たとえ人外じみた力を持っている黒伏でもひとたまりもないだろう。

実際起き上がってくる気配もない。あのまま死んだのかもしれない。

「……さて」

ならあとは残っている羽虫だけだが……。

「「ひっ!?」」

高須と天川は、俺を見て腰を抜かしてしまう。その姿は、俺に追い詰められた時の王坂《おうさか》によく似ている。

「あなたたちは裏切られた人間の気持ちが分かるかしら?」

「な、何を言って……!」

「そ、そうだ！　俺たちは元々流堂さんの仲間で！　だから崩原を裏切ったわけじゃない！最初から仲間じゃなかったんだ！」

天川が長々と言い訳をしてくる。その言葉を聞いているだけで苛立《いらだ》つ。

「別にあなたたちがどう生きていくのかなど興味はないわ。それもまたその者の人生だから。けれど……」

俺は奴らに向かって駆け寄り、まずは高須の顔面を蹴り飛ばしてやった。

「ひぃっ⁉　ゆ、許して⁉　許してくださいっ！　も、もう歯向かいませんからぁぁっ！」

情けなく土下座《どげざ》をして許しを乞《こ》うてくる。

俺はそんな天川の胸倉を摑《つか》み、そのまま力任せに引っ張り上げる。

「うぐっ……ぐ、ぐるじいぃ……⁉」

「もしあなたたちが人を殺していたら、ここで私が引導《いんどう》を渡してあげていたわ。だからこれは忠告。因果応報《いんがおうほう》──己のやってきたことは、必ず自分に振り返ってくることを自覚なさい。そして──」

「ぐぶほぉおっ⁉」

鳩尾《みぞおち》にキツイ一発を与え、天川を吹き飛ばしてやった。

「──次にバカなことをやったら殺すからな」

まあ、このあとモンスターに見つかって殺されるかもしれないが、そこまで面倒は見切れない。死んだら死んだで運がなかっただけと諦めてほしい。

俺は再度黒伏が吹き飛んだ場所を一瞥《いちべつ》してから、シキとともに崩原たちが入っていった建物へと駆け出していった。

※

虎門のお蔭《かげ》で、真っ先に迷宮化した建物へ入ることができた俺だったが、足を踏み入れてすぐにギョッとする光景が飛び込んできた。

入った建物は、俺が高校生として通っていた時にも存在した校舎の一つで、二階建ての比較的こぢんまりとした建物だった。

授業ではほぼ使用せず、部活関連に当てられた校舎である。それは今もなお変わっていないことは調査で判明していた。

他の校舎と比べても小規模だったはずだが……。

「これはまた……！」

端から端まで、その気になってダッシュすれば、ものの十秒もかからず走り切ることができる程度の広さだったが、現状は明らかに違っていた。

見た感じ、俺が通っていた時と内装はほとんど変わっていない。

ただ……その規模が異常であった。入口から入ると、すぐに二階に上がる階段があるのだが、普通そこまでは大股《おおまた》で数歩歩けば辿《たど》り着けたはずだ。

しかし突き当たりに存在する階段まで、どう見ても五十メートルほどはあった。

それに左右に教室の扉が設置されているのだが、これまた見上げるほど大きな扉になっていて、とても力ずくで開けられるとは思えない。

まるで校舎そのものが巨大化……いや、自分がミニチュア化して迷い込んだ別世界のように感じた。まさに迷宮という名に相応《ふさわ》しい異様さだ。

それに加えて、見えるところにはモンスターたちがウロついている。

この広さなら逃げることも戦うことも自由に選択できるが、下手《へた》をすればモンスターに囲まれてしまうこともあり得るので注意が必要だ。ただ建物内へ入ることはできたが、肝心《かんじん》のコアモンスターとやらがいる場所が分からない。

虱潰《しらみつぶ》しに探すしかないのだろうか。かなり時間を費《つい》やしてしまうが……。

そう思った直後だ。空から飛来した小さな影が、スタッと目の前に降り立つ。

「お前は――ソル!?」

それは虎門の使役するモンスターだった。

「ソルについてきてくださいです！　比較的安全なルートで最奥まで案内しますので！」

どうやらコイツは、すでにコアモンスターとやらがいる場所を把握《はあく》しているようだ。

「才斗《さいと》さん、どうします？」

「当然ついていく。今はコイツの情報だけが頼りだからな」

チャケの質問に応え、俺は飛行していくソルのあとを追っていく。

しかも、だ。俺たちに気づいて襲ってくるモンスターを、一瞬のうちにソルが討伐《とうばつ》していくのである。

敷かれたレールの上をただ走り続けるのは俺としてはどうかと思うが、そんなこと言っている場合でもないし、体力も温存できるのでありがたかった。それ以上に、ソルの凄《すさ》まじさをマジマジと見せつけられ驚愕《きょうがく》の思いだったが。

罠《わな》なども警戒しつつ、安々と二階へ繋がる階段へと到着した俺たち。

「ここからは少々勝手が違いますから、お気をつけなのです」

そんなソルの言葉の意味は、二階に上がってすぐに理解させられた。

そこは勝手が違うどころか、最早校舎という形すら失った異界へと変わっていたのである。

周囲すべてが岩肌のようにゴツゴツしており、どこぞの洞窟《どうくつ》にでも迷い込んだかと錯覚《さっかく》した。

さらに幾つもの穴がそこかしこにあって、どれが最奥へ辿《たど》り着く道なのかサッパリ不明だ。

明らかに攻略者たちを惑わすために設置された罠だとしか思えない。

「ソル、マジで本物の道が分かってんのか？」

見える範囲で、少なくとも十もの道がある。一つ一つ確かめるだけで相当の時間がかかるし、偽の道には凶悪な罠やモンスターが待ち構えていることだろう。

「当然なのです。すでに幾つかの道を探索し、コアモンスターがいる場所をちゃんと把握しているのですよ！」

「マ、マジか!?　この短時間で!?」

えっへん、とでも言わんばかりに胸を張るソル。

声にも出してしまったが、マジでこの短時間で探索を終えているのか……？

確かにソルの飛行速度をもってすれば、それもまた可能なのかもしれない。

音速で飛ぶことができるとのことなので、その気になったら、こんな大規模な迷路でもすべての道を確かめるのに、そう時間はかからないのかもしれない。

……虎門の奴が羨《うらや》ましいな。こんな便利なモンスターが傍にいるなんてよぉ。

そこらのモンスターにも劣らない強さを持ち、調査や探索にも長《た》けた存在は非常に貴重だ。

特にこんな世の中なら尚更である。

少し前はネットなどを通じて情報をすぐに引き出せたが、今は専《もっぱ》ら自分たちの足を使わないといけない。そんな中で、ソルの能力は実に情報収集能力に優れたものなので、とても魅力的に思えてしまう。

「こっちなのです！」

俺たちはソルのあとについていき、一つの穴へと突き進んでいく。

待ち構えているモンスターは、ソルが一掃《いっそう》してくれるものの、さすがにダンジョンというのはそれだけじゃない。

――カチッ！

一歩踏み出すと、地面がガクンと沈み込んだ。まるで何かのスイッチでも押したかのように。するとゴゴゴゴという音とともに目の前から巨大な岩が迫ってきた。

「あぁくそっ、ベタな演出しやがってぇっ！」

「さ、ささささ才斗さん!?　ど、どどどどうするんですかぁ!?」

「チャケ、お前は後ろにいろ。あんな岩ごとき、この俺が――」

岩くらいなら、俺のスキルを使えば何とかなると思った矢先、

「ぷぅぅぅぅっ！」

疾風迅雷《しっぷうじんらい》のような動きで、転がってくる巨岩に向かって突っ込むソル。

あっさりと岩の中心を貫き反対方向へ飛び出ると、そのまま方向転換をして何度も何度も岩を貫いていく。

そうして瞬く間に岩は穴だらけとなり、自重を支えられなくなって崩れてしまった。

「「…………」」

いや、もう……何だかなぁ……。

攻略はもうコイツ一匹で十分じゃね、と思ってしまった。

ああいやいや、何を言ってんだ俺は!?　これは俺と流堂の勝負なんだ！　俺が決着をつけねえと！

「す、すげえなソル、罠があってもお前には意味ねぇじゃねえか」

「ぷぅ！　もっと褒《ほ》めていいのですぅ！」

実際ソルなら罠があったとしても自力で乗り越えることができるだろう。落とし穴にも落ちないだろうし、矢が飛んできても避けることができる。さっきの岩のような障害だってソルに通じない。

いや、そもそも罠にかからないだろう。だって空飛んでるし……。赤外線センサーとか設置されていたら別ではあるが。

……ただ一つ気になっていることはある。

「？　何か神妙な顔つきですけど、どうかしたんですか、才斗さん？」

「……いや、何でもねえよ」

チャケにはそう言って誤魔化《ごまか》す。必要以上に不安にさせたくなかったからだ。

気になっていること、それは流堂のゾンビたちを見かけないことである。

ソル曰《いわ》く、ここにも流堂の手下たちは入ったはずで、ゾンビ化したという情報も聞いていた。

なのに今まで一人も遭遇《そうぐう》していないのが気になったのだ。

全員モンスターに殺されたのか、はたまた罠にでもかかってしまったのか。

それくらいしか理由は思いつかなかったが、全員がこの短時間で消失しているという事実には、どうも違和感しかなかった。

……まあ今は考えててもしょうがねえ。まずは目的地に辿り着かねえと話にならねえからな。

そう判断し、先を急ぐことにしたのである。

しばらく走ると、ソルから「もうすぐなのです！」という声とともに、穴の出口が見えてきた。

そして出口を通過すると、そこには少し広々とした空間があった。

同時に突き当たりには、今まで確認したことがないほど大きな赤い扉が存在感を示し、その両脇には二体のモンスターが立ち塞《ふさ》がっている。

「どうやら情報通り、あのモンスターどもが門番みてえだな」

「ですね。にしても……強そうです」

チャケの言う通りだ。見た目からして、できれば近づきたくないほどの威圧感を醸《かも》している。

まずその体格。軽く五メートルくらいはある。一体は全身が青色をして腰布一枚身に着け、その手には巨大な金棒を握っていた。

そしてもう一体は、見た目は同じだが全身は真っ赤な色に染め上がっている。

二体とも総じて凶悪な顔をしていて、物語に出てくるような鬼に見えた。

ソル曰く、ジャイアントオーガと呼ばれるBランクのモンスターらしい。しかもBランクの中でも極めて上位の強さを誇り、さすがのソルでも一人では相手を仕切れないとのこと。

「ソルでも無理となると、才斗さん……俺はマジで足手纏《あしでまと》いっすね」

「チャケはそこにいろ。アイツらは俺とソルでやる。いいか、ソル？」

「あなたの支援がソルの任務なのです。ただ……」

「ん？　ただ何だ？　心配事か？　アイツらを倒しゃ攻略終了なんだろ？」

「むぅ……」

何やらソルには気になることがある様子。

「どうもあの二体のうちのどちらかがコアモンスターとは思えないのですよ」

「は？　アイツらを倒したら、あの扉が開いて、その中にはコアがあるってことじゃねえのか？」

「それじゃコアモンスターとは言わないのです。コアモンスターとは、その名の通りコアそのものを身に宿したモンスターのことなのですよ」

「……じゃあ今回はコアモンスターじゃなくて、あの扉の奥にあるコアを破壊して攻略するパターンなんじゃねえの？」

「……しかしご主人の見解だと、こういう大規模なダンジョンの場合、必ずコアモンスターがいると」

「ならあれか。ゲームでもよくある、アイツらを倒したら真のラスボスが登場ってな感じか？」

「確かにそういうゲーム、ありますもんね。やっとボスを倒したと思ったらまだいたっていうパターン。回復薬使い過ぎてもうないのにどうすんだっていう」

そうそう。あるいはようやく倒したボスが変身するパターンとかな。あれもう卑怯《ひきょう》じゃね？　変身して全回復してるってどういうことだって話だ。それまで受けていたダメージはどこにいったんだよ。

ああいや、今はそんなゲームあるあるどうだっていいんだ。たとえ今俺たちが言ったような状況になったとしても、結局はまずあの二体を倒す必要があるのは確かだから。

「ソル、あっちの赤い方を任せてもいいか？」

「お一人で大丈夫なのです？」

「ま、何とかなるだろ。こちとらスキル持ちだ。そう簡単に殺《や》られはしねえよ」

虎門が流堂たちを抑えている間に、できれば事を終えておきたい。

俺とソルは意を決して飛び出し、ジャイアントオーガに向かって突っ込む。

先に攻撃をヒットさせたのはソルだ。弾丸のように飛行するソルは、そのまま赤いジャイアントオーガの腹を見事に貫いた。

「グガァァァァァァッ!?」

激痛に顔を歪めながら声を上げる赤いジャイアントオーガ。ソルは奴が臨戦態勢に入る前に仕留めるつもりなのか、先程の巨岩と同じように体中に風穴を開けようと迫っていく。

「グガァッ！」

だがソルの動きを捉えているのか、手に持った金棒を盾にしてソルの攻撃を防いだのである。

金棒の強度を貫くことはできなかったようで、ソルはすぐさまジャイアントオーガから距離を取って睨《にら》み合う。

大ダメージを受けたように見える赤いジャイアントオーガだったが、傷口が収縮して出血が止まる。再生……ではないが、恐らく全身が筋肉の塊《かたまり》なのだろう。筋肉を収縮させて血止めをしたのである。

さすがはソルと同じBランクのモンスター。致命傷に思える一撃も、あっさりと耐えてみせた。すると赤いジャイアントオーガが、怒りの咆哮《ほうこう》を上げながら金棒を振り回しソルを叩き落とそうとし始める。

的《まと》が小さく素早いソルは、なかなか捕まらないが、金棒の一振り一振りの威力が凄まじい。

空振《からぶ》りをしても、その風圧だけで地面が軋《きし》み、攻撃が少しでも壁や地面に触れると大きな破壊を生んでいる。一撃でも受けたら人間など文字通りミンチになってしまうことだろう。

そんな中、青いジャイアントオーガが、赤いジャイアントオーガの手助けに向かおうと歩み始めたその時、

「――《空破《くうは》》！」

俺が放った衝撃波が、青いジャイアントオーガの顔面に命中し、一瞬顔が跳ね上がった。

だが大したダメージにはなっておらず、攻撃した俺を平然と睨みつけてくる。

「どこ行くつもりだ？　お前の相手は――俺だ」

この巨体だ。まともに拳を突き入れたところで倒せる相手じゃない。

ブルーオークを倒した時のように、直接顔面に触れて《崩波《ほうは》》を叩き込めばあるいは……だが、そこまでいくのはきっと厳しいだろう。

「グラァァァッ！」

俺に向かって金棒が頭上から迫ってくる。さすがに今の俺が、この威力の攻撃を相殺《そうさい》できる衝撃波は放てない。

故に後方へ大きく飛び退いて回避するが、金棒が地面を抉《えぐ》り潰した影響は激しく、砕《くだ》かれた地面が俺に向かって襲い掛かってくる。

無数の弾丸のようになった礫《つぶて》を、俺は両腕で顔をガードして受け止める。大きなダメージは受けなかったものの、今の一撃だけで服がボロボロになり、ところどころに傷を負ってしまった。

……ったく、とんでもねえな、モンスターって奴はよぉ。

いくらスキルを持っているからといっても、肉体的には普通の人間とそう変わらない。今のなんて、近くで爆弾が爆発したようなものだ。そんな衝撃を幾らでも放てるというのだから、モンスターという存在は本当に規格外である。

こういう連中が次々と世界中に現れ、人間社会を潰していっているのだ。

人間だってただ黙ってやられるわけじゃない。人間が対抗できる兵器を使用し、自分たちの世界を守ろうとしている。

だがゴブリンやオークなどのようなモンスターならともかく、ジャイアントオーガのようなモンスターがもっと溢《あふ》れたら、とてもではないが人間の手に負える相手じゃないように思える。

「……これでBランクっつうんだもんな」

上にはA、そしてSランクというモンスターもいるという。

ソルやシキからも聞いたが、Sランクのモンスターはそれこそ別格らしい。

次元が違う強さを持ち、どう足掻《あが》いても人間が対処できるような存在ではないということ。

もしそんな奴が本格的に人間を滅ぼし始めたらどうだろうか。

たとえ核爆弾を使ったとしても勝てるとは限らない。まだまだ未知の部分が多いモンスターのことだ。人間が有する最大兵器を無力化するような存在だって出てくるかもしれない。

そうなれば人間という種は、この世から姿を消してしまうだろう。

モンスターと戦争をして、人間が勝てるビジョンが思い浮かばない。

スキルを持っている俺でさえ、Bランクの一撃の余波だけでこれだ。スキルを与えられた直後は、人間にもモンスターに勝ち得る機会を神が与えたのかもしれないと思ったが、どう考えても微力過ぎる気がする。

まるで誰かが、人間が足掻く姿を見て楽しむために、そこそこの力を分け与えたような感じがしてしまう。

そうして生き残れる、と勘違いする人間の必死な姿に笑うのだ。

「……気に入らねえな」

だとするなら、俺たちの敗北は最初から決まっているということじゃねえか。んなもん認められるわけがねえ。

今もなお必死に戦いながら生きてる連中がいる。スキルも何もなく、それでも知恵を絞《しぼ》り出して多くの同胞《どうほう》を集めて。

もしそんな光景を見て嘲笑《あざわら》ってる奴がいるなら、俺は必ず探し出してぶっ殺す。

そしてコイツらモンスターが、その神とやらが用意した約束された勝利者っていうなら、その定めをぶっ壊してやる。

「悪いが俺らの世界は、まだまだ俺らのもんだ。お前らみてえなわけのわからねえ奴らに渡すわけにはいかねえんだよ！」

俺は青いジャイアントオーガに向かって駆け出す。

俺もソルほどではないが、奴らに比べれば小さな存在だ。ちょこまかと動けば、的《まと》を絞るのも苦労するだろう。

そうやって相手を翻弄《ほんろう》しながら詰め寄っていき、俺は相手の攻撃をかい潜《くぐ》りながら奴の足元へと入った。そしてピタッと両手で、奴の右足に触れる。

「どこまで効くか――《崩波》っ！」

刹那《せつな》、青いジャイアントオーガの右足がブレ、その衝撃によってジャイアントオーガが膝をつく。どうやら俺の力でもちゃんと相手に通用するようだ。

「グルァァ……！」

だがコイツにしてみれば、正座を何時間もして足が痺《しび》れているくらいな感じだろう。破壊するまでは到達していない。

俺のこのスキル《衝撃》は、ありとあらゆる衝撃を利用することができる代物《しろもの》だ。衝撃波を飛ばしたり、対象の体内で衝撃を増幅させて大ダメージを与えたりできる。しかし当然対象の耐久値が高ければ、俺の衝撃力も耐えられてしまう。

「けどこれで十分！」

俺の目的は、コイツの動きを止め、なおかつ頭を下げさせること。

すぐさま俺は、青いジャイアントオーガの身体《からだ》を上っていき、奴の顔面へと辿《たど》り着く。そしてブルーオークの時と同じように、その頭部に両手で触れる。

「ぶっ壊れろ――《崩波》っ！」

全力で衝撃波を叩き込む。コイツの頭部から侵入した衝撃が、一瞬にして増幅して暴れ回る。

大抵の奴なら、これで頭部内の器官が弾け飛び絶命するのだ。

先程の右足のように、青いジャイアントオーガの頭部が激しくブレる。

「よしっ、これで――」

勝負あったと思った直後、俺はコイツの右手に身体を摑《つか》まれてしまった。

「な、何っ⁉」

「グラァァァァァッ！」

そのまま大きく振りかぶり、物凄《ものすご》い速度で放り投げられてしまった。先にあるのは岩壁。激突すれば致命傷に等しい。

そんなあわや激突する寸前に、俺は何か柔らかいものにぶつかった。

それは──チャケだ。

彼がクッションの役割を果たすために受け止めてくれたのである。

しかし勢いは止まらずに、そのまま二人して壁へと迫っていく。そこへ今度は急激にブレーキがかかり、あっという間に勢いが止まった。

一体どういうことかと思い確認してみると……。

「ぷぅ、ご無事なのです？」

チャケの背中には、いつの間にかソルがいて、どうやらコイツが受け止めてくれたようだ。

「た、助かったぜ……ソル」

ソルは短く頷《うなず》くと、再び赤いジャイアントオーガのもとへと飛んでいった。

戦闘中にもかかわらず、俺にも気を配っているとはさすがとしか言いようがない。

「……チャケもあんがとな」

「いえ、結局俺一人じゃ何もできなかったみてえなんで」

「んなことはねえよ。お前が少しでも勢いを弱めてくれたから、ソルが間に合ったんじゃねえのか？　だからサンキュ」

「才斗さん……！　それより才斗さん、アイツに勝てるんですか？」

「……どうだろうな」

　勝てる、と大口を叩きたいところだが、全力の《崩波》でも倒せないところを見ると、なかなかに絶望的である。

　たださすがに無傷というわけでもなさそうで、青いジャイアントオーガも頭を振って身動きを止めている。ダメージは確実に与えている様子だ。軽い脳震盪《のうしんとう》くらいかもしれないが。

　倒すには明らかに威力が足りない。ソルもまだ赤いジャイアントオーガを仕留め切れていない。これはどうしたものか……。


「――――これはなかなか愉快なことになってんじゃねえかぁ」


　そこへ響いた一つの声。俺が思わず顔を向けたそこには――。

「――流堂」

　相変わらずの不敵な笑みを浮かべる奴が立っていた。

「お前、一人なのか？」

「どうだろうなぁ」

「……いや、あの厄介《やっかい》そうなスキンヘッドを、虎門が押さえてくれるだけでもありがてえか」

確か黒伏といったはずだ。何でも総合格闘技の元世界チャンピオンという話らしい。格闘技はあまり興味ないので知らなかったが。

「クク、そう心配しなくても、あの刀使いを始末して、すぐに黒伏はここへ来るぜ」

「……それはどうかかな？　虎門を舐《な》めてると痛い目を見るぞ。アイツの強さは個人で計れるもんじゃねえしな」

「？　……何が言いてえか分からねえが、黒伏は倒せねえさ。アイツは正真正銘《しょうしんしょうめい》のバケモノだからな」

バケモノ……だと？

「俺の直属のボディーガードだぜ？　その力は言うなれば超人さ」

「超人……？」

バケモノやら超人やら、一つに統一してほしいが、コイツが何かに喩《たと》えたりするのは昔からなので、ツッコんでも仕方がない。

「アイツの武力は人を殺すためにある。そう俺が鍛え上げてきたからなぁ」

「お前が？」

「ククク、別に何てことはねえ。いろいろあって表舞台から姿を消した黒伏を、俺がクソッたれな富裕層どもが蠢《うごめ》く闇世界の地下格闘技界に誘っただけ。そこで奴は当時チャンピオンだった男を一瞬でぶち殺し、引退するまでずっと無敗のチャンピオンの座にいた。挑戦者を軒並《のきな》み……ぶっ殺してなぁ」

どうやら俺が考えていた以上に黒伏という人物はヤバイ奴らしい。しかしそんな話を聞いてもなお、虎門が負ける姿が思い浮かばない。何せアイツには文字通り人を超えた存在――モンスターが護衛についているのだから。

「あの黒伏に勝てる人間なんてのはいねえさ。真正面からやり合えば、俺やお前だって勝てねえ。それほどの人材だぜ」

コイツがそれほどまでに他人を評価するとは珍しい。ということは武力のみにおいてだが、絶大な信頼を黒伏に寄せているのだろう。

「しかし……だ」

それまで優越感を含ませていた笑みを収め、流堂がその視線をソルへと向けて険しい顔をする。

「あの小せえのは何だぁ？　情報にはなかったが……ずっとお前と一緒に行動してやがったな、崩原ぁ？」

何故それを……と思ったが。

「まさかお前、ゾンビに監視を？」

「当然だろぉ。下手《へた》にお前にぶっ殺されちまうと、せっかくの監視カメラ要員が消えるじゃねえか。だから予《あらかじ》め隠れてお前の動向を探るようにゾンビどもには指示を出していた」

なるほど。だからゾンビが見当たらなかったのだ。もし出てくれれば、視界を共有することができるゾンビを俺らが放置するわけがないと分かっていたから。

どこまでいっても用意周到な奴だ。本当に昔から頭がよく回る。

「だが気になるのはあのフクロウとはここで合流してた。……どういうことだぁ？　あの強さ……ありゃあモンスターだろぉ？　何故モンスターがお前と行動をともに……！　そうか、あの女の仕業《しわざ》かぁ？」

一瞬で真実に辿り着く優れた推察力も舌を巻くばかりである。

「一体あの女は何者だぁ？　何度も調査したが、一向に素性《すじょう》が分からなかった」

笑みを崩し、ソルを見つめながら不愉快そうに眉《まゆ》をひそめている。

コイツにとってすべては予定調和であり、掌《てのひら》の上の出来事。相手を常にコントロールし、絶対的な勝利を得てきた。それは事前にあらゆる情報を手にし、どんなことが起きても対処できるようにしているからだ。

だからコイツは戦う前から自分が勝つことを分かっている。いや、勝てなければ戦わないのだ。会った当初から、俺がコイツと戦略性のある戦いをして勝った試しがない。

戦略もない、単純なステゴロならば俺の方が強いが、それは子供の時で、成長してからは無作為にケンカを売ってくることはなかった。そう考えれば、俺が完膚《かんぷ》なきまでにコイツに勝ったといえば、巴との恋人争いくらいだろうか。

そんな深謀遠慮《しんぼうえんりよ》をめぐらす流堂にとって、唯一の不安要素があるとするなら虎門たちだろう。俺がギリギリまで虎門を仲間にしようとしなかったのもこのためだ。

虎門の噂《うわさ》を聞き、コイツならと当てにしてから、自分一人でいろいろ虎門について調べた。仲間を頼らずチャケにも言わずにだ。

ギリギリまで誰にも漏《も》らさず、そしてタイムリミットが迫りつつある時期を狙って、勧誘を仕掛けたのである。鳥本《とりもと》を捕まえられたのは運だったが、アイツのお蔭《かげ》で交渉はスムーズにいった。

これで流堂が虎門を調査する時間を、できる限り短くすることに成功したのだ。

「モンスターを使役できるってことか？　あの女……まさかスキル持ちかぁ？」

ソルから俺へと視線を戻す流堂に、俺は「さあな」と憮然《ぶぜん》とした態度で応じた。

「ちっ……まあいい。あのフクロウならともかく、多少強い程度の人間が黒伏に勝てるわけがねえからな。それに見たところ、あのフクロウが俺に直接牙を剝《む》くようなことはなさそうだ。あの強さだ。俺を殺すなら事前に殺せたはずだしなぁ」

どこまでも見透かしてくる奴だ。その通り過ぎて反論できない。

「クソ甘えお前のことだぁ。俺を殺すのは自分の役目だから手を出すなとでも言ってんだろ、あの女によぉ」

「……だったら何だ？」

「いいや、ただの現状確認だよ。……相変わらず反吐《へど》が出るほど真面目《まじめ》でクソッたれなようで安心したって話だぁ」

「…………」

「んなことより、その背中の悪一文字。それはあれかぁ？　悲劇の主人公気取りか、おい？」

「…………俺の覚悟だ」

「クハッ！　覚悟ぉ？　覚悟ときたか！　クハハッハッハッハ！　笑わせんじゃねえよ、崩原ぁ！　お前みてえな奴に悪が背負えるわけがねえだろうがぁ」

バカにするような笑いとともに、流堂は続ける。

「欲しいものも守れず、ぬくぬくと家族ごっこの集団を作っては大した活動もしない。そんなものが悪であるはずがねえだろうがぁ！　お前は本物の悪ってのが分かってねぇ！」

「……まるで自分がそうだって言いてえみてえだな」

「ククク、悪かぁ。まあ……そうだなぁ。正義か悪かどちらかで言や、俺は間違いなく悪側だわな。けどな……俺はいつかこういう時代が来ると思ってたんだぜぇ？　力こそが正義じゃなく、悪人こそが自由を摑《つか》めるそんな時代がよぉ。あ～まったく、良い時代になったもんだよな、崩原ぁ」

確かにコイツにとっては、こんな崩れた世の中の方が過ごしやすいのだろう。無法地帯となった場所では、暴力こそがものを言う。

悪そのもののようなコイツは、言うなれば時代に選ばれた存在なのかもな。

「……お前の言ってることは正しいかもしれねえ。でもよぉ……」

「あぁ？」

「……俺は今日、ケジメをつけにきたんだ」

「はぁ？　ケジメェ？」

「お前をそんなふうに変えちまったのは俺のせいだ。お前……今まで何人殺してきやがった？」

「さあ……数えたことなんてねえよ」

コイツと決着をつける際に、当然いろいろ調べた。ヤクザやマフィアとの繋《つな》がりも見つかり、流堂によって多くの人間が死に追いやられていたのである。

中には何の罪もない子供まで手にかけていた。女は犯し、奴隷《どれい》のように扱い、金と暴力が渦《うず》巻《ま》く世界でコイツは自由気ままに生きてきた。

昔は巴や俺に縋《すが》る純真無垢《じゅんしんむく》な子供だったのに……。

きっとコイツは何もかも信じられなくなったのだ。唯一信じていた俺と巴。

そんな巴は俺のせいで死に、俺は流堂との約束を守れなかった。

すべてに絶望したコイツは、闇の世界に身を投じることで、俺たちとの日々をなかったものにしたかったのではないだろうか。

流堂をどうしようもないクズに堕《お》としてしまったのは、他でもない俺だ。

コイツのせいで死んでしまった命は、俺が殺したようなものである。

だからコイツが悪ならば、俺もまた悪。故にこの一文字を背に刻んだのだ。

「……何度も言うぞ。今日ここで、俺はお前を殺す。殺してやるぞ、流堂」

「クハ……甘っちょろいお前にそれができるのかぁ?」

しかし俺たちの戦いを始めるには、当面の問題が生じている。

それは、もちろんジャイアントオーガたちだ。コイツらをまず何とかしなければ、コアの破壊がどうとか言ってられない。

だがその時、ソルと戦っていた赤いジャイアントオーガが、片膝と手をついて今にも倒れそうになっていた。ソルも大分疲弊《ひへい》している様子だが、赤いジャイアントオーガも全身が傷だらけで満身創痍《まんしんそうい》だったのである。

やっぱソルの奴、大したもんだぜ!

同じBランクだが、ソルの方が一枚上手だったということだ。

ソルが赤いジャイアントオーガにトドメを刺すのは間もなくだろう。そのあとは、皆で青いジャイアントオーガを集中攻撃すれば何とかなりそうである。

そしてソルが最後の突撃を赤いジャイアントオーガに向かってしようとした、その時だ。

突如奥にある巨大な扉が、何の前触れもなく開き始めたのである。

一瞬、どういうことか分からずキョトンとする俺たち。あの流堂でさえ、怪訝《けげん》な表情を浮かべ扉の方を睨《にら》みつけていた。

まだ俺たちは門番であるジャイアントオーガたちを倒していない。こういう場合は、倒すことが鍵《かぎ》で、そうすることで扉が開くようなシステムだと勝手に思っていた。

地響きのような重低音とともに、ゆっくりと扉が開き、俺たちは息を呑み、成り行きを見守る。

両開きの扉が開く。その奥に見えたのは煌《きら》びやかな台座だった。

まるで美術品でも飾っているかのような荘厳な台の上には、卵のような形をした真っ赤なクリスタルが浮かんでいる。

「あれは……コア？」

俺の呟《つぶや》きを聞くと同時に、凶悪な笑みを浮かべた流堂が、弾かれたようにコアに向かって走り出した。

「マズイ！　奴にくれてやるわけにはいかねえ！」

俺もまた流堂のあとを追って走り出す。

――だが次の瞬間、フワリとコアが浮かび上がり、こちらに向かって飛んできたのだ。思わず俺と流堂は足を止め、想定外の状況に困惑する。

そのままコアは高々と浮上したと思ったら、今度は鈍い輝きを見せると同時に、触手のようなものを伸ばしてきた。

俺たちにではない。二体のジャイアントオーガに、である。

回避する様子もなく、ジャイアントオーガが触手に搦《から》め捕られると、そのまま持ち上げられコアのほうへ引き寄せられていく。

二体のジャイアントオーガがコアに同時に触れた直後、目を覆《おお》わずにはいられないような発光現象が周囲を包み込む。そして眩《まばゆ》い光の最中、コアは徐々に変質していき、光が収束したのち、驚愕《きょうがく》すべき光景を映し出した。

――ドガァァァァッ！

まるで隕石が降ってきたかのような衝撃で、ソレは地上に降り立った。

全身を漆黒《しっこく》に染め、紅蓮《ぐれん》の瞳と紺碧《こんぺき》の瞳を持った生物。体長十メートルはあろうかというその巨体は、鋼《はがね》のような光沢と重厚感を持っている。

頭部には自動車でも軽く串刺しにできるような巨大な角《つの》が一本生え、屋久杉《やくすぎ》のような腕の先には、それぞれ赤と青の金棒が握られていた。

突如現れた新しいモンスターに対し、俺たちは言葉もなく立ち尽くすだけ。それほどまでに奴の存在感を受け、まるで蛇に睨まれた蛙《かえる》状態になっていたのだ。

「ブラック……オーガ？　……！　そこから離れるですよっ、崩原さんっ！」

そんな中、誰よりも先に声を発したのはソルだった。

そのお蔭で正気に戻り、俺は声に従って距離を取ろうとする。

「――ワグラァァァァァァァァッ！」

「っつぁぁあっ、痛ってぇぇぇぇっ！」

思わず耳を押さえてしまうほどの咆哮《ほうこう》が、ブラックオーガとやらから発せられた。その音の衝撃は凄《すさ》まじく、大地や壁に亀裂が走るほど。

刹那《せつな》、ブラックオーガが金棒を振り被《かぶ》り、力任せに大地へと叩き落とした。

そこにミサイルでも落ちたかのような爆発とともに、物凄《ものすご》い風圧が俺たちを襲う。そのせいで俺の身体は簡単にその場から噴き飛ばされるが、またもソルが背後について受け止めてくれた。

「っ……ソルか、ありがとな」

「気にしないでいいのです。あなたを守ることがご主人からの命なので」

「そっか……！　流堂は!?」

アイツは一体どうしたのかと思い見回してみると、奴は地面に開いた大きな穴に潜り込んでいた。

穴？　一体どうやってあんな穴を作り出しやがったんだ……？

あれもまたアイツの能力なのだろうか。とすれば、まだまだ奴の力については未知数のようだ。しかし今は流堂よりも、突如誕生した謎の怪物のことである。

「にしてもあの黒いのは一体……」

「あれはブラックオーガと呼ばれるAランクのモンスターなのです」

「Aランク……！」

つまりここにいるソルよりもランクが上ということ。

虎門に聞いたが、ワンランク違うだけでその実力の差はとてつもないという。

特に高ランクの差は激しく、それこそ天と地の開きがあると教えられた。

「やっぱ……強えんだろうな」

「強いなんてもんじゃないのです。かつてブラックオーガがたった一体で一国を潰したという話があるほどなのですから」

「一国を？　……はは、とんでもねえな、そりゃ」

それこそがAランクの強さ。たった一体で一つの国を滅ぼせる力を持つ。まさに兵器そのものである。

「けど何でいきなり現れたんだ？　何かコアみてえなヤツに吸い込まれたみてえだったが」

「ソルもよく分かりませんです。ただあのコアの力によって、二体のジャイアントオーガが融《ゆう》合《ごう》したように見えましたです」

確かに俺にもそう見えた。だがコアにそのような力があるなんて、今まで見たことも聞いたこともなかった。

赤いジャイアントオーガが、ソルに倒されようとした瞬間、まるでコアがジャイアントオーガを守るために、自分の意思で動き出したように見えた。

……コアには意識があるってことなのか？

そして攻略されることを望んでいない。だからこそ敵である俺らを排除するために、ジャイアントオーガに融合させ守ろうとしている？

「だとしたら、まったくもって厄介《やっかい》なことだよな」

まさかこんな現象まで起きるとは、ダンジョンというのは本当に何が起こるか分かったものではない。ソルも知らなかったとすると、虎門もこの状況は想定外のはず。

さて、どうしたものか……。

さすがにあんな怪物相手に立ち回れるほどの力は俺にはない。かといって……。

「ソル、アイツと戦って勝てるか？」

「……悔《くや》しいですが、今のソルでは単独討伐《とうばつ》は無理そうなのです」

十分過ぎるほどの強さを持つソルでも無理となると、俺なんてもっと厳しい。

となれば、俺と同等の力しか持たないはずの流堂だって同じだろうが……。

「ククク……ハーッハッハッハッハッハ！　いい！　いいぜぇ！　お前だ！　お前に決めよう！」

いつの間にか穴から這い出た流堂は、異常なまでの高笑いをしながら、ブラックオーガを見つめていた。

「さあ手駒《てごま》ども！　俺の役に立つが良い！」

その言葉に呼応するかのように、流堂の周りの地面がボコボコッと盛り上がり、そこからゾンビ化した人間たちが出てきた。

「っ⁉　アイツらまで……！」

昨日まで、傍にいたはずの連中が、変わり果てた姿でそこに大勢立っていた。

裏切られたといっても、やはり仲間だった連中のこんな姿は見たくなかった。

するとゾンビと化した連中が流堂の指示を受けて、次々とブラックオーガへと向かっていく。

当然ブラックオーガもジッとはしておらず、手に持っている金棒を振り回し、迎撃し始める。

金棒が振られる度《たび》に、ゾンビが一撃のもと砕《くだ》かれていく。

思わず目を逸《そ》らしてしまいたくなる光景だ。グチャグチャになったゾンビが、徐々に元の状態に再生し、また襲い掛かっていくのだ。

まさに不死身の軍団を流堂はその手にしている。

これが流堂が自信満々だった理由だろう。死んでも死なない、倒すこともできないゾンビを使役する力を持っているからこそ、俺に負けないという絶対の自信があるのだ。

「どんな怪物でも体力の底はある。動き続ければ疲弊し、いずれ隙《すき》を生む。俺は高みからその状態を見極め、最後の一手を打つだけだ。さあ……踊ってもらうぜ、俺の掌《てのひら》でなぁ」

どんどん集まってくるゾンビたちの群れ。その全員がブラックオーガへと津波のように迫っていく。

ブラックオーガはその度に攻撃し、急襲をものともしていないが、四方八方からわらわら湧き出てくるゾンビたち全員に対処できるはずもなく、次第に組みつかれてしまう。

ただゾンビ程度の攻撃は知れたもので、嚙《か》みつかれようが殴《なぐ》られようが大したダメージにはなっていない。しかしよく見ると、ゾンビに嚙まれた部位が腐食しているようだった。

「個人で勝てずとも、数の暴力で押し切れば突破口は開く。ただ暴力を振り回すことしかできねえモンスターが、この俺の知略に勝てると思わねえことだぁ」

これが数の力。軍としての強さなのだろうか。

徐々に、本当に徐々にではあるが、少しずつゾンビたちの攻撃によってブラックオーガにダメージが蓄積していっているように見える。

事実、腐食している部分も増えているから目に見えても理解できた。

もしあのゾンビたちのすべてを俺らに向けられたらと思うとゾッとする。殴っても蹴《け》っても死なずに永遠に襲い掛かってくる存在だ。対してこっちは嚙まれたら終わりだろう。

最初は遠ざけられていても、流堂の言うようにいずれは体力が尽き、殺される。何て恐ろしい戦略だろうか。

「本当にこのままブラックオーガが倒されちまうんじゃ……」

これは由々《ゆゆ》しき事態だ。それだとイコール、俺の敗北が決定してしまうからだ。

コアと融合したということは、あのブラックオーガこそがコアモンスターという存在。奴を倒すことでダンジョンを攻略することができるのだ。

今のままだとそれを流堂に先を越されてしまう。

しかしそこへソルが怪訝《けげん》な表情を浮かべながら、口を開く。

「そうなのでしょうか？」

「……ソル？」

「確かにあの男の戦略は大したものなのです。生半可なモンスターだと十分に通じるものでしょう。しかし相手はAランク……理外にある怪物なのですよ？」

その言葉を証明するかのように、次の瞬間、驚くべきことが起きた。

突然、ブラックオーガの身体《からだ》から炎のようなものが噴出したのである。しかしその炎は、その身体と同じく漆黒《しっこく》に彩られていた。

黒炎に触れたゾンビたちが、次々と刹那的に跡形もなく燃え尽きていく。

「！　何だと……っ!?」

さすがの流堂も愕然《がくぜん》と声を上げた。

「……ブラックフレイム」

「ブラックフレイム？　そりゃ何だ、ソル？」

「その名の通り、ブラックオーガが操る黒い炎のことなのです。その炎に触れたものは、すべてが一瞬のうちに焼却されてしまうと聞くです」

「さすがのゾンビも一片の欠片《かけら》もなく消滅させられたら再生はできねえってことか」

意外な弱点ではあるが、そもそも一瞬でゾンビを消滅させられる能力が凄《すご》い。

これがAランクが持つ理外の力というわけなのだろう。

「クソッたれがっ！　せっかくコレを使える相手を見つけたというのにぃ！」

悔しそうに身体を震わせる流堂を見ると、その右手には何かが握られていた。

それは楕円形《だえんけい》であり、よく見れば巨大な種のようにも思える。

不気味なオーラを醸《かも》し出す青紫色の塊《かたまり》。一体それが何なのかは分からない。

ただろくでもない代物《しろもの》だということだけは直感した。

「流堂！　その手に持ってるもんは何だ！」

ここは正直に聞いてみることにした。話してくれるか分からないが、ダメで元々というやつである。

だが流堂は不貞腐《ふてくさ》れたような表情のまま、予想外にも説明をしてくれた。

「聞いて驚け、ボンクラどもぉ。コイツこそが俺のスキルである《腐道》の奥の手──《腐怪《ふかい》の種》」

「ふかい……の種?」

「クク、今はたった一つしかねえが、これで十分。コイツさえあれば、どんなモンスターでも思うがままにゾンビ化させて俺の手駒にすることができる」

「何だとっ⁉」

もしそんなことになれば、あの凶悪な怪物が流堂の武器になってしまう。そうなれば益々《ますます》勝ち目がなくなる。というよりあの暴力を流堂が手に入れたら、この世が地獄になりかねない。

それだけは絶対に阻止するべきことだ。

「なら、まずはお前からそれを奪うまでだ!」

俺は駆け出し、ブラックオーガよりもまず先に流堂を倒すことにした。

しかし流堂を守るように、ゾンビが出現し行く手を阻《はば》んでくる。

「お、お前ら……!」

しかもそいつらはかつての仲間だった奴らだ。

「ククク、どうぞ元仲間をぶち殺せるならなぁ?」

相変わらずやり方がえぐい奴である。だがその時、ゾンビたちの顔が噴き飛ぶ。

「──ソルには関係ないのです!」

ソルだった。確かに彼女にしてみれば、初対面でありただの敵でしかない。

ありがたいとは言い辛《づら》いが、それでも道は開けた。

「流堂ぉぉぉっ！」

「ちぃっ、来るなら気やがれぇ！」

俺が奴に向かって右拳を突き出すと、奴もまた同じように拳を突き出してきた。

――拳同士が衝突し、周囲に衝撃波が広がる。

「くっ……互角か！」

「いつまでもお前だけがケンカが強えなんて思うんじゃねえぞ、崩原ぁ！」

単純な力なら俺の方が強かったが、コイツもまた鍛え続けていたらしい。

「それに、だ。俺にはこの力がある――」

奴の拳が触れている部分に、突如激痛が走り、反射的に身を引いてしまった。

何事かと思い拳を見てみると、触れていた部分が焼け爛《ただ》れていた。

「クハハ！　今までと同じように俺に触れられると思うなよ、崩原ぁ。俺は――『腐食の王』だからなぁ」

人をゾンビ化させるだけではなく、触れた部分をも腐食させることができるスキル。これが奴の力。

ったく、とんでもねえ力をコイツに持たせやがって。

もし神が与えたっていうなら、その神をぶっ飛ばしてやりたいところだ。

「才斗さん！　後ろっ！」

不意にチャケの声がしたと思ったら、後ろからゾンビが迫ってきていた。

俺は舌打ちをしつつ飛び退きながら、《空波》を放ってゾンビをぶっ飛ばす。

「クク、その衝撃波を操るスキル。かなり強力だが、下手《へた》に近づかなければどうということはねぇ。さっきはフクロウのせいで不意を衝《つ》かれちまったがなぁ」

今度はそうはいかないとばかりに、自分の周りに大量のゾンビで壁を作り始める。

「本来ならこの立場はお前のものになるはずだったよなぁ？」

「……？」

「群れるのが好きなお前だ。仲間とともに俺一人に立ち向かう。まるで物語の主人公みたいになぁ。けどこの状況を見ろ。この俺には数の力があり、お前はたった一人でそこに立っている。どんな気分だぁ？　仲間を奪われ、傭兵《ようへい》のような奴しか頼ることができない気持ちってのは」

優越感を含めた笑みをこちらに向けてくる。

「……お前のやり口はもう分かってる」

「あん？」

「そうやって俺から何もかも奪い、俺の心を折るつもりなんだろ？」

「…………」

「けど残念だったな。俺にはまだチャケが傍にいてくれるし、虎門も信頼できる奴だ。俺は……一人じゃねえ」

「…………ああ、そうかよ」

それでも奴は俺の返答を想定していたように驚きを見せることはない。それどころか笑みが深くなったようにさえ思えた。

「本当に…………本当に虎門シイナはお前の味方か？」

「……は？」

いきなり何を言い始めやがったんだ、コイツは？

「分かってねえな、崩原ぁ。俺が不安要素をそのままにしておくとでも思ってたのかぁ？」

「…………！　ま……まさか……！」

嫌な考えが脳裏《のうり》を過《よぎ》る。そんなわけがないと思いつつも、コイツならあり得るかもしれないという思考が払拭《ふっしょく》できない。

「ククク、そうだ。虎門シイナは、最初からこの俺が用意した手駒《てごま》だ」

「!?　ち、違う！　そんなわけがねえ！」

「信じたい気持ちは分かるがな。奴はしょせん報酬《ほうしゅう》で動く人間だ。よりメリットのある話を与えれば、容易にこちら側に引き込むことだってできる」

「だ、だが……！」

「思い出してみろ。お前は仲間だった連中に裏切られてんだぜ？　なのに何故、傭兵が裏切らないと言える？」

「そ、それは……」

それを言われてしまえば言葉に詰まってしまう。

俺は虎門と直に接触し、彼女なら信頼できると踏んだ。しかし確かにそれは仲間たちも同じだ。実際に会って話し、そしてコイツらならと仲間にしたのである。

しかし結果的に俺の元を離れていってしまった。

「そ、そうだ！　ソル！　ソルに確かめれば！」

「無駄だ。フクロウには予《あらかじ》め俺に何を言われても敵対する態度を取るように、虎門に命令してある。さっきのゾンビの頭を破壊するのはさすがにやり過ぎだったがなぁ。まあしょうがねえ。しょせんはモンスターだ。人間の思うように動くわけがねえ」

「くっ……ソル！　虎門は裏切ってねえ！　そうだよな！」

空に浮かび、静かにこちらを見下ろしているソルに向かって尋ねる。

「ソルがここで何を言ったところで証明できるものはありませんです。結局は人間であるあなたが判断すべきことなのですよ」

それはそうかもしれないが、できれば流堂の話をしっかり否定してほしかった。

ざわざわと、胸の奥に靄《もや》のようなものが溢《あふ》れてくる。

信じたいという気持ちが、その靄によって覆《おお》い隠されていくようだ。

「ククク、だから言ったろ？　お前は一人だってよぉ」

「……!?　俺は……俺は一人じゃねえ！　俺にはまだ信頼できる仲間がここにいる！」

そうだ。たとえ虎門が本当に向こう側だったとしても、俺にはまだ昔からつるんできた大事な相棒が傍にいる。

「………チャケ」

俺じゃない。彼の名前を呼んだのは——流堂だった。

何故ここでチャケの名をコイツが呼んだのか……。

次の瞬間、愕然《がくぜん》とするべき光景を目にすることになった。

「——はい」

居住まいを正したチャケが、どういうわけか無機質な声で返事をし、あろうことかゆっくりと流堂の方へ歩いていく。

嘘だ……嘘だ嘘だ嘘だ嘘だ嘘だ嘘だっ！

チャケを背後に控えさせた流堂は、ニヤリと悪魔のような表情を浮かべて言う。

「これが——真実だ」

心臓に楔《くさび》を打ち込まれたような衝撃と痛みが走る。

認めたくない現実が、幻痛となって襲ってきたのだ。

「チャ……チャケ？　う、嘘……だよな？　違うよな？　お前は……俺の……」

「……すみません、才斗さん」

その言葉を聞いた直後、俺の中で何かがキレてしまった。

「流堂ぉぉぉぉぉぉぉっ！　てめぇぇっ、チャケに何しやがったぁぁぁっ！」

「クハハハハハ！　いい、いいぜ！　いいぜ、その顔！　その顔が見たかったぁ！」

「答えやがれ、流堂ぉおっ！」

頭の中が沸騰《ふっとう》している。怒りに塗《まみ》れ、敵意が圧倒的な殺意へと変わっていくのが分かった。

チャケが望んで裏切るわけがない。いや、他の仲間たちだってそうだ。

この男が卑怯《ひきょう》な手を駆使し、彼らの自由を奪っているに過ぎないのだから。

俺の親友まで……その手にかけて。だからもう我慢できなかった。

「死ねぇぇぇっ、《空波《くうは》》ぁぁぁっ！」

全力で衝撃波を放つ。だが流堂を庇《かば》うようにチャケが奴の前に立った。

当然衝撃波はそのままチャケに向かって突き進む。

「――マズイッ！」

俺は咄嗟《とっさ》に突き出した右手を上空へ上げる。すると衝撃波もまたクイッと方向転換して上方へ飛んでいった。

「ほぉ、衝撃波をある程度コントロールもできるみてぇだな。良かったな、崩原ぁ。大事な友人をその手にかけなくて」

やられた。今の技はまだ流堂にバレていない手だった。隙《すき》を見て奴にぶつけてやろうと思っていたのに。

「チャケ……お前……！」

「すみません、才斗さん。俺は……この人を守らねえといけないんです」

「何でだよ……何でそんな奴を……！」

「……ある人を………守るためです」

「ある人……？」

一体誰のことを言っているのか、一瞬分からなかった。

だがそこへ流堂が揚々《ようよう》とこちらの疑問に答えてくれる。

「チャケェ、正直に言ってやれよ。愛する彼女が人質に取られてますってよぉ」

「!?　……な、何だと……てめえ流堂、お前どこまで……！」

やはりそうだった。何もなくチャケが俺を裏切るわけがない。何かしらの理由があるのは確実だった。どうやら流堂は、最近できたというチャケの彼女を盾にしていたようだ。

「俺は……彼女を失いたくないんです。……本当に、心から愛してるからっ！」

悲痛な心からの叫び。それだけでチャケが彼女に対し、どれだけの想いを持っているかが伝わってくる。

「だから……だから…………すみまっ……せん……！」

ボロボロと涙を流すチャケ。俺と彼女の板挟みになりながらも、結果的にチャケは彼女を取ることを選んだ。そんな彼を見て怒りは湧いてこなかった。

それどころか俺は、どこかホッとする気持ちに包まれていた。

「……はは、んだよ、チャケ。男じゃねえか」

「!?　才斗……さん？」

「そう……だよな。男なら……好きな女のために動くべきだ」

かつて俺はそれができなかった。咄嗟のこととはいえ、アイツを……巴を守ることができなかったのだ。

「チャケ、お前はそれでいい。それが……正しい」

「才斗さんっ……！」

「はーいはいはい。感動的なシーンに悪いが、状況は何一つ良くなってねえぞ、崩原ぁ？」

相変わらず空気をぶち壊すのが得意らしい。

「これでお前は正真正銘《しょうしんしょうめい》たった一人。どうだ？　すべてを奪われた気分は？　崩原才斗さんよぉ。クハハハハハハ！」

どんな手段だろうが、確かに俺はコイツの掌《てのひら》で踊っていただけの男だ。結果的に見れば、誰一人として俺の傍にいなくなった。

孤独――今の俺は、まさにその言葉がふさわしい存在だろう。本当に悔《くや》しい。大切なものを次々と奪っていく流堂が許せない。許せるわけがない。

「流堂ぉ……」

「クク、これがあの時、俺が味わった屈辱《くつじょく》だぁ」

あの時……俺がコイツの約束を守れなかった時だろう。流堂にとって仲間といえる者は、俺と巴くらいだった。

巴を失い、信頼していた俺のミスで、コイツは心の支えだった存在を一気に失ったのだ。今の俺のように、残酷《ざんこく》な孤独を味わうことになった。

俺が……コイツをこんなふうにしてしまったのである。

「ここで一つ提案だ、崩原ぁ」

「提案……？」

「ああ。ここで負けを認め、俺に生涯《しょうがい》忠誠を誓え。そうすれば……コイツは解放してやる。もちろんコイツの女もなぁ」

「チャケを……」

「二度とコイツに関わらないという約束だってしてやる。さあどうする？　もしこの提案を呑《の》まねえんなら、コイツと女の人生は永遠に俺の手の中だぁ」

……決まっている。

俺は振り上げた拳をスッと力なく下げた。

「才斗さん……?」

不安そうにチャケが俺の名を呼ぶ。

そんな顔するなよ、チャケ。安心しろ。お前だけは……お前の人生だけは守るからよぉ。

それが、たった一人で少年刑務所に入った俺を待ち続け、今まで支えてくれたお前への恩返しだから。

「…………分かった。俺はお前に服従――」

その時、俺と流堂の間の地面に、グサッと何かが突き刺さった。

それは見覚えのある一振りの刀。


「――――やれやれ。仲間を想うあなたの気持ちは立派だけれど、少々考えなし過ぎるわよ」


カツ、カツ、カツと一歩、また一歩とこちらに近づいてくる人物がいた。

歩く度《たび》に煌《きら》びやかな袴《はかま》を揺らせ、凛《りん》とした佇《たたず》まいでその場に現れる。

「待たせたわね、崩原さん」

「――虎門っ!?」

袴姿の刀使い――虎門シイナの登場だった。

第五章 ざまぁみろ

"SHOPSKILL" sae areba Dungeon ka sita sekaidemo rakusyou da

ソルから何が起きていたのかを逐一《ちくいち》聞いていた。

それでここに辿《たど》り着いた際、ユニークな状況になっていたので、しばらく耳を澄まして崩原《ほうばら》と流堂《るどう》の会話を聞いていたのである。

最初は強気だった崩原だったが、チャケまで奪われてしまい本当の孤独になってしまったと思い、チャケの解放という条件を呑むことで流堂に服従を誓おうとしていた。さすがにそれはちょっと待て、である。

それは崩原の敗北を意味し、せっかくの金ヅルを失うことになってしまう。ここ数日の準備や報酬《ほうしゅう》を当てにした未来予想図が崩れてしまうではないか。

だから黙っていられずに、彼らの前に姿を見せた。

「お、お前……一人……なのか？　黒伏《くろぶし》って奴と、他の奴らは？」

「何を言っているのかしらね。私がここに来たということは、彼らという障害を乗り越えてきたことに他ならないと思うけれど？」

「いや……でも……」

崩原がチラリと流堂の方を見やる。流堂はまるでタイミングが悪いんだよ、と言わんばかりの目で俺を睨《にら》んでいた。

流堂が口八丁《くちはっちょう》で、崩原の心を揺さぶっていたことも知っている。だから崩原は、俺が流堂の手先だと疑っているのだろう。

ここには黒伏たちとともに姿を見せ、ともに自分を倒しにやってくると勘違いしているのだ。単純バカな奴である。だとするならわざわざこんな危険な場所でネタバレをする必要なんてない。

校舎の入口で会った時にでもバラして、崩原を四面楚歌《しめんそか》に陥《おちい》らせたら良い。しかしそれができなかった。何故ならあの場でバラしても、俺は普通に流堂の味方なので、孤独を味わわせることなどできなかったからだ。

だから俺をとりあえず排除し、自分の手駒《てごま》しかいない場所で崩原の心を折りにかかったというわけである。

そんなこと少し考えれば分かりそうなものだが、崩原の情の深さというか、他人に対する思い入れが強過ぎるからこその失態であろう。

「私があなたを裏切ったとでも思っているのかしら。くだらないわね。もしそうならソルを使ってあなたを助けるわけがないでしょう？」

「!?　……そう、だな」

ようやく理解できたようでホッとした表情を浮かべる崩原。

俺はそのままブラックオーガとやらを観察する。

いまだにゾンビどもと格闘中ではあるが、明らかにゾンビの分が悪い。あの黒炎はとてつもなく厄介《やっかい》な特性を持っているらしい。

それにあの存在感は、さすがにAランクと位置づけされるほどのものだ。俺一人なら絶対に近づきたくない相手だろう。

こいつはマジに報酬を跳ね上げさせねえとなぁ。

「——おい、女ぁ」

「ん？　……何かしらね、もう少しで崩原さんの心を折ることができたのに、無様に失敗してしまった流堂さん？」

不意に流堂が声をかけてきたので皮肉交じりに返事をしてやると、明らかに不機嫌そうに眉《まゆ》を吊り上げた。

「てめえぇ、黒伏はどうしたぁ？」

「ここに私がいることで理解できない？　だとしたらあなたのオツムも程度が知れるというものだけれど」

「ふざけんなっ！　あの黒伏が女のてめえなんかに後れを取るわけがねえだろうが！　アイツ

はルール無用、殺しありの地下格闘技界で無敗を誇ったチャンプだぞ！　この俺でさえ、スキルなしじゃ子供扱いだ！」

そうだろうな。俺だってファンタジーアイテムがなければそうだ。いや、子供というより赤子扱いくらい酷《ひど》いものに違いない。

何せＡランクのシキと真正面から戦えるほどの存在なのだから。

もし彼に《パーフェクトリング》を渡していたら、文字通り霊長類最強だし、下手《へた》をすればシキともまともに戦えたかもしれない。

「なら何故ここには来ないの？　もしかして……見捨てられたのかしらね？」

「んなわけがねえだろうが！　アイツがこの俺から離れられるわけがねえ！　表の世界において、殺人鬼扱いされチャンプの座から降りざるを得なかった。それまでともにいた連中が全部離れていき、天涯孤独になったアイツに地下格闘技界っていう居場所を与えてやったのは、この俺だぞ！」

……なるほど。これで黒伏が何故こんな奴の傍にいるのかがハッキリした。

彼も心から望んで、コイツの非道を認めているわけじゃなかっただろう。だがすべてに裏切られ、表の世界から追いやられた黒伏に、唯一手を差し伸べたのが流堂だった。

そして闇世界とはいえ、再びリングに上がりチャンピオンになる道筋まで用意してくれた流堂に、黒伏は恩義を感じていたのだろう。

居場所……か。

かつて俺が通っていた学校には、それがなかった。周りすべてが敵で、誰も信じられない世界だったのである。

もしその時、強引にでも俺に居場所を作ってくれた奴がいたなら、きっと俺はそいつを裏切るようなことはしなかったろう。

黒伏は実直で義理堅い性格なのは戦い方を見ても分かる。こんなクソ野郎でも、アイツにとっては大恩ある人物。だからこそコイツのために力を尽くしていた。

「ああくそっ！　どいつもこいつも役に立たねえ！　何故俺の指示通り動かねえんだ！　そうすればすべてが上手《うま》くいくってのによぉ！」

自分の思い通りに事が運ばなければ気が済まない。こういう人間はどこにでもいるようだ。

この世の中、思い通りに事が運ぶ方が珍しい。誰もが理不尽や不条理という壁にぶつかり、中には挫折《ざせつ》し心を折る者だっている。そんな逆境に負けず、自分を奮《ふる》い立たせて壁を乗り越えようとする者だっている。

人生なんてそんなものなのだ。こんなはずじゃなかったと、後悔《こうかい》しながら、二度と同じ間違いをしないように反省し、少しずつ前に進んでいく。それが生きるってことだ。

「あなたは神にでもなったつもりかしら？　誰も彼も、あなたの掌《てのひら》の上にいるとは思わないことね」

「黙れっ！　……まあいい。てめえみてえな金に汚ねえ傭兵はともかく、そいつが仲間に裏切られたのは変わりねえ。さあどうすんだ、崩原ぁ、コイツを解放しなくていいのか！」

まだチャケを盾にとって脅《おど》しにかかる流堂。

「くっ……！」

しかしそれでも崩原には選択肢《せんたくし》がないのかもしれない。唯一無二ともいえる相棒の自由がかかっているのだ。たとえここで素直に応じても、流堂が本当に約束を守るなんて保証はどこにもない。

けれどここでチャケを見捨てるような選択を、情に厚い崩原ができるわけがないのだ。俺はそんな崩原の姿を見て溜息が出る。

よくもまあ血の繋《つな》がった家族でも何でもない他人をそこまで思いやることができるものだ。自分の人生を懸《か》けてまで、何故そこまで他人の人生を守ろうとするのか理解できない。

人間は裏切る。信頼なんてするだけ無駄だし、友情も愛情も酷く薄っぺらいものだ。そんな薄っぺらいものをどうしてここまで信じることができるのか……。

「……はぁ。崩原さん、あなたの目的は何だったかしら？」

「と、虎門《とらかど》……？」

「流堂との勝負に勝つこと。それがあなたの望みだったのではなくて？」

「それは……けど……」

何ともまだ煮え切らない様子。

こうなったら仕方がない。やはり計画通りに進めるしかないようだ。

すると今まで黙っていたチャケが、一歩前に出て喋《しゃべ》り始めた。

「才斗《さいと》さん…………本当にすみません」

「チャケ……」

「俺は……俺はあんたを裏切っちまった。はは、情けねえや。今までいっぱい世話になってたのに、こんなにあっさり掌を返すなんて……男じゃねえよな」

ポツポツとチャケの両目から涙が流れ、大地を濡らしていく。

「……もしここで才斗さんが流堂の奴隷《どれい》になったり殺されたりしたら、いくら俺でも……生きていけねえよぉ」

「っ……チャケ……」

「そう……だよな。俺は……あんたに何も返せてねえ！　ずっとずっと前に、あんたは俺を助けてくれたってのに！」

「チャケ、お前いきなり何言って……」

「だから！」

「!?」

「だから…………あんたの足手纏《あしでまと》いになるのだけは……ゴメンなんだ！」

「チャケ……？」

涙ながらに笑みを浮かべたチャケが、あろうことかブラックオーガに向かって走り出した。

「ま、待て、チャケッ！」

「才斗さんっ！　俺は――俺はあんたの相棒だっ！　だからっ、今の俺ができるのはこれくらいなんだよぉぉぉおおっ！」

ゾンビどもを掻《か》い潜《くぐ》り、チャケはブラックオーガの足元まで辿《たど》り着くと、その足に向かって拳を突き出した。しかし卑小《ひしょう》な人間の攻撃など効くはずもない。

ブラックオーガがチャケを右手で掴《つか》む。そのままチャケは黒炎に包まれる。

「……才斗……さんっ……」

「チャケェエエエエッ！」

すぐに彼を助けようと駆け出す崩原だったが……。

「勝って……ください……よ……」

無情にも黒炎はチャケの身体《からだ》を一瞬で消し去ってしまった。文字通り骨も残さずに。

「あ……あぁ……っ」

その光景を見た崩原が、両膝をついて絶望した表情を浮かべる。

「うわぁぁぁぁぁぁぁぁぁあああああああっ⁉」

頭を抱え、悲痛な叫び声を上げた。

大事な相棒を目の前で失ったのだ。無理もない。

しかもチャケに聞いたところ、愛する恋人も同じように目の前で死んだ。

今、崩原を襲っている悲しみと痛みは想像を絶することだろう。加えて何もできなかった無力感に押し潰されそうになっているかもしれない。

だがその時だ――。

「クハハ……隙《すき》、見ぃーっけたぁ」

その声を発したのは間違いなく流堂だった。

近くにいた奴が、いつの間にか姿を消してどこにいたのかというと……。

アイツ、ブラックオーガの背後を……！

恐らく皆が……ブラックオーガですらチャケに意識を集中させていた隙を衝《つ》き、すかさず距離を詰めて背後を取ったのだろう。

ブラックオーガもそこで初めて流堂の存在に気づき、対処しようと振り向こうとするが、流堂はブラックオーガの背に向けて手を伸ばす。その手には小さなラグビーボールのようなものを握っていた。

ブラックオーガの身体は黒炎に覆《おお》われていて、それに触れるのは明らかな自殺行為だ。それなのに……。

「うっぐっ……あがぁぁぁぁぁぁぁっ！」

黒炎の中に手を突っ込むと、すぐに引き抜いた……が、

「ぐあぁぁぁぁぁぁっ!?」

いくら瞬間的なこととはいえ、黒炎に触れたせいで流堂の右腕が炎に呑《の》まれてしまっている。

激痛に顔を歪め、炎がそのまま腕を伝って流堂を包み込もうとした。

「や、やれぇぇぇっ！」

すると自分の傍にいた刀を持っているゾンビに指示を出し、あろうことか自分の右腕を切断させたのである。だがそのお蔭《かげ》で、炎は全身に回ることなく、切断した腕だけが焼却した。

「フーッ、フーッ、フーッ」

脂汗《あぶらあせ》が大量に噴き出しながらも、何かを達成したかのような表情を浮かべている流堂。

一体何をしたのかと疑問に思ったが、直後にブラックオーガが、大したダメージを受けてもいないのにもかかわらず、両膝をついて身動きを止めたのである。

「ご主人！　ブラックオーガの背中に何かあるです！」

ソルの声を受け、言われた通りに背中に着目する。そこには、先程流堂が持っていた物体が、ブラックオーガの背に突き刺さっていたのだ。その物体から蔓《つる》のようなものが伸び、それがブラックオーガの背にしがみつくように伸びている。

ああ、確かソルの情報だとモンスターを操ることができる種だったか？

その種が、徐々にブラックオーガの体内へと侵入していき、その度《たび》にブラックオーガの身体

が痙攣《けいれん》している。そして種が完全に姿を消したあと、ブラックオーガの身体が徐々に腐食し始めた。

「……これはまさか」

嫌な予感を覚えたが……。

「クハハハッハア！　いいぜ！　いいぜ、オイ！　コイツが手に入りゃ他には何もいらねえ！あの黒伏でさえもう俺には必要ねえぇっ！」

ゆっくりと立ち上がるブラックオーガが、先程まで自分を襲撃していたゾンビどもを連れ立って、流堂を庇《かば》うように彼の前に立つ。

やはりというべきか、ブラックオーガがゾンビ化して奴の手駒《てごま》になってしまったようだ。

「一つ聞いておくけれど、今回の勝負はあなたと崩原さん、どちらかがコアを破壊すれば終わりのはず。それではあなたもコアを破壊することはできないのではなくて？」

奴のことだから、規格外の力を持つブラックオーガを永遠に手駒に持つだろう。俺でもそうする。それほどブラックオーガの力は魅力的だろうから。

だがそうなるとダンジョンは攻略できず、勝敗がつかない結果となる。

「ククク、今更何を言ってやがる。勝負？　賭《か》け？　これは命がけの戦《いくさ》だぜ？　遊びじゃねえ。そんな勝負なんて最初からやる気はねえんだよぉ！」

「……なるほど。あなたは最初からダンジョンのラスボスを手に入れるつもりだったようね」

「へぇ、案外理解力があるな、てめえ。そうだ。コアモンスターの存在を聞いてから、何が何でも手中に収めるつもりだった。最強の手駒。これで俺は――モンスターの王だ」

腐食の王だったりモンスターの王だったり、何でこういう奴らは王という立場にこだわるのか。ハッキリ言って厨二病《ちゅうにびょう》だし、恥ずかしくねえの？

「にしてもずいぶんと無茶したみたいね」

「はんっ、なぁに、これだけの奴を手に入れるためだ。右腕一本の価値はある」

そこまで覚悟してのテイムだったというわけだ。

コイツのスキル、ちょっと反則だよな。これだけのゾンビを従えられるし、Aランクのモンスターもだ。それに触れるだけで対象物を腐食させる能力まで……。

「……あなた、その力――〝ユニークスキル〟じゃないかしら？」

「!?　……何のことだ？」

「今の反応で明らかになったわよ。なるほど。確かに強力みたいね」

「てめえ……まさか……！」

どうやら思った通り、コイツのスキルは崩原のような普通のスキルではなく、俺と同じユニークスキルだったようだ。

やっぱ俺以外でもいたか。ま、可能性としては考えてたがな。

しかしやはりユニークスキルともなると、そのスキルが持つ力が半端ない。

何でこんなどうしようもない奴に授けられたのかは定かではないが、俺の平穏のためにも、ここでコイツは始末しておいた方が良いと判断した。

コイツが生きている限り、目を付けられた俺――虎門は、恐らく一生涯流堂《いっしょうがい》という障害に悩まされるだろう。

まあその時は姿を変えればいいだけだが、この虎門も気に入っているし、ソルも見られていることだ。コイツは確実にここで殺しておく必要がある。

「どうやら女ぁ、てめえは生かしてはおけねえなぁ。さあ、こっからは一方的な虐殺《ぎゃくさつ》だぁ。精々《せいぜい》楽しんでくれや」

まずはブラックオーガを温存するのか、人間ゾンビたちをけしかけてきた。

「――ソル、時間を稼《かせ》ぎなさい！」

「はいなのです！　ぷぅぅぅぅ～！」

ソルが口から火を噴きながら縦横無尽《じゅうおうむじん》に飛び回り、ゾンビどもを一掃《いっそう》していく。

「ちぃっ、厄介《やっかい》なフクロウめ！」

これでいい。ある程度はソルで時間を費《つい》やしてもらおう。俺はその間に……。

「いつまでそうやって意気消沈しているのかしら？」

「……っ」

「そうして嘆《なげ》いていれば現状が変わるとでも思っているの？」

俺はいまだ頭を抱えたまま蹲《うずくま》っている崩原に声をかけた。

「そこであなたは立ち止まるのね。どうやら見込み違いだったようだわ。何が悪を背負うよ。その背中の悪一文字が泣いているわね」

「……何だと？」

「あなたは悪なのでしょう？　悪なら悪らしく、最後まで無様にでも足掻《あが》いてみなさい」

「虎門……」

「それにあなたに死なれたら誰が報酬《ほうしゅう》を払うの？　私がこの世で一番嫌いなのはタダ働きよ。もしここで一方的に依頼を放棄するなら、私がこの場であなたを処断するわ。きっとその方がチャケさんも……巴《ともえ》さんもそれはもう喜んでくれるでしょうね。無様に死んで会いに来てくれたって」

「っ…………………ばねえよ」

「はい？」

「巴は……チャケは……んなことで喜ばねえ！　喜ぶわけがねえだろうがっ！」

声を上げながら立ち上がり、俺をギロリと睨《にら》みつけてくる。

「俺は！　俺はまだ死ぬわけにはいかねえ！　巴のことも……チャケのことも……流堂のことだって何もできてねえのに、一人だけ楽な道を選ぶわけにはいかねえんだよっ！」

「……だったらどうするつもり？」

自分の両拳をガシッと突き合わせ、大きく深呼吸をしたのちに崩原は宣言する。

「────流堂を倒す！」

どうやら息を吹き返したようだ。

まったく、何でわざわざ俺がこんなことまで言わないといけないのか。精神的なフォローまでしろとは依頼にはなかったはずなのに。

これも報酬のためだ。我慢しよう。そして絶対に大金をせしめてやろう。

「けどどうすんだ、虎門？　あの野郎……バケモノまで仲間にしちまった」

「そうね。あなたが情けなく蹲っていた間にね」

「うぐっ……悪かったな。けどこっからはもう折れねえ！　ぜってーにアイツを倒してやる！」

「その意気で最後まで願いたいものね。──シキ」

「はっ、ここに」

俺の影の中からぬぅっと現れるシキ。

その姿を見て、「何だアイツは？」と流堂が怪訝《けげん》な表情を浮かべている。

「アレに勝てるかしら？」

「ブラックオーガ……別名『黒の巨兵』。かつて一体で一国を滅ぼした怪物ですな。確かに単純な力では向こうの方が上ですが……力だけですべてが決まるわけではありませぬ」

「……やれるのね？」

「無論。姫が望むのであれば、たとえSランクでも葬《ほうむ》りましょうぞ」

「頼もしい言葉だわ。――行きなさい。あなたの力を、この場にいるすべての者に見せつけてやりなさい」

「――承知！」

シキがその場から消えたように動き、瞬く間にゾンビを瞬殺しながら駆け寄り、ブラックオーガの懐《ふところ》へと到達する。

そのまま右腕の鎌を振り、ブラックオーガが纏《まと》っている黒炎を切り裂いた。ブラックオーガも、そんな簡単に炎の鎧《よろい》を切り裂かれるとは思っていなかったのかギョッとする。

「お主の相手を賜《たまわ》ったシキと申す者。まずはその邪魔な鎧を切り払ってみせよう」

うわぁ、もうアイツが主人公っぽいよなぁ。動きやら喋《しゃべ》りやらカッコ良いのなんのって……。

さて、あとは……。

「崩原さん、どうやらもう勝負なんてどうでもいいようだから、あのバケモノは私たちが始末をつけるわね」

「流堂が勝負を放棄しやがったからな。まあそうなるとは思ってたけど。だがあのクソ野郎だけは俺が倒すぜ」

「そのためには道を切り開く必要があるわね。その道を私たちが作ってあげる。……勝てるわね？」

「もう二度と奴には屈しねえよ！」

その揺るぎのない瞳を見て、完全に崩原才斗が復活したことを知る。これならおいそれと後れを取ることはないだろう。

「ならついてきなさい！」

「おうよ！」

「ソル！　ゾンビどもを排除！」

「はいなのですっ！」

ブラックオーガはシキが何とかする。あとはこの無駄にいるゾンビどもだ。多くはブラックオーガによって倒されたとはいっても、まだまだ数はいる。

それをソルと俺で引きつけ倒していく。その隙《すき》を衝《つ》いて崩原を、流堂のもとへと送るのが使命だ。

「――と、虎門。後ろだ危ねえ！」

不意に崩原の声が轟《とどろ》き、背後から迫ってくるゾンビに気づく。

「…………ソル」

直後、俺を中心にして竜巻が現れる。ただの竜巻ではなく、炎を纏った紅蓮《ぐれん》の渦《うず》だ。それが俺の周囲にいたゾンビたちを呑《の》み込み、燃やしながら上空へと弾き飛ばしていく。この現象を引き起こした存在はソルだ。

「す、すげえ……！　てかソル、お前のその身体《からだ》……!?」

崩原が驚くのも無理はない。今のソルの身体は、全身が炎で構成されているかのように燃え上がっていたのだから。そんなソルが、音速で俺の周囲をグルグルと飛行することにより炎の竜巻を発生させたのだ。

これがBランクへと上がったソルの真骨頂《しんこっちょう》――《炎化《えんか》》による技である。

この状態のソルには物理攻撃はほとんど効かない。攻撃速度も飛行速度も上がる、まさに無敵状態というわけだ。

ただこの最強モードには時間制限があるので、おいそれと使用はできないが。

そして俺もまた《桜波姫《さくらなみき》》の隠された力を発揮する。

俺は刀を地面に突き刺す。

「――《鳳桜転化《ほうおうてんか》》」

すると突き刺した先の地面が突如桜の花びらに変化し、その上にいたゾンビどもが落とし穴にかかったように落下していく。

その際に巻き上がる桜は見惚《みと》れるほどに美しい。

「お、おいおい、んなこともできんのかよ……」

崩原が目を丸くしている。同じく流堂も信じられないといった面持《おもも》ちだ。

伊達《だて》に大金を叩いて購入してねえしな。

見ての通り、この《桜波姫》は突き刺した対象を、ある一定の範囲ならば桜の花びらと化すことができるのである。ただし無生物に限るが。

それに使用するだけで達人並みの立ち回りもできるようになる。これと《パーフェクトリング》を合わせるだけで、Bランクまでなら単独で相手にできる力は得られるようになるのだ。

「道を切り開いてあげたわ。あとはあなたの役目よ、崩原さん」

「おう！　感謝するぜ！」

流堂へと繋《つな》がる道に立ち塞《ふさ》がるゾンビを落下させたことで、崩原の前には障害がなくなった。

「ちぃっ、おい、ブラックオーガ！　いつまでグズグズやってる！　さっさと俺を守りやがれえっ！」

その命令を聞こうとブラックオーガが、崩原に意識を向けようとするが、黒炎を切り裂いてその先にある肉体に裂傷が走る。

「グラァッ!?」

「……申したであろう。お主の相手は某《それがし》だ」

さすがはシキ、その姿に憧れるし痺《しび》れるのだが、マジでアイツが主人公じゃね？

カッコ良過ぎるシキに対し、俺はそんなことを思いながら、ソルとともにまだまだ湧き上がってくるゾンビどもを一掃《いっそう》している。

「クソが！　せっかく手に入れた駒《こま》も役立たずか！　んだよ、あの忍者もどきはよぉぉ！」

「流堂ぉぉおっ！」

「崩原ぁ！　粋《いき》がってんじゃねえぞぉ！」

再び崩原が右拳を突き出し、流堂もまた同じように拳を放つ。

「学習能力がねえのかてめえはぁ！　また腐らせてやるよっ！」

両者の拳がぶつかった直後、今度は流堂の拳の方から骨を砕《くだ》いた音が轟《とどろ》いた。

「ぐあぁぁぁぁぁあっ⁉」

見れば残った流堂の左拳から、痛々しいまでに血液が流れ出ていた。しかも砕かれた骨が皮《ひ》膚《ふ》まで突き破っている様子。

どうやら今度は崩原の方が上回ったようだ。

「てっ、てめえぇぇ……っ！」

「――《崩波《ほうは》》。お前がスキルを使うなら俺だって使わせてもらうだけだ」

恐らく拳が衝突する際にスキルを使って、相手の腐食の攻撃が届く前に衝撃で粉砕《ふんさい》したのだろう。

「これでお前はもう両手が使えねえ。終わりだな、流堂」

「クハッ！　舐《な》めんなっ！　たかが両手が使えねえだけで、この俺が殺《や》られるわけがねえだろうが！」

すると流堂がそのまま崩原へと迫っていき、烈火のような勢いで蹴《け》りを放ってきた。その動きはやぶれかぶれというわけではなく、見事に洗練されていたところを見ると、蹴り技もしっかり修めていることが分かる。

流堂の蹴りを崩原は腕で受け止めるが、そこから腐食が始まってしまう。

「あつっ!?」

すぐさま流堂から距離を取ろうとするが、それを流堂は許さず詰め寄って攻撃を繰り出していく。

「このままてめえを俺の手駒にしてやるよっ、崩原ぁっ！　それとも愛しい愛しいあのクソ女が待つ場所へ送ってほしいかぁ、ああ?」

その言葉を耳にした崩原の顔が一気に険しいものへと変化し、あろうことかそれまで回避のために踏んでいたステップを止めて、流堂の蹴りを左手で摑《つか》んで止めてしまった。

止めたことは凄《すご》いが、摑んでいるせいで、シュウウウウ……っと、崩原の手から焼けているような音が聞こえてくる。

だが崩原は痛みに顔を歪めることもなく、凍り付くような低い声を発した。

「……今、何て言いやがった?」

「あん?　……ちっ、つい勢いでネタばらしをしちまったじゃねえか」

それまでの興奮が一気に冷めた感じで、流堂が不機嫌そうに足を引いて、崩原から距離を取った。

ポタ、ポタ、ポタ……と、崩原の左手から血が零《こぼ》れ落ちている。

「クソ女……だと？　巴のこと……か？」

「……クク、だとしたら何だよ？」

「……お前、巴のことを誰より好きだったはずだろ？　何でアイツのことをクソなんて呼べる！」

確かにチャケに聞いた話だと、施設に送られた流堂が心を開いたのは崩原と、葛城《かつらぎ》巴という女の二人だけ。

その中でも巴に心惹《ひ》かれた流堂は、彼女を愛していたというが。

「さっきのネタバレってのは何だ？　お前……何を言ってやがる？」

追及する崩原に対し、流堂は愉快そうにニヤリと口角を上げた。

「本当はてめえをもっと追い詰めてから言うつもりだったんだけどなぁ。まあいい。こうなったら教えてやるよ、崩原ぁ」

そして、流堂からとんでもない告白が為される。

「葛城巴を殺したのは――――この俺だよぉ」

流堂の言葉を聞き、さすがの俺も絶句してしまった。

危うくゾンビの攻撃を受けてしまうところだった。危ない危ない。

しかし当然、俺以上にショックを受けているのは崩原だろう。

「……な、何を言ってんだ、お前？　お前が……巴を……殺しただと？」

「何だぁ？　まだ耳を腐らすのは早えよ。ククク」

少なくとも俺には流堂が冗談や嘘を言っているようには見えない。ただそれは俺が奴のことをあまり知らないからかもしれない。またも崩原の心を揺らすための戦略の可能性だってある。

「……嘘だ。だってお前は巴のことが好きだったはずだ！　あんなにも！　あんなにも慕《した》ってたじゃねえかっ！」

「……あぁ、そうだな。俺の人生の中で、アイツとの出会いだけが…………光だったのは確かだ」

「だったら……だったらおかしいだろ！」

「おかしかねえよ」

「!?」

「アイツは……巴は俺を選ばなかった。この俺が世界で一番愛していたにもかかわらず、アイツはお前を選んだ」

「！　ま、まさか、お前……それだけで？」

「あぁっ!?　それだけだとぉっ！　お前に分かるか！　たった一人！　俺のすべてをやりてえ

って思ったたった一人の女に裏切られた俺の気持ちがっ！」

「裏切られたって……」

崩原の動揺《どうよう》も分かる。流堂の言い分は完全に間違っているのだから。

巴は裏切ったんじゃない。ただ自分の気持ちに素直になっただけ。

恋愛において、必ず想いが通じ合うわけじゃない。だが人は失恋をしても、その分強くなって、また新しい恋を摑むために生きていくのだ。

しかし流堂にとって、巴への想いだけが本物で唯一無二だと勘違いしていたのだろう。そして彼女もまた自分と同じ想いを持っていると。

「この俺が！　この俺が選んでやったんだぞ！　なのに！　なのにぃぃぃっ！　何でてめえなんだっ！　よりにもよって何でなんだよぉぉぉっ！」

「流堂……！」

「施設に送られた時、俺は世の中がすべてクソだったことを知った。親もその周りの連中も、俺なんて見てねぇ。ただの玩具《おもちゃ》か金を稼《かせ》ぐための機械だ」

余程劣悪な環境で育ってきたことだけは、今の言葉でも十分に伝わってくる。

「だが施設で巴に出会った時、俺はコイツなら俺を全部認めてくれるんじゃねえかって。俺を人として、男として愛してくれるんじゃねえかって思った。だが……………あの女は俺を選ばなかった」

「で、でもお前……祝福してくれたじゃねえかよ」

「…………祝福ぅ？　……いつまでもバカなことを言ってんじゃねえよ、崩原ぁ。その時から俺はもう……俺の計画は始まってたんだからよぉ」

「……！　まさかお前……すべては……」

「ああそうだ。お前と巴が幸せの絶頂にある時、そのすべてを壊してやろうって思った」

「じゃ、じゃああの……巴を轢《ひ》いた車を運転してた阿久間剛三《あくまごうぞう》は……？」

「俺が大金で雇った、ただのキャストだ」

「そ、そんな……!?」

チャケの話だと、阿久間剛三というのは、崩原と巴が旅行している際に、巴を轢き殺した男だったらしいが。

「あの時、本当なら二人一緒にあの世に送ってやるつもりだった。けどあのクソ女のせいで、てめえは生き残っちまった」

すらすらと出てくる流堂の真実に、愕然《がくぜん》として固まってしまっている崩原。

無理もないだろう。たとえ今、敵同士で殺し合う仲だったとしても、同じ女を愛し、いや、今も愛していることだけは変わらないと思っていたはずだから。

それが流堂の方はすでに巴への想いはなく、それどころか殺した張本人《ちょうほんにん》だと暴露されれば、脳内パニックが起きても仕方ない。

「まあでも、ちょうど良かったぜぇ。巴が死んでも俺のこの憎しみは収まらなかったからなぁ。だからこの憎しみをすべててめえにぶつけることにした。てめえの人生の何もかもをグチャグチャにしてやることで、俺はようやくこの憎しみから解放されるんだからなぁ」

そうしてまだまだ奴は悦《えつ》に入《い》ったように語る。

崩原にはわざと、まだ巴への想いがあるかのように振る舞い、崩原をハメるための策略を練《ね》って実行し続けた。

崩原の周りにいる友人たちを次々と襲っては、崩原から徐々に仲間を奪ってきた。崩原とつるむと不幸になるという状況を作るために。

実際に多くの友人たちが崩原のもとを去った。しかしそれでもチャケ含めてまだ何人か、崩原から離れない者たちがいたのだ。それが彼の人徳だった。

だが例の阿久間剛三の殺害を崩原に擦《なす》り付けることで、崩原はチャケ以外のすべての仲間を失ったのである。

「俺の想いを勘違いしてるお前なら、ああすれば自ら罪を被《かぶ》ることは予想できた。すべては俺の掌《てのひら》でてめえは踊ってたんだよぉ」

「…………っ」

「刑務所に送られ、お前をようやく孤独という地獄に叩き落とせたはずだった。……だが例外がいやがった」

……チャケのことだろう。

「あのクソ坊主頭《ぼうずあたま》のせいで、まだ俺の計画は完了しなかった。お前は完全に絶望しなかった。だから俺は考えた。どうすればお前からすべてを奪い、お前を徹底的に破滅させることができるのかを。……その矢先に世界がこの騒ぎだ。これだ……これを利用すればいいと思った」

悪一文字を背負うと豪語している崩原だが、その実、正義感に溢《あふ》れていることは分かっていた。

だから流堂は、崩原の気質に引かれ仲間になりたいと言う者たちが現れることを予見し、その者たちの情報を集め、いつでも脅《おど》せる環境を作ったのである。

そうして崩原を慕う者たちを脅し手駒《てごま》と化し、崩原の情報を集めつつ、今回の勝負を切り出した。ここですべての真実を曝《さら》け出し、崩原を絶望のどん底に陥《おとしい》れることで、崩原の心を壊すつもりだったのである。

「ただイレギュラーのせいで、何もかも狂っちまったがなぁ」

ギロリと俺を睨《にら》みつけてくる流堂。

本当に執念深いというか、病的なまでに崩原に執着している男である。

自分の思い通りにならなかったとはいえ、そのすべてを排除しないと気が済まないとは、人としておかしいとしか言えない。

まさか想い人をその手にかけただけでなく、かつてのその想いを利用してまで崩原を壊すために生きていたとは戦慄しか覚えない。

「どうだぁ？　これが真実だ。全部ぜ～んぶ、何もかもがてめえの勘違い。どうせてめえは俺に対してても罪を感じてたんだろぉ？　だからムショにも入った。でもそれはま～ったく無駄な行為でしたぁ。俺がその間、何百人の女を笑いながら抱いてたと思う？　てめえの五年は、人生の無駄遣いだったんだよぉ、クハハハハハ！」

本当に苛立《いらだ》たせる人間だ。あの王坂《おうさか》もそうだったが、コイツはアイツ以上に頭のネジがぶっ飛んでる奴である。正直傍にいるだけでストレスが溜まってしまう。

「おいおい、どうしたどうしたぁ、そ～んなに静かになっちまってよぉ！　なあ崩原ぁ！　絶望したかぁ？　絶望してるよなぁ！　あ～ごめんなぁ、俺は最初からてめえを壊すために動いてただけなんだよぉ！　あのクソ女のことなんて今はもうどぉ～だっていいんだよぉ！　ざ～んね～んでしたぁぁぁ～！　ギャハハハハハ！」

奴の無意味にデカイ声を聞いたソルやシキも心の中では、

〝吐き気がするのですよ〟

〝まさしく外道《げどう》なり〟

などと不愉快さを露わにしている。俺も聞いていて良い気分ではないが、別に怒りは込み上げてこない。流堂の感情が向くベクトルは俺じゃないからだ。

そしてそのベクトル先である崩原を見ると、彼は静かに顔を俯《うつむ》かせている。

流堂は敵ではあるが、同じ女を好きになり、今もなお想い続けていると思っていたのだろう。しかし当の本人は、すでに巴への想いは消え、あろうことか自分を振ったからといって殺すほどの異端者になり果てていた。

今の崩原の胸中は一体どんな感情が渦巻《うずま》いているのだろうか。

「どうしたぁ！　顔を上げてみろよぉ！　絶望に彩られたその顔をなぁぁ！」

流堂の挑発が響く。それに従うかのように、ゆっくりと崩原が顔を上げる。

直後、流堂だけでなく、その顔を見た者全員がギョッとなった。

てっきり怒りに満ち満ちているか、流堂の言うように絶望に浸っているかどちらかだと俺も思っていた。しかしその予想は呆気《あっけ》なく裏切られたのである。

何せ、崩原は物悲しい表情で涙を流していたのだから。

「……哀れな奴だな、お前は」

「な、何言ってやがんだ、てめえ……？」

絶望で泣いているのではないことは明らか。その瞳は、心の底から哀れな者を見るような色を含んでいた。

「巴はずっとお前の幸せを願ってた。お前を振った時も泣いてた。お前が家族になってくれたことを喜んでた。この絆《きずな》がいつまでも続けばいいって……言ってた」

「…………！」

「今のお前を巴が見たら悲しむだろうぜ」

「クハッ！　だから言ってんだろうが！　もうあんなクソ女なんてどーでもいいんだよぉ！」

崩原は、流れている涙を腕で不格好に拭《ぬぐ》い、目を閉じたまま軽く深呼吸をする。そして静かに目を見開き、覚悟を決めたような目つきで流堂を見つめた。

さっきまでの熱はどこへやら、今の崩原は山に流れている川のせせらぎを見ているかのような穏やかさがある。

「もう迷いはねえ。……ケリをつけるぞ、流堂」

「ぐっ！　調子に乗ってんじゃねえぞ！　てめえがこの俺に勝てるわけねえだろうがっ！」

激昂《げっこう》した流堂は、その怒りのままに凄《すさ》まじい蹴《け》りを何度も繰り出していく。しかしその度《たび》に、冷静さを保つ崩原が軽やかに回避していく。

「避けてんじゃねえよっ！　さっさと当たりやがれぇぇっ！」

何を思ったのか、流堂が砕《くだ》けた左手を地面につけた。もう痛みすら感じないくらいに精神が肉体を凌駕《りょうが》し始めたのだろうか。その左手に触れた部分から、崩原の足元にかけて地面が腐食しボロボロと崩れ始めた。

俺がゾンビを落としたように、奴も地面を崩して崩原の体勢を崩すつもりのようだ。しかし慌てる様子のない崩原が、全身の力を右拳へと込める。

「ちったぁ、反省しやがれっ――――《第三衝撃・爆波《ばくは》》！」

突き出した右拳が地面に触れた瞬間、まるで爆発したように地面が盛り上がり破裂した。ただ破裂したのは、崩原の前方の地面のみで、その先にいる流堂だけに爆発の影響が及ぶ。

無数の礫《つぶて》や爆風をまともに受けた流堂は、身体《からだ》ごと吹き飛び、そのまま地面を転がりながら先にある壁に激突した。

「ぐっはぁぁぁっ!?」

大量の血液を口から吐き出し、地面に倒れ込む。

これで終わったかと思うが、それでもなお流堂は歯を食いしばって立ち上がる。

「こ、これで……勝ったと思う……なよ？　俺はまだまだ……やれるぅ！　ブラックオーガァアッ、いつまでのらりくらりやってやがるぅ！　さっさとこっちに加勢しやがれぇっ！」

しかしその命令を実行できない。何故ならブラックオーガの目の前にいるシキは、無視できる相手ではないからだ。ただ命令を受けた際に、意識を流堂へと向け隙《すき》が生まれた。

「──《爆手裏剣《ばくしゅりけん》》！」

そこへ複数の手裏剣を放つシキ。

ブラックオーガが、金棒で叩き落とそうとするが、その際に爆発を引き起こし、逆に体勢を崩してしまい、次々とやってくる手裏剣の餌食《えじき》になっていく。堪らずといった感じで膝をついた。

「今のうちよ、決めなさい、シキ！」

俺の命令を受け、トドメにかかる。

右手で印を組んだ直後、シキの身体が十人に分身した。そのまま四方八方に分かれ、ブラックオーガの周囲を取り囲み、一斉に飛び掛かる。

「――《百八斬り》《煩悩》！」

それぞれのシキが、一瞬にして繰り出す烈火の斬撃《ざんげき》。その数、合計で百八撃。

ブラックオーガが纏《まと》う黒炎が斬り裂かれ、体中に幾つもの裂傷が走る。

勝負あったと思った矢先――突如ブラックオーガの身体に異変が起こる。

致命傷とも思われる複数の傷が、徐々に再生し始めていくのだ。

「クハハハハ！　無駄だ無駄ぁ！　ブラックオーガはただのモンスターじゃねえ！　この俺の手駒――ブラックオーガゾンビなんだからなぁぁぁ！」

どうもゾンビ化したブラックオーガもまた、そこらにいるゾンビと同じ特性を持ったというわけだ。

Ａランクの力を持ち得ながら不死属性まであるとは、何そのチート？

そう思わずツッコみたくなるところだ。

再び動き出したブラックオーガが、傍にいたシキに向かって金棒を振るう。

防御して直撃を防ぐが、そのままシキは先の流堂のように壁に激突する。あれくらいで死ぬような奴ではないが、それなりのダメージは負ってしまっただろう。

「いいぜぇ！　その調子でコイツら全員殺しちまえぇ！」

流堂はもう自分が勝ったように笑う。だがそこへ俺が同じようにクスっと笑みを浮かべたので、それを見た流堂が額に青筋を浮き上がらせた。

「あぁ！　何がおかしいんだ、女ぁ！」

「いいえ、ずいぶんと勘違いしている姿があまりにも滑稽《こっけい》で、ついね」

「何だとぉ？」

「あなたは確か、他人を絶望させるのが趣味らしいけれど。奇遇ね。私もあなたのようなクズに〝ざまぁ〟をするのが好きなのよ」

「はんっ！　強がったところでもう勝負は見えてんだよぉ！」

「……それはどうかしらね」

俺はすかさず《ボックス》を開き、中からあるものを取り出すと、

「これを使いなさい、シキ！」

そう言いながら投げつけ、壁から抜け出たシキは見事にキャッチした。

そしてシキは俺の言いたいことをすべて察知したようで、そのまま走りながら大きく跳躍しブラックオーガの頭上へと入る。

俺たち以外が、一体何をするつもりなのか、というような表情を浮かべている。

シキが手にしているのは——一つの瓶《びん》。

その瓶の蓋《ふた》を開けて傾けると、その中に入っている液体が零《こぼ》れ出す。

キラキラと星をちりばめたような輝きを持つ液体が、ブラックオーガの頭を濡らし、全体へと行き渡らせていく。

「はぁ？　ただの水じゃねえか！　そんなもんでブラックオーガをどうにかできるわけがねえだろうがっ！」

……ならその目でじっくり拝みやがれ。

「グガラァァァァァァァァッ!?」

突如ブラックオーガが頭を抱えながら転倒した。その様子に当然流堂の笑みが凍り付く。

「な、何だ？　何が起きてる!?」

ブラックオーガの身体が、まるで炎天下に晒《さら》したアイスのように徐々に溶け始めていたのである。

「溶け……てるだと？　お、女ぁっ、一体何しやがったぁぁ！」

「――《聖水》よ」

「聖……水？」

「文字通り聖なる水――《聖水》。その効果は、悪魔や悪霊、また不死属性を持つ種族を浄化し滅却《めっきゃく》させることができるのよ」

まあ、あれはただの《聖水》ではなく、その上位互換の《星屑聖水《ほしくず》》と呼ばれるものだけどな。結構高かったし、崩原には確実に報酬《ほうしゅう》を上乗せさせてもらう。

「バ、バカかっ！　んなものがこの地球上にあるわけがねえだろうが！　漫画やアニメじゃねえんだぞ！」

その漫画やアニメのようなファンタジー世界になってることを、どうやら忘れているらしい。だから忠告してやろう。

「あら、今の状況を見て理解できないのかしら？　この世はすでにファンタジー。つまりそういうアイテムだって存在する可能性があるの。そのような考えには至らなかったのかしらね？思ったよりバカね、あなた」

「て、てめぇぇぇぇえっ！」

般若《はんにゃ》のような表情で俺を睨《にら》みつけてくる。その顔が見たかった。挑発は大成功のようだ。

するとここでブラックオーガの胸の辺りから、コアが姿を覗《のぞ》かせた。

この隙を逃す俺じゃない。

「シキ、援護なさい！」

俺はすかさずブラックオーガへと向けて駆け出す。

そんな俺の敵意を感じ取ったのか、苦悶《くもん》の表情を浮かべながらも必死に立ち上がり、金棒を手にして構えるブラックオーガ。腐ってもさすがはAランクだ。最後の最後まで大した精神力である。その根性、敵ながらアッパレ。

「――《爆手裏剣《ばくしゅりけん》》！」

シキが放った手裏剣が、ブラックオーガの両腕に命中し、その腕を弾き飛ばす。

これで守る術《すべ》がなくなったブラックオーガ。

俺は真っ直ぐ疾走し、剝《む》き出しになっているコアに向かって刀を突き出す。

――バキィィイイッ！

刀が見事にコアを貫き、一瞬にしてガラスのように砕け散る。同時にブラックオーガの身体もまた、光の粒子となってこの世から消失していく。

ブラックオーガが消えたあと、ダンジョン化が解けた。どうやらここは教室だったようだ。

〝上級ダンジョン攻略達成　特別報酬・ダンジョンコアを入手及びアップデート条件達成しました〟

すると、初めて見る報せが目の前に飛び込んできた。

……上級ダンジョン攻略？　ダンジョンコアを手に入れ……た？

とてつもなく気になるワードではあるが……。だがとりあえずアップデート条件もクリアできたことで当初の目的達成である。

「ク、ク、クソがぁぁぁぁぁあっ！」

叫んだ流堂が、その場からいきなり窓を突き破って、外へと逃亡を図った。

一瞬「は？」となったが、すぐに我に返る。

「崩原さん、奴は逃げるつもりよ！」

「逃がすかよっ、流堂ぉっ！」

すぐに俺たちも窓から外に出て、彼を追いかけていく。

「こ、こんなはずじゃ！　こんなはずじゃ！　こんなはずじゃねえんだ！　俺は、俺は！　俺がこんなとこで終わるわけがねえだろうがぁっ！」

必死の形相《ぎょうそう》で学校から離脱しようとする流堂だったが、前方に立ち塞《ふさ》がる人物を見て立ち止まる。

「おらぁっ、そこをどきやが……れ……っ!?」

しかしその人物の顔に視線を向けた直後、時が止まったかのように愕然《がくぜん》とした表情で固まった。

そこへ俺たちも追いつき、崩原もまたその人物を見て信じられないといった面持《おもも》ちを見せる。

そして崩原が、おもむろにその人物の名を口にする。

「何で………何でそこにいるんだ――――チャケ」

「……才斗さん」

呆然《ぼうぜん》と立ち尽くしている崩原。そんな彼に対し、チャケが申し訳なさそうな感じで彼の名を呼ぶ。

「チャ……チャケ……なのか？」

「やだな。相棒の顔、忘れちまったんですか？」

若干《じゃっかん》おどけた感じで言うチャケ。それに対し崩原が何かを言おうとした時、

「有り得ねえっ！　何でてめえがそこにいる！　てめえはあの時、俺らの目の前で死んだだろうがぁっ！」

崩原も抱えているであろう疑問を、流堂が口に出した。

「それって、もしかしてコレのことかしらね？」

そこで、すべての回答を持っている〝俺〟が口を挟むことにした。

当然全員が俺の方に注目するが、同時に俺の隣に立つ人物を見て、崩原と流堂が驚愕《きょうがく》する。

何故ならそこに立っていた人物もチャケだったからだ。

「チャケが……二人？」

「んだよそれ……何なんだ一体……あ、頭がおかしくなりそうだ……！」

流堂の方は理解しがたい状況に戸惑いが強いようだ。

俺はクスッと笑みを浮かべながら、傍に立つチャケの背中に触れる。すると数秒後に、チャ

ケだった存在がぬいぐるみのような小さな人形へと姿を変えた。

「「んなぁっ!?」」

その不可思議な光景を、崩原たちは二人して同時に驚きの声を上げげた。

「ま、まさか……まさか……!?」

察しの良い流堂は、すぐに答えに辿《たど》り着いた様子だ。

俺は、流堂に対して人形──《コピードール》を突きつけながら言い放つ。

「そう、最初からあなたは私に騙《だま》されていたのよ」

「っ……!?」

「……? ど、どういうことなんだ? チャケ?」

後ろに振り返ってチャケに尋ねる崩原。

チャケが恐縮するように肩を竦《すく》めながら真実を告白する。

「すみません、才斗さん。実はここに来る前のことなんですけど──」

それは今日、攻略を始める前に崩原が住む家で合流した時のことだ。

話し合いの最中、崩原がトイレへ席を立った時があった。

その時にチャケから、自分が裏切り者だということを告白されたのである。

「……裏切り者？　どういうことかしら？」

神妙な面持ちで告げたチャケに、俺は警戒しながら問う。実際最初からコイツはすでに流堂の手に落ちていると考えていたので、それほどの驚きはなかった。

ああ、やっぱりという思いの方が強かったのである。

「俺にはよぉ、大切にしてる奴がいるんだ」

「……もしかして例の彼女とやらかしら？」

「っ……そうだ」

「その彼女がどうかしたのかしら？」

「…………流堂に監禁《かんきん》されてんだよ」

「!?　……そう」

彼から聞いた話によると、流堂はチャケの彼女を拉致《らち》し、彼女の身の安全を保証する代わりにスパイになれと命令を受けているとのこと。

どうにかして彼女を守るために、心苦しいが『イノチシラズ』の情報などを逐一《ちくいち》流堂へ流したりして、流堂の言う通りに動いていたのだという。

そのせいで、チャケが崩原のために集めてきた連中も、チャケが知らせた情報のせいで、流堂に脅《おど》されて引き抜かれてしまっていた。

つまりチャケは、崩原だけじゃなく、自分の仲間すらも裏切ってしまっていたのだ。すべては彼女を守るために――。

「だから俺は奴に歯向かうことができねえんだ」

「……どうして、そんな話を私に？」

話して、少しでも同情してもらいたかったのだろうか。だとしたら軽蔑《けいべつ》するが。

「……すまねえな。誰かに聞いてもらいたかったんだと思う」

やっぱりそうだったか。本当にどうしようもない奴だな……。

「それにやっぱ才斗さんに勝ってもらいてえから」

「……は？」

急によく分からないことを言い出したので、思わずキョトンとしてしまった。

「多分俺のことは、タイミングを見計らって流堂が才斗さんに教えると思う。奴は才斗さんをぶっ壊したいって思ってるからな。俺の裏切りを伝えて、才斗さんを天涯孤独にするつもりだ」

「……それで？」

「その時、俺は……どんな形になっても、才斗さんのために動くつもりだ。……たとえ死んでもだ」

「……死んでも、ね。何故他人のためにそこまでできるのかしら？」

誰かのために命を懸《か》けることができる。言葉にすれば美しいが、俺にとってはあり得ない選《せん》択肢《たくし》でしかない。

「俺はよぉ、今はこんなガタイしてっけど、昔はヒョロヒョロで……学校でイジメられてたんだわ」

チャケの体格は、それこそスポーツマンのようにガッチリしており、とても過去にイジメられていたような風貌《ふうぼう》とは思えなかった。

「性格もどっちかってーと臆病でな……不良グループに目を付けられて毎日殴《なぐ》られてた。んで、不良グループの頭を張ってる奴が、ある日俺に強盗をしてこいって命令した」

もしできなければ、もっと酷《ひど》い目に遭《あ》わせると言われたチャケは、誰にも助けを求められないまま、泣く泣く銀行から出てきた老人を襲おうとした。

「けどそん時、俺を止めてくれたのが才斗さんだった」

崩原は、チャケがイジメられていることを知って、取り返しがつかなくなる寸前で救ってくれたのだという。

「才斗さんは俺の話を聞いてくれて、たった一人で不良グループをやっつけてくれた。すげえだろ。たった一人でだぜ？　それからだな。あの人は俺の憧れになった。男としての〝目標〟になったんだ」

なるほど。そういう経緯があっての崩原への想いだったか。

「だから俺は…………あの人のためなら殺されたっていいんだ」

「……あなたが死んだら、彼女はどうなるのかしら？」

「っ……それを言われると辛《つれ》えな。けどよぉ、あの人は俺の憧れなんだよ。強くて、優しくて……もう嫌なんだよ。このままずっと才斗さんを裏切り続けるのが」

チャケが悔《くや》しそうに身体《からだ》を振るわせて言葉を絞《しぼ》り出している。

「たった一つ、たった一つでも流堂の予想外なことが起きれば、そこをきっと才斗さんが突破してくれるって信じてる。俺はもう……あの人を裏切りたくねえから」

コイツ……流堂の味方のフリをして、効果的なシーンで流堂を裏切るつもりか。しかしそんなことをすればコイツも殺されるかもしれないし、どこかに監禁されている彼女もまた……。

それでもなおコイツは——自身が憧れている男を優先したのだ。

彼が生き残る道を選んだというわけか。

「……彼女が監禁されている場所は分かっているの？」

「え？　ああ……それがどうしたんだ？」

聞けば、例のラブホテルだということが判明した。今もなお、そこには流堂が用意した大勢の手下たちが、女たちが逃げ出さないか監視しているとのこと。

……ただ今回のことで、大分手薄になっているのも事実。そこで一計を案じる。

「命を懸《か》けるつもりがあるのなら、私の策に乗りなさい」

「……は？」

俺はそこで《コピードール》を見せ、チャケそっくりの人形を作り出した。

当然チャケは呆然《ぼうぜん》としていたが、コイツを使って流堂を欺《あざむ》く策略を彼に伝える。

「あなたがもし流堂を裏切れば、その瞬間に流堂が何かしらの手段であなたの彼女を殺すかもしれない。けれど裏切ったとしても、あなたがすぐに死んだらどうかしら？」

「死ぬ？」

「そう。もし死ねば、あなたの彼女を今すぐどうこうするということに意味がなくなる。少なくとも、今回の攻略が終わるまでは安全だと思うわ」

「それは……確かに」

流堂は裏切った者に容赦《ようしゃ》はしない。絶望を与え、苦しませてから殺すだろう。

しかしすでに対象が死んでいたら？　きっとその者にもその周辺にも興味を失うはず。それが流堂のことをいろいろ聞いた俺のプロファイルであった。

「それにあなたが死ねば、逆に流堂は、してやったりと利用してくるでしょうね。崩原さんを孤独に陥《おとしい》れられたと」

「なるほど……」

「けれど死んだのはあなたのコピー。本物のあなたは生きている。すべてが終わったあと、あなたの姿を流堂が見せたら……面白くないかしら？」

笑みを浮かべて尋ねると、チャケもまた子供が悪戯《いたずら》をする時のような顔をして「そいつはいいな」と口にした。

「けど最後まで才斗さんには黙っておく方が良いんだよな？」

「彼は演技派ではないでしょう？　少しでも流堂に疑問を持たれたら面倒だし、このことを知っているのは私とあなただけにした方が良いわ。敵を騙すには味方からとも言うしね」

「…………分かった。けどその間、俺はどうすればいいんだ？」

「ここまで話してまだ分からない？　流堂を逆に絶望させてやるにはどうすればいいか。簡単よ。彼が崩原さんにしようとしていることを逆にしてやればいい」

「逆？」

「流堂から……何もかもを奪ってやればいいのよ」

※

崩原才斗たちが【王坂高等学校】へ車で向かった直後、一人家の中にいたチャケはすぐに行動を開始していた。

チャケは虎門シイナにあるものを手渡されている。それは二枚の紙で、一枚には地図が描かれ、そこに向かうように指示があった。

チャケは彼女に従って、その場所へと急ぎ――。

「――たのもう！」

扉を叩いて、中にいる者たちとコンタクトを取ったのである。

ここはある集団が根城にしているバーだった。当然今は本来の目的として使われていないが、拠点としては広くて住みやすいということで利用されている。

突然入ってきたチャケを見て、中にいた面々は驚いていた。

「頼む！　ここのリーダーと話がしたいんだ！　今すぐに！」

時間が勝負だということを知っているチャケは、なりふり構わずに大声を張り上げる。

当然不躾《ぶしつけ》に入ってきたチャケを歓迎するムードにはないことは明らか。

そこにいた連中の一人が、追い出そうとしたが……。

「まあ待て。話を聞こうじゃねえか」

一際《ひときわ》ガタイの良い男がチャケを迎え入れることを決めた。

「もしかしてあんたがリーダーの大鷹《おおたか》か!?」

「！　……俺の名を知ってるってことは、俺たちが何者なのかも知ってるってことか？」

「ああ、『平和の使徒』だろ？」

ここに集《つど》う彼らこそ、今では巷《ちまた》では救世主とも呼ばれているダンジョン攻略集団である『平和の使徒』だった。

「ある奴からコレを預かってる！」

そう言いながら、チャケが虎門に渡されたもう一枚の紙を手渡す。

大鷹がそれを受け取り、読み始めた直後、

「……！　おい、お前ら！　今すぐ攻略の準備をしろ！」

と、仲間たちに告げた。

当然いきなりの指示に困惑する男たちだが……。

「円条《えんじょう》からの直接指名だ。奴には大きな借りもある。それに今回の仕事をすれば、また割安で都合をつけてくれるらしい」

「おお！　じゃあ次はサブマシンガンが欲しいっす！」

「俺はもういっそのこと戦車が！」

「いやいや、ここは暗視スコープを増やして、夜の攻略にも備えた方が良い」

などと口々に盛り上がり始めた。その光景を見てチャケは啞然《あぜん》としていたが、そんなチャケに大鷹が笑いながら答える。

「悪いな、騒がしい連中で。仕事については了解した。ちょうど手すきだったからな」

「あんたたち……手を貸してくれるのか？」

「おう。お前さんの彼女も、助けてやろうや。な？」

「……ああ、よろしく頼む！」

こうしてチャケは、頼りになる仲間を得ることができた。

そしてすぐに準備を整えて向かったのは、流堂が拠点として使用している【シフルール】というラブホテルである。

「――突撃ぃっ！」

ラブホテルにある幾つかの出入り口に部隊を派遣し、武器を持った『平和の使徒』たちが、一斉に押し入っていく。

普段と違ってかなり手薄になっていたこともあり、流堂の仲間たちは瞬く間に無力化されていき、次々とフロアが攻略されていく。

そんな中、チャケもまた武装したままホテル内を捜索する。そして地下に通じる階段を降り、そこで巡回していた男を仕留め、次々と扉を開けていく。

その中で、無惨《むざん》にも男どもに乱暴された女性たちも発見し、チャケは真っ青な顔色になりながらも、目を逸《そ》らさずに女性たちの顔を見ていく。

「……アイツがいない……？」

ホッとするのも束の間、だったらどこに……となって、ここを『平和の使徒』の者に任せ、自分は他の部屋を探すことにした。

あちこちから銃声が轟《とどろ》く中、チャケもまた銃を構えつつ、一つの扉を蹴《け》り破って中へと入る。

するとそこにもまた多くの女性が詰め込まれていて、壁際で全員が震えていた。

だがチャケは、その中で怯《おび》える一人の女性を見て、思わず銃を落としてしまう。

「美《み》……優《ゆう》？」

「……っ、ナリ……くん？　ナリくん……なの？」

「美優っ！」

「ナリくんっ！」

互いに駆け寄りきつく抱きしめ合った。

「良かった……良かったぁ………無事で……本当にっ」

「信じてた、信じてたよぉ、きっとナリくんが助けにきてくれるって！」

そこへ『平和の使徒』のリーダーである大鷹も姿を見せる。

「皆さん、すぐにここから脱出します。ご案内しますので、急いでください」

「え、えと……あなた方は一体？」

そう尋ねるのはこの中で一番の年長者であり、おっとりとした雰囲気《ふんいき》を持つ女性だった。

「我々は『平和の使徒』です。あなたたちを助けに来た者です」

「まあ……やはり神様は見ていらしたんですね。私は北郷小百合《ほんごうさゆり》と申します。本当に……本当に感謝しますわ」

「ご無事で何よりです。では速やかに移動を開始してください。おいっ、この人たちを頼むぞ！」

大鷹が仲間たちに彼女たちの先導を任せる。

「そっちの二人も、嬉しいのは分かるが急いでくれ」

「！　す、すみません！　美優……行こうか」

「うん！　ナリくん！」

二人はもう二度と離さないと言わんばかりに手を繋《つな》ぎ、一緒に外へと出た。

※

わざわざ困惑していた崩原と流堂に、謎解きをしてやったチャケ。

「すみません、才斗さん。……本当にすみませんでした」

「チャケ……いや、お前の気持ちは分かった。……あんがとな。それに虎門もよ。それとチャケ……生きててくれて本当に嬉しかったぜ」

「才斗さん……！」

そしてすべての説明が終わった際、俺はこちらを睨《にら》みつけてきた流堂に言い放ってやる。

「――どうかしら、すべてを掌握《しょうあく》し、自分の思い通りに事を運べていたと思っていた勘違い野郎さん？」

「ぜ、ぜ、全部……全部全部全部ぅぅっ！　てめえの仕業《しわざ》かぁ、女ぁぁぁっ！　てめえさえ！　てめえさえいなければぁぁぁっ！」

「私はあなたのすべてを否定するわ。だって……あなたの存在そのものが私の美学に反するもの」

声にならない声を出して睨みつけてくる流堂。

「私は虎門シイナ。死ぬ前に名前だけでも憶えてくれたら嬉しいわ」

最後に、圧倒的な上から目線で言うと、怒りで血管が破裂するのではないかと思うくらいに悔《くや》しそうな顔を見せてくれる。

ああ、そうだ。この顔が見たかった。

人を陥《おとしい》れ、傷つけ、殺すことしかできず、救いようのない奴が有頂天になっているところから一気に叩き落とすのは清々しい気持ちになる。

特に今回、流堂は長年に渡って練《ね》りに練った計画を実行し、あともう少しでそれが為せたはずだった。

それをたった一つの俺という存在でぶち壊された彼の胸中は、もうドロドロの煮え滾《たぎ》ったマグマのような怒りで満たされていることだろう。

「このクソ女がぁぁぁぁぁっ!」

さっきまでの逃げの姿勢はどこへやら、俺に向かって流堂が迫ってきた。

だがその前方に崩原が庇《かば》うように立つ。

「どけぇぇぇっ、崩原ぁぁぁっ!」

「言っただろ。お前の相手は——俺だ」

勢いそのままに繰り出された流堂の蹴りを左腕で防御したあと、そのまま奴の足に沿って身体《からだ》を動かした崩原は、自身の両手を奴の腹部へとつけた。

「――《崩波《ほうは》》！」

「ぐがはぁぁぁぁぁっ⁉」

大量の血液を口から吐き出しながら、流堂は両膝をつき、そしてそのまま仰向《あおむ》けに倒れた。

今のは明らかに致命傷になるだろう。もう立つことはできまい。

「がふっ……ぁ……ぐ……ほ……う……ばらぁ……っ」

それでもまだ凄《すさ》まじい形相《ぎょうそう》で崩原を睨みつける流堂。

「俺……ば……ごんな……どごでぇ……終ばらね……ぇ……っ」

「才斗さん、さっさとトドメを刺した方が良くないですか？」

チャケの言うことももっともだし、彼もまたこの世から早く消えてほしいと思っているはずだ。

自分の仲間が殺され、彼女でさえ危険に晒《さら》されていたのだ。無理もない。

「――待ってくれ！」

するとそこへ予想だにしない人物が現れた。そこには満身創痍《まんしんそうい》といった様子だが、必死で身体を引きずりながらこちらへとやってくる黒伏の姿があった。

当然全員が戦闘態勢を取り、影の中にいるシキの殺気も膨《ふく》れ上がる……が、黒伏にはすでに敵意などなく、そのまま真っ直ぐに流堂のもとへと近づいていった。

黒伏が流堂の身体に触れようと手を伸ばすが、それを流堂はあろうことかボロボロの左手で弾いた。

「申し訳……ありません」

「今ごぼ……何じに……ぎやがっ……た……。ごのぉ……役……立たず……がぁ」

「はい……そう、です」

「っ……黒……ぶ……しぃ……？」

「……流堂……さん」

驚くことに、全身を起こしゆっくりではあるが立ち上がって見せたのだ。

「誰の……手ぼ……借りぃ……ねぇえっ」

〝何という気迫……！〟

心の中で、シキもまた流堂から発せられる気迫に驚いていた。

ギロリと、俺と崩原を睨みつけてくる。

「……お、俺ば……………つ……強っ…………」

最後まで言うことなく、瞳に宿っていた力が消失したと同時に、前のめりに倒れていく。そこを黒伏が支え抱きかかえた。

人としても男としても、そして敵としても最低だった相手だ。だがそれでも、最期の最期まで見せた意地だけは見事だと称賛を送らざるを得なかった。

「あばよ…………刃一《じんいち》」

崩原も思うところがあったのか、最後に彼の名を呼び静かに瞼《まぶた》を閉じた。

すると黒伏が、絶命したはずの流堂を肩に背負う。

「才斗さん、奴ら逃げるつもりですよ？　どうしますか？」

「……放っておけ。アイツにもう敵意はねぇ。そんな奴をいたぶる趣味はねぇ」

「で、でも……」

チャケの懸念《けねん》は分かる。黒伏がもしかしたら復讐《ふくしゅう》に燃えて襲ってくる危険性だってあるのだ。俺でも始末しておいた方が良いと思う。

ただ……俺の中の黒伏像からして、そんなことはしないと考えるが。

「おいお前、どこへ行く気だ？」

崩原の問いに、黒伏は背を向けたまま答える。

「以前この人が言っていた」

『なあ黒伏ぃ、もしてめえよりも先に俺が死んだらよぉ、俺の遺体はてめえが処理しろ。他の誰にも任せるんじゃねえぞ』

「……俺はその遺言《ゆいごん》を守りたいだけだ。それが……約束を守れなかった俺が、この人にできる最後の恩返しだからな」

「…………そっか。……行け」

「……感謝する」

本当に不器用というか律儀《りちぎ》過ぎる男だ。黒伏拳一《けんいち》。

かつては栄光を掴《つか》んだ男が、クズとしか思えない男に付き従い、その男にも役立たず呼ばわりされたにもかかわらず、その遺言をきっちり守るとは……。

きっとそれだけ、流堂に恩を感じていたのだろう。すべてを失った自分を救ってくれた。

どうせならもっと良い奴が、黒伏を救ってくれていたら良かったが……。

小さくなっていく黒伏の姿を皆で見送ると、今度はプツッと糸が切れたマリオネットのように、崩原が倒れ込んでしまった。

「才斗さんっ⁉」

すかさずチャケが彼を抱き起こし、急いで車に運んで拠点へと戻ったのだった。

エピローグ

"SHOPSKILL"
sae areba
Dungeon ka sita
sekaidemo
rakusyou da

虎門《とらかど》シイナ扮《ふん》する俺の目前には、しゃがんで両手を合わせる崩原《ほうばら》がいた。彼の前には一つの墓石があり、〝葛城家《かつらぎけ》〟と刻まれている。

その前には綺麗《きれい》な花がたくさん飾られていた。

スッと立ち上がった崩原は、墓石を見つめながら口を開く。

「なあ巴《ともえ》……きっとお前は、俺がお前の仇《かたき》をうったことを怒るんだろうなぁ。アイツと……刃《じん》一《いち》と仲良くできなかったことを悲しむんだろうなぁ……悪いな」

崩原は言い訳しなかった。復讐の意味についてちゃんと理解しているからだろうか。それが決して良いことじゃないってことを。

「だからよぉ、俺がそっちに行った時にでも、はっ倒してくれや」

微笑を浮かべた崩原は、最後に「また来るぜ」と言って踵《きびす》を返した。

俺は崩原と傍にいたチャケと一緒に霊園を後にし、一台の車の前に立つ。

「虎門、今回は助かったぜ。お前がいたから勝つことができた」

「そうね。途中流堂《るどう》の策に溺《おぼ》れて心を折られかけてたものね」

「ぐっ……はぁぁぁ。いや……お前の言う通りだ。マジで感謝してる。あんがとな」

「いいわよ別に。あなたはちゃんと依頼の報酬《ほうしゅう》を払ってくれたもの」

先払いで２０００万円受け取っていたが、そのあとに2億もらうことができた。1億程度かと思っていたので、嬉しい誤算だったのである。

何でもチャケの情報から、流堂が貯め込んでいた資産を奪うことができたらしい。何かの役に立つだろうと、流堂は金目のものも幾らか部下に集めさせ、貸し倉庫に保管していたのだという。

それを今回、助けてくれた『平和の使徒』と分配することになったのだが、かなりの額が手に入ったことで、俺の取り分も結構なものになったというわけだ。

それと崩原たちだが、彼らはまた『イノチシラズ』として活動するらしい。

また今回、繋《つな》がりを得た『平和の使徒』と同盟を結んだとか何かで、互いに手を取り合って街を守っていこうということになったとのこと。

崩原の奴は、仲間に裏切られたというのに、まだ仲間を作ろうとしているのだから、めげない奴である。

まあ……チャケはアイツにとって本物だったみてえだけどな。

きっと崩原とチャケの絆《きずな》は一生ものだろう。切れることのない繋がり。

別に羨《うらや》ましいわけじゃない。ただそういう珍しいパターンもあることを知った。ただそれだけの話だ。

「じゃあ俺たちはここらで。また何かあったら声かけさせてもらうぜ」

「ふふ、その時は報酬次第で手を貸してあげるわ」

「タハハ、お前さんらしいぜ、ったく」

そうして崩原とチャケは、車に乗って去っていった。

上空を旋回していたソルが、俺の肩の上に降りてきて、シキが影の中から姿を見せる。

「今回、あなたたちにも十分助けられたわ。何かお礼でもしようかしらね」

「そのようなこと……某《それがし》はただ姫のために――」

「ソルはマッシュポテトが食べたいのですぅー！」

シキの忠誠に対して、ソルは自分の欲望にまっしぐらのようだ。

「ふふふ、シキ、あなたは何食べたい？」

「い、いえ某は……」

「いいから答えなさいな」

「……………僭越《せんえつ》ながら、刺身などを少々」

どうやら以前食べた刺身が、ずいぶんと気に入ったようだ。

「了解したわ。では家に帰ってパーティといきましょう」

「ワ〜イなのですぅ！　ほら、シキも行きますですよ！」

「う、うむ！」

俺が歩き始めると、シキも慌ててついてくる。

「わぁ、ご主人ご主人、ほら見てくださいです！」

「うん？　どうかしたの、ソル？」

「鳥さんたちが楽しそうに飛んでるですよー！」

確かに二羽の鳥が、仲睦《なかむつ》まじく鳴きながら飛んでいた。

いや、その後ろからはもう一羽。三羽が楽しそうに飛ぶその姿を見て、ふと崩原たちのことを思い出す。

崩原、流堂、そして彼らの想い人である葛城巴。

きっと幼い頃は、ああしていつも一緒にいたのだろう、と。

それがバラバラになってしまった。

だが一度バラバラになっても、また修復する絆もある。

「ホント……人間てのはめんどくさい生き物だなぁ」

「む？　何か申しましたか、姫？」

「いいえ。そろそろ今年も終わりねと思っていただけよ」

気が付けば十二月も中頃が過ぎた。今年はまさしく激動の年だったが、果たして来年はどうなっていくのか。

「……あ、雪」

無数の白い結晶が空から舞い降りてくる。例年と比べると少し早い。

今日は鍋《なべ》もいいかもな。

俺はそう思いつつ、寒空の下、ソルとシキと一緒に笑いながら家へと戻っていくのだった。

あとがき

皆様、こんにちは。十本《とおもと》スイと申します。

今回も滞《とどこお》りなく【『ショップ』スキルさえあればダンジョン化した世界でも楽勝だ～迫害された少年の最強ざまぁライフ～】の第三巻を出させて頂くことができました。

今年は一年待ったオリンピックイヤーとなり、熱い夏がやってくると思われますが、それに負けずに僕自身も燃える心で執筆させて頂きました。

さて、今巻もまた「ざまぁ」し甲斐《がい》のある人間が敵となって現れますが、それに加えて、いろいろ見応えのある要素がふんだんに盛り込まれています。

まず、カバーを見た際、この女の子が今回の新ヒロインかな？　と楽しみにされた方、ごめんなさい。そうとも言えるし違うとも言えます。

確かに見栄えが良く、才色兼備《さいしょくけんび》なご令嬢に見えるかもしれませんが、この子……主人公なんです。そう、今回は日呂《ひろ》が女性キャラに変化して大活躍します。ですから新ヒロインに期待された方には申し訳ありません。

ただ僕としては、主人公でありながらヒロインでもある立場で書いたつもりです。ていうかヒロインです。誰が何と言おうと作者が言うのだから間違いなし……そんな感じで。

また、皆さん大好きなソルがさらに可愛《かわい》くパワーアップしたり、新しい『使い魔』が出たりと、本当に面白い要素がたくさん詰め込まれています。

それと今回は〝孤独〟と、〝仲間〟がいる者たちの対比を表す物語となっています。最後まで自分だけを信じ、他を利用することでしか価値を見いだせない敵を描きましたが、彼にもそうなってしまった経緯が確実に存在しています。

生まれた瞬間から〝悪〟に染まっている人間はいないはずです。人間は何も持たず、ただただ真っ白な状態で生まれてくるからです。

そう考えると、やはり育った環境というのは、人間に、いや、生物にとって本当に大切なのだと思います。

特に人間ていうのは、周囲に欲をかき立てられる環境が多いですから、ちゃんと良いものと悪いものを見極めていく必要があるでしょう。ただそれは一人では難しいかもしれません。

僕自身も欲望に流され過ぎないで、家族の意見などを聞くようにしています。何も考えずに突っ走っているだけでは、やはり失敗が多かったですから。

まあ今巻の敵キャラは、そういった間違いを間違いと認識しない歪んだ思考回路を持っていましたが、できれば読者の方の反面教師になれば良いかなと思っております。

最後に謝辞《しゃじ》を述べさせて頂きます。

本作を出版するに当たってご尽力頂いた大勢の方たちに、心から感謝しております。

また今回も夜《や》ノみつき先生には、生き生きとしたイラストを描いて頂きました。毎回、僕のイメージ通りの、いえ、それ以上のクオリティなので、こちらも負けじと力が入ります。

そしてＷＥＢ版から支援してくださっているファンの方々や、実際に本を手に取ってくださった方々にも感謝しております。

以前に告知させて頂いたコミカライズも順調に進んでいますので、その日を心待ちにして頂けたら幸いです。

ではまた、是非《ぜひ》皆様にお会いできることを祈っております。

そして皆様が素晴らしき本に巡り合えますように。

この作品の感想をお寄せください。

あて先　〒101-8050　東京都千代田区一ツ橋2-5-10
集英社　ダッシュエックス文庫編集部　気付
十本スイ先生　夜ノみつき先生

ダッシュエックス文庫

『ショップ』スキルさえあれば、ダンジョン化した世界でも楽勝だ3
～迫害された少年の最強ざまぁライフ～

十本スイ

2021年8月30日　第1刷発行

★定価はカバーに表示してあります

発行者　北畠輝幸
発行所　株式会社　集英社
〒101-8050　東京都千代田区一ツ橋2-5-10
03(3230)6229(編集)
03(3230)6393(販売／書店専用) 03(3230)6080(読者係)
印刷所　凸版印刷株式会社
編集協力　梶原　亨

ISBN978-4-08-631431-2 C0193